Best Time

白 马 时 光

人生必经之路

鬼脚七 著

四川文艺出版社

图书在版编目（CIP）数据

人生必经之路 / 鬼脚七著. — 成都 ：四川文艺出
版社，2023.3
ISBN 978-7-5411-6518-4

Ⅰ. ①人... Ⅱ. ①鬼... Ⅲ. ①随笔－作品集－中国－
当代 Ⅳ. ①I267.1

中国版本图书馆CIP数据核字（2022）第223517号

RENSHENG BIJINGZHILU

人生必经之路

鬼脚七 著

出 品 人　谭清洁
总 策 划　李国靖
责任编辑　陈 纯　谢雨环
责任校对　段 敏
特约监制　何亚娟　梁 霞
特约策划　何亚娟
特约编辑　柴水水
装帧设计　棱角视觉
版式设计　彭 娟
出版发行　四川文艺出版社（成都市锦江区三色路238号）
网　　址　www.scwys.com
电　　话　021-64386496（发行部）　028-86361781（编辑部）
印　　刷　三河市金元印装有限公司
成品尺寸　145mm×210mm
开　　本　32开
印　　张　11.25
字　　数　268千
版　　次　2023年3月第一版
印　　次　2023年3月第一次印刷
书　　号　ISBN 978-7-5411-6518-4
定　　价　59.80元

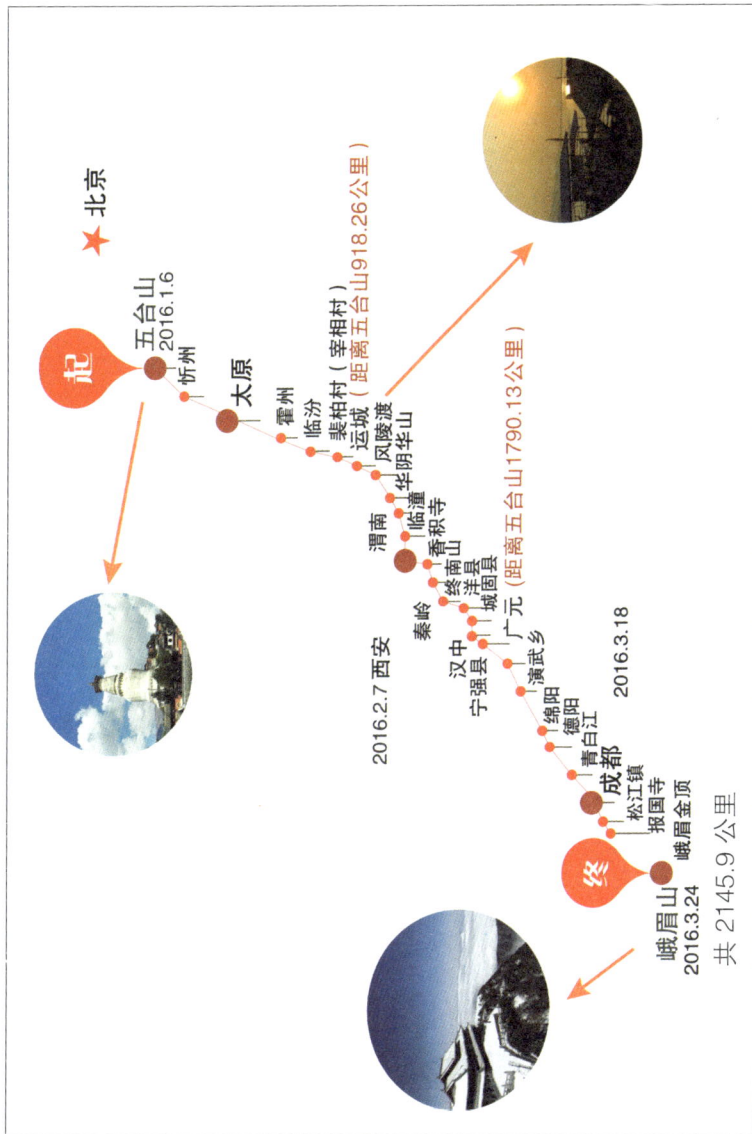

从北走到南，从雪落走到花开

行空行走路线图

共2145.9公里

起

北京 ★

五台山
2016.1.6
忻州

太原

霍州

临汾

裴柏村（宰相村）（距离五台山918.26公里）

运城

风陵渡

华阴华山

渭南

临潼

香积寺

终南山

秦岭

洋县

城固县

广元（距离五台山1790.13公里）

2016.2.7 西安

汉中

宁强县

演武乡

2016.3.18

绵阳

德阳

青白江

成都

松江镇

青羊镇

报国寺

峨眉金顶

峨眉山
2016.3.24

终

人生如行走，
每一步都是途经，也是抵达。

五台山，剃度后现场合影。

第一排左起：悲胜师父、加措活佛、我。拉龙／摄

我和甲和灯团队在五台山合影。拉龙／摄

五台山灵境寺，剃度现场。拉龙／摄

剃度后走出寺庙。拉龙 / 摄

出家是件开心的事，头上还戴着悲胜师父送的帽子。拉龙／摄

出发第一天，在路上。

山西汾河堤上发现的毛茸茸的一簇，
但我不知道它的名字。

五台山龙泉寺，我行走路过的第一座寺庙。

湛蓝的天空，皑皑的白雪。

在这里度过印象深刻的一夜。零下十五摄氏度。

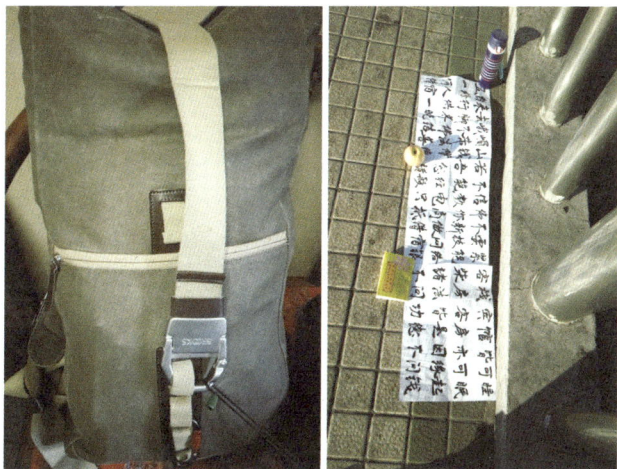

灵石县城，我指望用它来化缘。

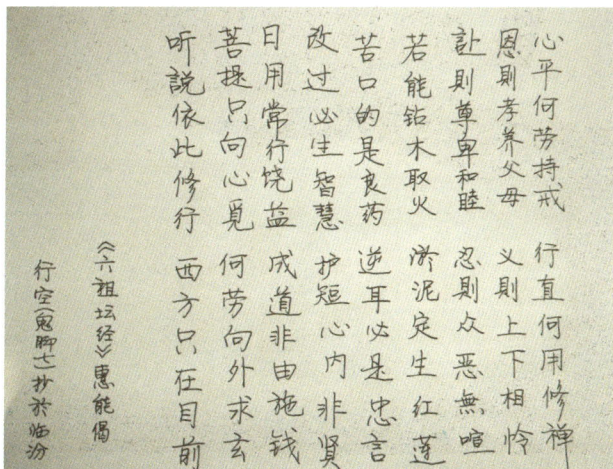

心平何劳持戒　行直何用修禅
恩则孝养父母　义则上下相怜
让则尊卑和睦　忍则众恶无喧
若能钻木取火　淤泥定生红莲
苦口的是良药　逆耳必是忠言
改过必生智慧　护短心内非贤
日用常行饶益　成道非由施钱
菩提只向心觅　何劳向外求玄
听说依此修行　西方只在目前

《六祖坛经》惠能偈

行空（兔脚七抄于汾阳）

休息的时候，抄了六祖的偈诗送给有缘人。

十三岁的小朋友，上午陪我走了 15 公里。

老大爷给我拿的一瓣洋葱。

在龙兴寺前留影。美妞 / 摄

傍晚，落日，背影。山大 / 摄

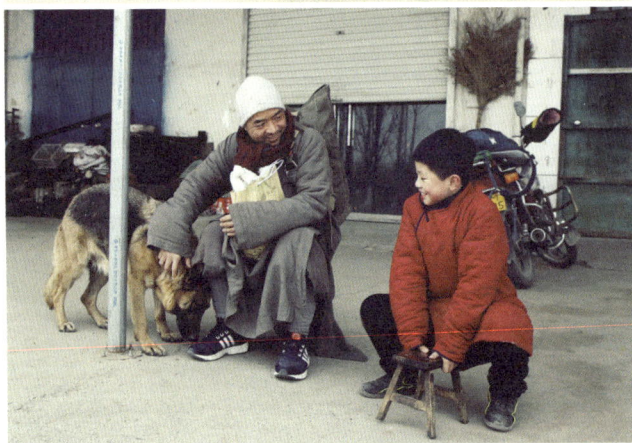

我和遂昌父子合影，来之不易的千里缘分。

真实，是这本书的灵魂

2015年年底，我开始了一次行走，短期出家托钵乞食，不带分文从五台山走到峨眉山。途中我记录了所见、所闻、所感，行走结束后，就有了这本《人生必经之路》（初版名《人生所有经过的路，都是必经之路》）。

此事已经过去了七年。七年时间，发生了许多事。我搞了家电商在线教育公司，叫牛气学堂；在杭州开了个酒店，就是书中提到的亚朵酒店；发起了"必经之路"的抄经活动，抄一亿部《心经》……五年前的某一天，我开始意识到一个问题：为何我又开始忙了？而且越来越忙？我问自己：这辈子我到底要做什么？什么才是最重要的？经过一段时间的沉淀与思考，我做了这辈子最重要的决定：我要正式出家修行！

于是，我跟着老师，到青海某座深山中开始了我的修行生涯。公司、酒店的事我都放下了，具体业绩如何我也不过问了，只有"必经之路"的项目我还在参与，毕竟这个项目和佛法关系十分紧密，而且已经完全成了公益项目。所有人都可以免费领取精美的抄经纸，全国还有数百个线下抄经智慧栈，目前记录显示已经完成了两百多万部《心经》的抄写了。

如今我在山上住了五年多，修行有没有长进不知道，但内心平静了不少，以前做事业求名利的欲望也少了很多，此时看待以前的很多事，就有了不一样的眼光。前段时间，出版商计划再版这本书，我又详细重读了书稿。看着看着，无数画面陆续浮现在脑海中：那一袋面包、一碗素面、尘土漫天的道路、连绵不断的秦岭、灵石桥头、风陵渡口、广元的隧道、汉中的蜀道，还有那些一路护持的朋友们……等我回过神，才发现自己早已泪流满面。

若不是有这次两千公里的行走经历，我后来不会那么坚定地选择出家修行；若不是出了这本书，那一路的经历和记忆，或许随着时间的流逝也会渐渐消失。此书问世的这七年间，我在微博和微信上收到了无数读者的留言，也有不少人跟我成了朋友。有不少读者因为读了这本书，心态发生了变化，生活也发生了变化。还有位特殊的读者告诉我，他曾经患有抑郁症，看了这本书，他慢慢从中走出来了。每每看到这些消息，我都很开心。是啊，又有人变好了一点，世界又变好了一点，这难道不值得开心吗？

这次再版，我很认真地修订书稿，重新写了第一章，补充了一些过往的细节，并把全文一些描述模糊的地方清晰化，也更正了一些对佛法的认识和理解。我尽量保留了行走经历的原汁原味，毕竟那时的心情，那时的想法，那时遇到的人和事，都在书中进行了真实记录。真实，是这本书的灵魂。

全书有七章，最后一章是行走日记，每天的日记都有。现在看来，这是最重要的一章。我建议的阅读顺序是先看第一章，接着看第七章，然后就可以随便翻看其他章节的文章了。打乱顺序，并不会影响阅读体验。当然，你打开书，从头到尾按顺序阅读，也是一个不错的方案，这样还可以让你对整个行走过程印象更深刻一些。

最后，感谢为这本书的出版做了诸多工作的何亚娟老师，感谢为了支持我出家修行而承担教育小孩任务的小月女士，感谢当时给予我行走支持的加措活佛和悲胜法师，还感谢曾经在路上护持过我的朋友们！若写这本书能有些许功德，我愿把全部功德回向给众生，愿他们能远离痛苦及痛苦因，能增长智慧，早日证得菩提。

鬼脚七（行空）

2022 年 10 月 17 日于青海果洛

从内心长出来的东西，
才真正属于自己

活着是珍贵的，大多数人只是存在，仅此而已。

——奥斯卡·王尔德

无论你是通过什么渠道翻开了这本书，在正式阅读之前，你一定要认真权衡一下。就像在快节奏的生活中，你打算与某人相处好几个小时之前，你定会仔细掂量一样。阅读这本书，就意味着你将跟我一起相处好几个小时。

现在来谈谈这本书。

这本书讲述的是一位事业有成、家庭幸福、身家千万的男人忽然放下一切剃度出家，不带分文、冒着严寒、一路化缘乞食徒步两千公里从五台山走到峨眉山的真实故事。他从白走到黑，从冬走到春，从北方走到南方，从雪落走到花开；他跨过黄河，翻过秦岭，走过蜀道，越过汉江；他挨过饿，露过宿，受过伤，迷过路；他从浮躁走向宁静，从迷茫走向坚定……整整九九八十一天，他遇到的人和事，他感受到的苦和乐，他的修行，他的感悟，都在这本书里。

里面的那个"男人"就是我。

总有人问我，是什么原因促使你这次行走？

很多人都有过类似的念头：放下名利，放下身份，放下所有属于自己的东西，远离城市去一个谁也不知道自己的地方，独自行走。我也有这个念头，而且付诸行动了。最初只是一个念头，想要行走；后来又增加了一个念头，想要出家行走；后来又增加了一个念头，不带分文托钵乞食；后来又增加了一个念头，从五台山到峨眉山。就这样促成了这次行走。

这只是过程，还不是原因。说实话，我也不知道真实的原因，只是这个念头出现了，我认真对待了它。王尔德说："活着是珍贵的，大多数人只是存在，仅此而已。"我想，认真的时候，我是活着的。

有人问，这次行走你最大的收获是什么？其实，这个问题是一个陷阱。好像他知道了我最大的收获，自己就能有所收获一样。不是这样的，只有从自己内心长出来的东西，才真正属于自己，所有听来的看来的，除了让头脑满足一下好奇心，没有别的作用。

这个世界有浩如烟海的书，你能翻开这本书，必定有缘分。要不要阅读这本书？你还是要仔细权衡一下，毕竟生命是短暂的，我们需要认真对待每件事情。当然，对待每本书也应该如此。

行走期间，我每天都记日记，记录走过的路、看到的人、遇到的事、内心的感悟。这本书，会带着你体验我在这八十一天经历过的故事。我的双眼就是你的双眼，我的双脚就是你的双脚。如果你决定开始阅读这本书，那么一定要有始有终地读完。即使你不认同书中的某些观点，或者发现了作者的小毛病，还是要继续。因为你会发现，这本书表面在讲述每天发生的事情，但实际记录的是一个人的心灵成长过程。

看到最后，作为读者的你，一定会明白这次行走带给作者最大的收获是什么。更重要的是，有些东西也一定会从你自己内心长出来。

那时，你会收到我的祝福！

鬼脚七（行空）

2016 年 10 月 17 日

目　录
Contents

第一章

一路向西

五台降白雪，

佛祖添新丁。

生灭因缘起，

来去是行空。

出 家

多年以后，当我在某座寺院的经堂中念经时，还会想起自己在五台山短期出家时剃度的场景。

雪后天晴，五台山的天空很蓝，几朵大大小小的白云躺在蓝色画布中，懒洋洋地看着那片连绵的覆盖着白雪的大山。在某座大山上有一条山路，山路两旁都有厚厚的积雪，一辆北京吉普车在路上缓慢行驶。我就坐在这辆吉普车上，看着眼前白茫茫的世界，想起了自己的老家。记得小时候，那里也经常会有大雪，也是白茫茫一片，只是那里的山没有这么高。

我出生在湖南一个小山村的农民家庭，后来侥幸考上了天津大学，成为村里的第一名大学生。读书期间，我自学编程，硕士毕业后加入了一家小公司，再后来加入了阿里巴巴。和很多朋友一样，我工作很努力，也向往更高的工资、更高的职位，一路做到了阿里高管。在阿里任职近十年后，我离开了公司，全职做自己的自媒体，做演讲、写文章、搞培训、招会员、卖商品、出书……就这样折腾了两年多，自媒体积累了近百万粉丝，由于我的公众号叫鬼脚七，所以大家都叫我七哥。这两年我算是小有名气，也赚了些钱，但总觉得这些事都不够刺激，也貌似没太大的意义，内心总想找点刺激且有意义的事情。

"你看，白狐！"悲胜法师的声音，打断了我的回忆。

在车前不远处，有两只白狐，它们走走停停，时而东张西望，时而低头觅食。我走下车时，那只高一点的白狐停下脚步怔怔地看着我，一动不动。我就这么怔怔地看着它，距离不远，甚至能看清它尖尖的嘴巴上的胡须，两只眼睛有些深邃。这一刻仿佛凝固，我不知道过了多久，或许只有几秒又或许有半分钟，当我想起拿手机拍照时，它也准备离开了。

看着它们远离的背影，我问悲胜法师："遇到白狐，算是运气好吗？"

"是个不错的缘起。"法师也没有多说。

我有些兴奋，毕竟明天就要在灵境寺剃度了。

灵境寺是千年古刹，始建于隋唐时期，曾是五台山十大青庙之一。什么叫青庙？听说在五台山，汉传佛教的寺院叫青庙，藏传佛教的寺院叫黄庙。灵境寺有悠久的历史，但曾经被毁坏得很严重，现在灵境寺才开始重建，非常简陋，冬天太冷，几乎住不了人，但剃度没问题。

剃度仪式在灵境寺唯一的大殿中进行，大殿很简陋，也就三四十平方米，正中有三座高大佛像。我只知道正中间的是释迦牟尼佛。真是汗颜，都要剃度出家了，我对佛法知识知道的却并不多。

仪式由加措活佛主持，并不复杂。活佛用藏语念诵经文，我也不懂，只是听安排。我之前在杭州找过几个以前常去的寺院，说明自己想短期出家然后行走的事，他们都不接受。后来求助于加措活佛，加措活佛很高兴地答应了，于是把我的剃度仪式安排到了五台山灵境寺。

仪式很快就结束了，地上留了一地的头发。我看了看地上的头发，又看了看对面的释迦牟尼佛，心想："佛陀啊，我这就算是您的出家弟子了，以后要罩着我啊！"佛陀半睁双眼，面带微笑，我想他应该是答应了。活佛给我取了个法名：行空。我喜欢这个名字，还写了首偈诗，嗯，姑且称为偈诗吧：

五台降白雪，佛祖添新丁。

生灭因缘起，来去是行空。

　　有几个陪我一起过来的朋友，也是佛教徒，之前叫我七哥，剃度完都改口叫师父。开始我有些不适应，后来也就习惯了，只是个称呼嘛！仪式结束后大家又闲聊了一阵，拍照留念什么的。虽然剃度了，但我的胡子还没有刮，有朋友说我看上去像个大和尚。我仔细打量了一下照片中的自己，发现剃了光头穿上僧袍还挺帅的啊，嗯，应该叫法相庄严。

　　下午时分，有朋友告诉我，今天网络上最火爆的消息是鬼脚七剃度出家了！原来有个朋友把我剃度的照片放了几张在微博上，很快就成了当日热门之一。这是意料之外的事，虽然我没打算隐瞒这件事，但也没打算以这种方式公布啊！我快速浏览了很多评论，发现大多数人认为这是在作秀。这让我没法反驳，因为内心或许真有这种想法，我也不确定。但我确定的是，我对佛法了解得也不多，确实并非因为对佛法虔诚而体验短期出家的。

　　接下来一周，鬼脚七出家的消息在网络上越炒越热，有人在随喜赞叹，但骂我的人越来越多。虽然我内心有些忐忑，但总体还算淡定。说我精神空虚，是啊，我就空虚，有本事你也空虚一个？说我炒作，炒作怎么啦？作为自媒体人偶尔炒作一下，不行吗？说我这样是玷污了佛门，这也太高看我了，我何德何能，能玷污佛教？！当然这些对话只能在内心嘟囔几句。走自己的路，让别人去说吧。后来我为了避免心烦，干脆就不看那些消息。

由于灵境寺条件太差，悲胜法师担心我适应不了，把我安排到了五台山的观音洞。

观音洞是藏传寺庙，在台怀镇上，寺庙靠山而建，面积并不大，寺院后面是高数百丈的悬崖，接近悬崖顶部有个山洞，名为观音洞。寺院也是以此洞命名，据说以前六世达赖就是大名鼎鼎的仓央嘉措啊！那个敢于突破桎梏，写了无数情诗不拘一格的修行人。记得他说：

我不是普度众生的佛，
我来寻我今生的情，
与她谈一场风花雪月的爱。

他还说：

那一刻，我升起风马，不为祈福，只为守候你的到来；
那一天，我闭目在经殿的香雾中，蓦然听见你颂经的真言；
那一月，我转动所有的经筒，不为超度，只为触摸你的指尖；
那一年，我磕长头匍匐在山路，不为觐见，只为贴着你的温暖；
那一世，我转山转水转佛塔，不为修来生，只为途中与你相见；
那一瞬，我飞升成仙，不为长生，只为佑你平安喜乐。

到观音洞时，我异常兴奋，内心本像一根摇摇晃晃的旗杆，忽然边上又加固了一个粗大的木头，顿时安定下来！仓央嘉措就是榜样啊，我行我素，别具一格，这才是做自己！是的，我这么安慰自己。

简单介绍一下近期的安排：

2015 年 12 月 30 日，灵境寺剃度出家。

2015 年 12 月 31 日，小朝台黛螺顶。

2016 年 1 月 1 日至 2016 年 1 月 5 日，住在观音洞，打坐念经，休整适应。

2016 年 1 月 6 日至未知，从五台山出发，不带分文，托钵乞食行走去峨眉山，大约 2000 公里。

五台山的夜晚很静，月亮还没升起，但窗外并不太黑。我推开门走到院子里，抬头看了几眼夜空中密布的繁星，刚想抒发点感慨，但不得不赶紧回屋。实在太冷了，应该有零下二十来摄氏度吧，让我想躲到被子里。我双手交叉搓了搓胳膊，笑了，自言自语道："唉，总算出家了！"

第一天

五台山的冬天，天气很冷，但仍有些游客过来。五台山大部分景点都在台怀镇上，台怀镇坐落在山谷之中，中间有条河流，两侧都是连绵的高山，山上山下建有上百座寺院。台怀镇上，街旁的商店依然营业，饭馆茶社也偶尔会有人进出。路边的积雪没有融化，河水早已冰冻不再流动。河边稀稀拉拉地挺立着已经落叶的白桦树，黑色的树枝不经意地从各个方向伸向天空。粗大的树干上上下排列着几只"大眼睛"，看着路上来往的车辆行人，也看着远处大大小小的寺院，不言不语。

寺院里很是清静，观音洞里更是如此。观音洞常住僧人本来就不多，而且有些已经外出游历了。听说一到冬天，五台山的很多僧人会到南方去游历，一方面是去增加见闻，另一方面是因为这里的冬天实在太冷，身体不好或寺院条件不好的很难待下去。

观音洞的住持是格桑益西师父，他身材魁梧，脸上有典型的高原红。听说他是从藏地过来的，但汉语说得很好。益西师父把我安排在他的隔壁房间，我们时不时一起喝茶聊天。他说自己出家三十多年，到五台山也有二十年了，不过没有收过一个弟子。我问为什么。他说自己修行不够。我内心不由得升起一股敬意。益西师父修行如何我不知道，但我见过太多自己水平不行还自我吹捧、广收弟子的人，包括在家的和出家的；而益西师父出家三十多年，还是五台山一座重要寺院的住持，这么谦虚地说自己修行不够还坚持不收弟子，这样的人确实少见。

我住的房间是观音洞本寺另一位师父的房间，他外出游历去了。房间条件不错，有一个小卧室和一个小客厅，卧室的宽度刚好放下一张床和一个写字台，客厅里简单地摆放着茶几和长条木质沙发，两间房总共约莫三十平方米吧。让我欣喜的是，这里有无线网络，而且信号很好。

我白天手机关机，晚上会开机。我发现寺院的僧人也都有手机，各种社交软件也都会使用。我还是尽量让自己少用手机，消息太多，容易扰乱自己的心啊。我在想，古时候的修行人根器很好，会出现很多高僧大德，有一个原因，应该是当时干扰也少吧。听说现在是末法时代，电子产品普及，应该也是末法时代的一个现象。电子产品和互联网，一方面给人们带来生活的便利，另一方面也在时刻干扰人心。心不静，何来修行？

观音洞的出家人早上六点半上早课，此时天还没亮，听说夏季还会早一些。没有人要求我跟着上早课，但我还是想体验一下。我把闹钟调到六点，时间一到，立即起床！天真冷，刷牙时感觉牙齿都没有知觉了，洗脸时更难受，就像针刺一样。我傻啊，居然忘记烧水了。

大雄宝殿里没有暖气，僧人们在另外一个地方做早课。到了做早课的房间，我就傻眼了：师父们念的是藏文，我一句都听不懂。益西师父跟我说，你可以到自己房间去念早课。我顺便看了下几位出家师父的宿舍，之前以为他们住的房间跟我现在住的差不多，但我发现并非如此。他们的宿舍大多很简陋，除了一张罗汉床，几乎没什么其他家具，还有的是两个人住一个屋。我忽然有些感动。

我回到房间，开始念经。汉地寺庙的早课有固定的经典，我一个人也不知道该念什么经，悲胜法师、加措活佛也没告诉我啊！那就自己安排吧，我念了《观世音普门品》《金刚经》，又看了一会儿《维摩诘经》，共一个半小时。

早上八点敲钟吃早饭，吃的是素包子。午饭时间是十二点，晚饭时间是下午六点。昨天早上吃素包子，中午吃素包子，晚上还是吃素包子，我会变成包子吗？

下午我打坐一个多小时。打坐有很多方法，有的观呼吸，有的参话头，我用的方法是观念头，是以前泰山禅院的丁老师教的。观察头脑中一个又一个念头，只是观察，而不被念头带走，就这么简单。念头是个很神奇的东西，时刻都在出现，但我们很少觉察到它们，不止如此，还经常被念头带走，从而形成各种情绪。

打坐时，会出现很多自己意想不到的念头。听说以前有个屠夫，意识到自己的工作不太好，也想去修习佛法，听说打坐修行很好，于是去寺院向某个禅师请教。禅师推托不过，让他在禅房外打坐。一炷香过后，屠夫坐不住了，禅师问他体验如何，屠夫说："打坐太好了！我想起刘胖子五年前拿了我十斤肉还没给钱呢！我得赶紧回去找他要账去！"

白天我去台怀镇上逛了逛。我提醒自己是个出家人了，走路也好说话也好，要表现得体。马路上的行人和我擦肩而过，偶尔看我两眼，并未露出特别的目光，还有人会朝我双手合十。我感觉很好，这说明他们把我当成出家人了啊。路过一个卖僧服的商店，我顺道买了一件马甲和一件毛衣。之前剃度时的僧衣是悲胜法师准备好的，但因为实在太冷了，衣服不够啊，而且作为一名出家人，还是尽量不要再穿在家时穿的衣服。僧衣很贵，一件毛衣就得五六百。悲胜法师说那是品牌的，会贵一些。好吧，我都出家了，就别在乎那些钱了。

我只准备了一套僧衣，等到实在太脏了，就晚上洗，烘干，第二天接着穿。针对接下来要行走的两千公里，我这两天想了很多。我认为最重要的是不能生病，其次是不能背太多东西。为此，我带了几包感冒药，还准备了一个针线包，要是衣服破了，补一补应该可以继续穿。我也问自己，为什么要短期出家并行走两千公里？可能是自己的生活太乱了，我想一个人独处一段时间，想止语一段时间，想放下所有身份，过一种新的生活……

"行走"这个念头的出现，没有任何征兆。当初并不是为了做一件事情，为了达到某个目的，只是出现了行走的念头。但当这个念头出现后，一连串的念头接着出现了：为什么要走？什么时候走？外界会如何评价？别人问你怎么回答？要准备什么？能否走完两千公里？走不到怎么办……之前出现这些念头时，我兴奋得彻夜难眠。

晚上我开始看书。有本书叫《幕后：一位觉者的实修日记》，是张德芬老师送的，很薄的一本书，我一晚上就看完了。书写得很吸引人，谈论真相。书里也讲观念头，我感触最深的是作者对觉知的描述。他说："万物都是觉知。你即觉知。"他还说："我之前以为我开悟了，但讽刺的是，正是这种'以为'让我不是真正地开悟。"此书引起我不少共鸣。2014 年，我也以为自己开悟了，还宣告天下。现在想来，那是多让人尴尬的事啊。

我还看了关于沙弥戒律的书。剃度时，加措活佛简单地给我讲了戒律，后来又给我发了一大段微信语音讲持戒之事。我不知道应该是个什么仪式，只是意识到一点：出家要守戒律。悲胜师父今天给了我一本《沙弥十戒威仪录要》，我粗略看了一下，发现戒律和我之前想象的很不一样。例如：出家不一定非得吃素，也没有要求出家人戒烟……

我还打开手机看了一些新闻，关于鬼脚七出家的事依然很热闹。有人说这是作秀，有人说这是显摆，有人说这是做自己，有人说这是勇敢，有人说这是不负责任，有人说这是弘扬佛法，有人说这是侮辱佛陀……看着这些评价，我的情绪也有些波动。不过很快，我告诉自己这些都只是他们头脑里的标签而已，无所谓好坏。

也有人担心我若是不带钱，路上吃饭和住宿问题如何解决。我还真不认为这是个问题，毕竟如今这个社会，物质足够丰富，我以出家人身份向别人化缘，解决吃饭住宿问题，应该可以的吧。后来才知道，我想得过于完美了，现实和我想象中的完全不一样，我多次不得不露宿荒野。

睡觉前，我又会打坐一小时左右。躺在床上睡不着，我想以前此时应该还在给豆豆、笑笑讲故事吧。有人不喜欢养小孩，认为小孩太麻烦。但我很喜欢小孩，虽然小孩会带来很多麻烦，但也会带来很多快乐，而且快乐往往会比麻烦多得多！我大女儿叫豆豆，今年九岁；小儿子叫笑笑，还不到三岁。每天晚上，是家里最欢乐的时候，我和他们玩各种傻瓜游戏，还会给他们讲故事——自己编的各种故事。而如今，在这间小小的卧室里，只有我独自一人，诵经、看书、打坐、睡觉。

睡不着，就念《心经》。我开始默念《心经》："观自在菩萨，行深般若波罗蜜多时，照见五蕴皆空，度一切苦厄……"貌似一遍还没念完，我已经沉沉睡去。

半夜，我醒来上厕所。我平时很少起夜，应该是昨晚喝茶比较多。房内没有独立卫生间，公共卫生间在院子的另一侧，离房间约百来米。晚上气温零下十几摄氏度，出门时有点冷。上完厕所回来时，我不经意抬头，当时就愣在院子中。漫天的星星，密密麻麻，像雨点一样，仿佛要落下来。久违的星空啊！星空下躺着黑色的大山，坐落在大山中的那些古寺的轮廓已经模糊，寺中偶尔会透出零星的灯光，让人误以为是星空延续到了地面。远处隐隐传来两声狗叫，但很快就停下了，可能是怕吵醒睡梦中的人们。我听见了自己的呼吸声，偶尔还有风吹过的声音。不知道过了多久，我被寒意惊醒，紧了紧衣袖，转身回到卧室中。

　　出家第一天，就这么过去了。

朝拜黛螺顶

佛经有云："尔时，世尊复告金刚密迹主言，我灭度后，于南赡部洲东北方，有国名大震那。其国中有山，名曰五顶，文殊师利童子游行居住，为诸众生于中说法。"此五顶山，正是五台山，也是文殊菩萨道场。从北魏开始，历代皇家多有恩赐，将五台山作为祈福之所、镇国道场。清代顺治皇帝，二十多岁就在五台山出家。康熙皇帝、乾隆皇帝也多次到访五台山。

来五台山朝拜东台、南台、西台、北台、中台台顶的文殊菩萨，叫"大朝台"。但因天气原因，很多人都无法做到大朝台，皇帝也不例外。据说乾隆皇帝来了四次都没能完成大朝台，乾隆恼了，对黛螺顶的青云和尚说："五年后朕再来时，不登台顶，便要朝拜五方文殊！"君命如山，青云和尚召集全寺僧众想办法。一个因犯戒被罚的小和尚栓柱想出一个办法，模仿五座台顶的五方文殊，合塑于一殿在黛螺顶。这样登黛螺顶朝拜，既免了攀登台顶之苦，又礼拜了五方文殊。五年后乾隆再来五台山，检阅了黛螺顶僧众的创举，登上黛螺顶，正式将这种仪式命名为"小朝台"。

我今天计划去登黛螺顶，三步一拜小朝台。

黛螺顶在台怀镇的一侧，早上的阳光来得晚，薄薄的晨雾，像一条条长长的哈达围绕在半山腰，山上的寺院，也在晨雾中若隐若现。偶尔，还有悠远的钟声传来。

早上九点左右，我穿过台怀镇，来到大智路下。

听说台湾开证法师之前来五台山小朝台时摔了一跤，于是发心捐赠修路，取名为大智路。文殊菩萨代表智慧，大智路有大智文殊之意，路长 508 米，总共 1080 个台阶。

此时时间还早，过来朝台的人并不多，但做生意的小商小贩们早已到位了。有的是在固定摊位摆满东西，有的则是提着大小口袋，流动兜售一些商品。

有两个穿着厚厚棉袄的中年男人，其中一人嘴里叼根烟，玩着手机；另一人戴着皮帽子，朝我微笑，露出一口黄牙："师父，放生吗？""皮帽子"指了指身旁说道。那里有四五个笼子，分别装有鸽子、麻雀，还有两只狐狸。两只狐狸相互依偎，无精打采地看着笼子外面，也不知道在想些什么。

"狐狸放生多少钱？"

"九百。"

我不忍多看，双手合十，心中默念"阿弥陀佛"，转身离开。

悲胜师父在前面三步一拜，我就在后面跟着三步一拜。

二十多年前，悲胜师父从长春步行到五台山，那时他才十二岁，后来就在五台山长大、出家。悲胜师父体力特好，一会儿就拜到前面去了。

我双膝跪地，两手合十，从头顶到面部再到胸部，然后双手触地，翻手向上，磕头，额头磕到石板上，起身，向上走三步，继续双膝跪地……

慢慢人多了起来，磕头朝拜的人也多了，大多是出家人。有位老和尚，身上的海青有些破旧，胡子花白，正一步一步磕长头；还有位出家人，带着一把小刷子，边刷台阶边磕长头，身边还有一个放钱的盒子，偶尔会有人放几块钱进去。

石阶很干净而且光滑，手掌触碰时感觉要被冻住，脑袋磕地时，额头也觉得冰凉，不，感觉比冰更凉。还好，我慢慢就适应了，全心叩拜，不去管石阶的冰冷，也不去管身边的行人。

"师父，这个您拿着。"一个带着东北口音的声音传来。一只手出现在我的眼前，拇指很粗，皮肤有点黑，一张绿色的五十元钞票握在手上，一半在手心，一半朝向我。

有人给我钱？！

居然有人给我钱了？！

居然有人给我供养了？！

我有些紧张，第一次啊！我不好意思抬头，也不知应该如何处理，只好朝他双手合十，念了句"阿弥陀佛"，继续朝前拜去。

"他为啥不要钱呢？"后面继续传来东北口音。

我继续慢慢朝前拜去，但心不静了。我没看见他的脸，忘了他穿什么衣服，只记得是东北口音。他应该不知道我是刚出家的吧，也应该没看出我内心的紧张，东北人真善良。我想。

忽然觉得，这条路上，我遇到的每一个人都是菩萨。他们是过来见证我朝拜的。"遇到的每一个人都是菩萨……"

当头脑中出现这句话时，有股暖流从内心涌出，似乎周围没那么冷了，石阶也没那么凉了。

有位七十多岁的老奶奶，在路边卖念珠，我侧身朝她双手合十，低头念"阿弥陀佛"，老奶奶也朝我合十还礼。我继续三步一拜。对面过来几个年轻人，他们看向我时，我朝他们双手合十，他们每个人都双手合十还礼，我继续三步一拜……

我忽然有些感动，觉得眼睛也有些湿润。一切都是那么简单，那么自然，那么和谐！我继续三步一拜，我不再介意遇到迎面而来的人，每走来一个人，我都会朝他合十致意。我沉浸在叩拜之中，居然有种期待，期待这条路不要结束，就这样一直拜下去。

仿佛我越期待不要结束，时间反而过得更快。我发现很快就到山顶了，看了看表，约两小时。

我跟悲胜师父说："等过两天，我再来拜一次，一步一拜。"

悲胜师父说："随喜赞叹！"

下午，格桑益西师父安排一个年轻僧人带我爬上了寺院后面的悬崖，去了观音洞。

观音洞在峭壁上，有一面红墙，外表是藏式装饰，还挂有经幡，远远看去，一抹藏红色，甚是好看。一路都修好了台阶，上去倒不难，只是有些累。观音洞不大，里面放了观音像，我叩拜后，又绕了三圈。在角落处还有个小水潭，岩壁上有泉水滴下，那个年轻的师父用瓢舀了些许倒进我手里。我尝了一口，口腔中顿时冰凉传来，还夹着丝丝甜意。仓央嘉措也喝过这里的水吧，我和他喝了同一汪泉水，真好！

晚上，我又打开手机看网络上对自己的评论，仍然是骂声一片。遇到的每个人都是菩萨。那些鼓励我的朋友，是菩萨；那些批评我的朋友，不也是菩萨吗？圣严法师说：菩萨有逆行的法门。凡是打击你、压迫你、刺激你、欺负侮辱你的人，使你爬不起来的人，都可能是逆行的菩萨。

也有些批评比较委婉，其中有个评论是这样的：七哥，我觉得你不够虔诚！一开始期望很高，以为这是一个跟自己对话的过程，但现在来看，完全不是这样。

我回答：你批评得很对。和很多人相比，我不算虔诚的佛教徒。我喜欢佛法，喜欢佛陀的智慧，但我不是最虔诚的佛教徒，至少现在不是。我没想过要成为最虔诚的佛教徒，没想过求哪个佛、菩萨保佑我平安发财、粉丝大涨，我感兴趣的是修行，是探寻实相。

我也不想装成大家期望的那种十分虔诚、十分高深的样子，更不想装成自己跟自己心灵对话的样子，以后或许我能做到，但现在我不想装成那个样子。

我能做的就是展现自己真实的样子。这个样子或许没那么吸引人，没那么有教育意义，没那么高大上，也不让人崇拜，但这是我真实的样子，我接纳它。当然，你有权利不接纳它。

我根本没想在别人心里树立什么高大形象，我不是圣人，不是毅力最坚韧之人，不是道德最高尚之人，不是信仰最纯粹之人。我想我能做到的事，很多人都能做到。

我真是这么想的啊，而且发现当承认自己不是虔诚的佛教徒后，轻松了很多。我就是我嘛，我觉得真实很重要，做自己，爱生活！

拜 佛

今天是 2016 年元旦，也是我短期出家的第三天。

今天日子不错，又是法定假日，五台山车水马龙，人流如潮。据说这还不算人多，真正人多的时候是国庆长假或者五一长假期间，那时公路上的车都会堵成停车场。

五台山的寺院有的对游客收门票，有的不收。僧人去任何寺院都不用买票，连景区大门的门票也不用。当我不用买票就进了寺院时，一种身份的尊贵感油然而生。

我想：都穿上僧衣了，还是应该去"拜拜码头"吧。于是今天的主题就成了"拜码头"，哦，不是，拜佛。上午去拜了好几个寺院，显通寺、圆照寺、罗睺寺、菩萨顶……我遇寺院就进，见菩萨就拜。

为什么要拜佛啊？这是个有意思的问题。

多数人拜佛是求菩萨保佑的，保佑生子、保佑发财、保佑升官、保佑旺桃花、保佑家人平安。如果愿望没有实现，心里或许会想：是拜的次数不够多吗？还是上供的桃子不够新鲜？

我也不知道菩萨是否真的会保佑，但总觉得用这种发心拜佛不合适。佛法倡导人们向内求，一直求佛保佑自己升官发财，这是向外求啊，而且还像是在跟菩萨做交易：我供养了那么多钱，为什么不保佑我呢？！

那到底为什么拜佛？我的理解是两点：放下我执和生恭敬心。

年轻的时候去寺庙，我很少拜佛。我经常想：下跪拜泥菩萨，多傻啊！再说了，万一我也是菩萨呢，都是菩萨我为什么要拜他呢？现在想想不禁脸红。后来我在公司里担任了重要职务，又有了点小名气，越来越觉得自己是个人物了……我执多重啊！如今才出家几天，我跪拜的次数，超过以往三十年跪拜的总和了。

听说以前有个常不轻菩萨，谦虚恭敬，每逢见到出家、在家修行的人，不管其行为如何，都恭敬礼拜，并对他们说："我非常尊敬你们，不敢有所轻视，为什么呢？因为你们都行菩萨道，将来都要成佛。"我要向他学习！

去寺院的路上，发生了一些好玩的事。

显通寺附近，有个中年僧人，穿着黄色的僧袍，戴副眼镜，戴一顶毛线帽子。他看见一对年轻人在拍照，就过去搭讪。我顺便听了几句，好像是"这个地方很神圣，看你们有佛缘，咱们结个缘，你们要做功德……"之类的。

走了不远，又遇到一个老和尚，穿着灰色僧袍。他主动跟我打招呼："师父从哪里来的啊？"

"五台山灵境寺。"

"哦，灵境寺，我知道的。上次那里还做法会的。我是×××寺住持，你看，我是真和尚，送你们几个念珠，咱们结个缘吧！"他说着把几串念珠塞到了我们手里，接着又说道，"我们寺庙路比较偏，去的人也少，现在是冬季，去那里的人更少了。条件不行啊，生火的煤都买不起……"

跟我随行的朋友供养了他一百元，老和尚连说"阿弥陀佛，阿弥陀佛"，随后离开了。

我跟朋友说："他肯定不知道灵境寺，灵境寺刚开始重建，根本没组织过大型法会。"

朋友说："知道他是想要钱，谁叫他有互联网思维呢，先把东西免费给我们，再给我们讲情怀……"

我笑了。

对面走过来一个妇人，牵着一个四五岁的小姑娘。我朝小姑娘走过去，把念珠递了过去："阿弥陀佛！小施主，看你有佛缘，这个送给你吧！"

妇人有些诧异，连忙说："谢谢师父！谢谢师父！"

我朝她合十致意，转身离开，朋友笑了。

菩萨顶，据说是顺治皇帝出家的地方，修得十分气派，也是每个游客到五台山必到的地方。

我登菩萨顶时，遇到了一位正在朝拜的年轻僧人，二十多岁，一身黄色僧衣上布满了大大小小的补丁，背着一个褐色还有几处破损的僧包，一双侧面脱胶的运动鞋布满尘土，分不清是什么颜色了。他每走一步，双膝跪地，然后整个身体扑在地上，大臂贴着地面，双手合十举过头顶。他手上戴着厚厚的明显已经破旧的灰白色手套。

我心生敬意，双手合十，念"阿弥陀佛"，从他身边走过，沿着台阶登上了菩萨顶。

我刚进寺院，有位二十多岁的小姑娘跟了过来，跟我打招呼。我貌似不认识她，也没听清她说什么，于是没有理会，继续去各个大殿参观朝拜。十几分钟后我出寺院大门时，发现小姑娘还在大门口等着。小姑娘见我出来，非常兴奋，赶紧上来打招呼。

　　我们走到一边，她迫不及待地介绍她神奇的经历：

　　"我从杭州来的，以前就关注七哥，最近看见七哥推送的文章，也想来五台山看看。出发之前还在想，会不会遇到七哥呢？

　　"我今天早上刚到，手机就落在出租车上了，只剩下个黑白屏的诺基亚，还没电了。早上我拜菩萨顶，沿台阶拜上来的，越拜越绝望，想起宗萨仁波切说：'当你绝望的时候，深入看下去，看看绝望的后面有什么。'我真的深入看了。我拜上菩萨顶，又拜完了菩萨顶的各个大殿，绝望还是存在，我就继续看。

　　"等到我出了庙门，居然看见了七哥！太神奇了！太神奇了！

　　"我觉得太开心了，绝望也消失了，不知道为什么……"

　　喜悦是会传染的，看见她高兴，我也挺开心的。这件事情她觉得神奇，我也觉得神奇。今天五台山的游客至少也有上万人吧，菩萨顶上也拥挤不堪，这样也能遇上，一定是莫大的缘分。

　　我从菩萨顶下来时，又遇到了那位朝拜的年轻僧人，他正靠在墙边休息，望向远处。我顺着他的目光看去，天空万里无云，大山连绵起伏，山顶上还有积雪。既然遇到就是缘分吧，我走上前去，双手合十，问道："阿弥陀佛！师父从哪里来？"

　　"普陀山来的。"他声音有些沙哑，朝我合十还礼。

　　"一路拜过来？"

　　"是啊！"

　　"拜了多久？"

　　"四年。"他的回答很平静，但我内心被震撼了。

　　"这么冷，一路上晚上睡哪里？"

"有时候睡寺庙，有时候露宿。"

"五台山是终点吗？"

"不知道会不会留下来。"

"师父法号？"

"古法（音）。"

我离开时，内心有些感动。这位古法师父是菩萨派来加持我的吧？

这几天虽然我嘴上满不在乎，但对于一路不带分文托钵乞食行走去峨眉山之事，还是有些焦虑的。万一没吃的怎么办？万一没住的地方怎么办？路上会不会有意外……总之有太多的念头和想法会时不时冒出来。但今天看见古法师父，我坦然了很多。人家从普陀山到五台山，磕头朝拜了四年，就这么简单的装束，也到达目的地了。我才走几个月，担心什么呢？

下午，朋友都离开后，我开始看书，一本薄薄的《入菩萨行论》，印度寂天菩萨著。这本书是那个菩萨顶上遇到的小姑娘送我的，我居然没记住她的名字。书很薄，完全翻译成了白话文，介绍应该发菩提心、如何发菩提心以及日常修行的一些方法。我看着看着就入迷了，时而汗颜，时而又被感动得泪流满面。我忽然意识到，这个小姑娘也是菩萨派来给我送书的吧？

想起以前听说有不少人在五台山遇到过文殊菩萨，文殊菩萨每次都以不同的身份、不同的方式来点化世人。听一个法师说他刚到五台山没多久，有一年冬天准备去北台拜访某个老法师，走到半山腰迷路了，遇到一个老农在山上刨地。法师问路时被老农骂了一顿："大雪天瞎跑什么啊，路断了走不了，赶紧回去。"法师想了想就返回了，等下山了才想到，大雪天半山腰怎么可能会有老农刨地呢？那一定是文殊菩萨化现的啊！

想到这里，我忽然觉得，那个朝拜的僧人让我对接下来的行走充满信心，那个小姑娘送了我一本书让我了解了修行人应该有的行为，他们俩会不会就是文殊菩萨的化现呢？此时，我内心一阵暖流涌出，眼睛仿佛又湿润了。

我知道，不止他们俩，我遇到的每个人都是菩萨。

再次朝拜黛螺顶

上次三步一拜小朝台，让我觉得意犹未尽，今天我想一步一拜小朝台。这次没有和悲胜师父一起，也没有朋友随行，就是自己单独过去。

依然是个大晴天，这几天天气都不错，只是我觉得鼻子有点塞，貌似有些轻微感冒，倒不是很严重。我用手机记录了自己行走的路线和时间。从观音洞步行到黛螺顶大智路口，有5公里，我走了55分钟。按照这个速度，我一天能走40公里，而从五台山到峨眉山，大约要走2000公里，两个月的时间应该够了。

以前没连续走过5公里，也没叩拜过这么多次，但今天从开始到结束，居然也没觉得有多难。好多事情看上去很困难，真的决定去做的时候，反而变得容易了。

在山脚下又遇到贩卖放生动物的商人。一个中年人，穿着羽绒服，头发有点卷，抽着烟。当时人不多，他一直朝我打招呼说："师父，师父，积个功德吧，放生狐狸吧，放生麻雀也行，只有这几只了。"

"阿弥陀佛，你要是希望它们被放生，当初就不要抓它们啊。"

"放生是你的功德，抓它们是我的工作，不冲突的。"

说得真有道理，我无力反驳，想起之前和悲胜师父的对话。

"师父，之前遇到一个穿着很破的僧人，给我下跪顶礼，我赶紧还礼。他说他的寺庙在半山腰，天冷，山里没什么吃的，问我能否给钱。您觉得这个情况是真的还是假的？"

"不需要知道是真还是假。真假是他的事情，跟你没关系。咱们应做到以平等心对待所有人，供养多少都可以。"

我不再理会这些商贩，开始了自己的一步一拜：双手合十，举过头顶，滑过面部，再到胸部，跪下，磕头，起身，双手合十……

阳光还没照过来，台阶上依然很冷，偶尔还会有几片枯黄的落叶吹到我的面前。有人上山，也有人下山；有人朝我合十，也有人在拍照。这一切跟我仿佛都没什么关系，我只是在一步一跪、一步一拜。很快身体暖和起来，我甚至能感觉到背后有些出汗。

不知过了多久，快到半山腰了，我又遇到贩卖放生动物的小贩，三十来岁，穿着粗布衣服。这次还真有人放生。一男一女，两位居士衣服外面都套了件大马褂，印着某个寺院的名字。估计是那个寺院组织活动，带信徒们朝拜黛螺顶。

他们谈好价钱，600元放生一只狐狸。两位居士开始念经，念了大约30秒。小贩找他收钱，男居士又还价还到了500元，小伙子也同意了。收到钱，小贩把狐狸从笼子里放出来，狐狸慢慢走远。那位男施主大声喊："走得越远越好，远离人类，自己修行，早日登入极乐世界啊！"

看着狐狸越来越远，慢慢消失在视线外，两位居士转身朝山上走去，追赶他们的大部队去了。他们前面还有一二十人，也都穿着大马褂。看着两位居士走远了，年轻的小贩拿了根棍子，叫上一个拿着大网的中年汉子，两个人快速朝狐狸消失的方向奔去。

看到这一幕，我有些无语。金钱这东西，让人造多少恶业啊！管好自己吧，我继续朝拜。

路上两次遇到有人给我供养。

　　一次是一个六十来岁的大姐，和家人一起向山下走，穿着一件墨绿色的户外防风夹克，戴一副白色手套。大姐身体不错，下山脚步很稳。她朝我走来时，我双手合十念"阿弥陀佛"。她也双手合十，递给我20元钱，说："师父，给您敬香的钱。"我说："不要，谢谢您，阿弥陀佛！"大姐坚持要给，我摇摇头，继续一步一拜。

　　另一次是在叩拜到半山腰附近。我前方五六级台阶处有位残疾的中年人，断了一条腿。他头戴黑色毛线帽，身穿蓝色大袄，左腿膝盖以下是根铁棍，上台阶只能用手慢慢爬。他手里还拿着一个小扫把，一边用手扫石阶，一边注意过来的行人。一旦有行人经过，他就一边伸手一边说："行行好，阿弥陀佛！"山上下来两个小伙子，二十岁出头。"蓝色大袄"朝他们乞讨，但两个小伙子没理会，直接就从他身旁走过。他们来到我面前时，其中一个小伙子掏出几块钱递给我。我说："不要，谢谢！"小伙子有点诧异，继续向下走。

　　我继续叩拜，"蓝色大袄"叹了口气，说："唉，我找他们讨，他们不给。他们给你，你又不要。你可以要了给我啊！"

　　我笑着说："阿弥陀佛，教您一个方法吧，以后不用说话，只要在您身边立一个牌子，保证给钱的人不少。"

　　"什么牌子？"

　　"您就写上一句话：登黛螺顶很殊胜，但我上不去。"

　　每叩拜一段时间，我都会休息一下，停下来看看风景。倒不是因为腿有多累，而是浑身出汗了，担心内衣湿透了加重感冒。

　　登高望远，在半山腰回望五台山，会让人心旷神怡。蔚蓝的天空下，数座红墙黄瓦的寺院错落有致；带着积雪的山顶，反射着阳光，显得格外耀眼。山下的人已经显得小了，台阶上的人也显得小，跟大山相比，每个人都显得渺小。台阶两侧站着一些不知名的大树，叶子都掉光了，黑色的树枝向四面八方伸展开，看上去杂乱无章，又好像在组某些图案。偶尔能看见一两只胖喜鹊站在树枝上东张西望，它们时不时叽喳叫两声，跟路过的人打着招呼。只是人们都在忙自己的事，并不理会它们。喜鹊也不介意，自顾自地玩耍。

在这条路上有三类人：一类是卖东西的小商贩，每隔几十米就有一个，地盘都分好了似的；一类是游客，这类人很好认，有的走得快，有的走得慢，有的身轻如燕，有的满脸疲惫，大多关心的是还剩下多少台阶；还有一类就是我们这些叩头朝拜者，有出家人，也有在家人。

朝拜者大部分都不紧不慢，但也有例外。

有个身强体壮的僧人，三步一拜从我身边过去，速度很快，转眼就到了我的前面！我奇怪他怎么能这么快，仔细一看，他跨一步不是一个台阶，而是三四个台阶。也就是说，他每走十二个台阶跪拜一次，比直接登上去的还要快。他确实是三步一拜，但他很"聪明"，一步有四个台阶！这样既能快速拜完，又没违反三步一拜的原则。不知道他是否为自己这个发明感到"骄傲"。

唉，我们经常为了达到目标，忘了当初为什么要做这个。

"师父，还剩多少台阶啊？"

下面一个声音传来，是一个气喘吁吁的年轻人，身高得有一米八，但有点虚胖，穿着黑色的圆领衫，印着 PEKING UNIVERSITY，还有北大的图案。看上去不像学生，应该是个年轻的老师。

"阿弥陀佛！不远了，大约两百级台阶吧。您慢慢爬就不累了。"

"不行啊，我得赶点！"说完，他喘了口气继续向上爬。

估计是导游安排的时间有限，他想多去几个地方，于是爬得很辛苦。只是，这样一来，一路的风景都与他无关，也好像失去了朝拜的意义。

我以前的生活不也是如此吗？每天忙碌着，好像目标很清楚，某天回过头来看，才发现什么都没做。

过了四五个小时，我终于拜上了黛螺顶，身体确实有些累了。黛螺顶上台阶很少，大部分是平地。每次叩拜时，我都在地上多待一会儿。手掌朝上，双手伸直，全身尽可能地贴在地面上，磕头，放松，感受着大地的厚重。

佛陀说："向大地学习吧。不论我们把清香的花朵、香水或鲜乳汁撒在地上，又或将秽臭的粪便、血、黏液、涎沫等丢弃在地上，大地都一概领受，无牵无惧。"

想到这些，我被感动，眼泪仿佛要流出来。忍了忍，我继续朝入口拜去。

等我拜进入口，发生了让我终生难忘的一幕。

刚进院门，我就听见有很多人在诵经。我抬头望去，前方不远处有二十多人，衣服外面都套着大马褂，大部分是居士，还有几位穿僧袍的师父。他们分成两列，站在大殿前，中间的道路留出来了。

诵经的声音真好听，念的什么我不知道，也不想知道，我似乎从来没有听过这么好听的声音，像和声——最美的和声。

我觉得自己很幸运！就在这最美的和声中，我一步一拜，多么殊胜的事！一路的疲劳此刻都消失了，此时只有感动，我的叩拜也有了节奏，跟诵经的频率结合起来，仿佛我的跪拜成为这个和声的旋律。

接下来，更让我感动的事情出现了！

我要从门口拜到大殿里面，但在大殿前面，这些居士站在两边，我只能从队列中间拜过去！于是我拜了过去！

我永远忘不了那个场景：二十多个人穿着差不多的服饰，分两边整齐地站成两列，双手合十，一起诵经，我从中间不紧不慢地叩拜前行！双手合十，举过头顶，滑过胸前，跪下，叩拜，起身，再双手合十……我头脑一片空白，什么想法都没有了，只是全身心地叩拜，泪水也随着每一次叩拜，滴落在青石板上。

这个过程也就二十来步，但我好像拜了很久。等我拜进大殿，拜完五方文殊，外面的诵经也结束了！整个场景像彩排过多次的仪式，庄严而殊胜。这是菩萨安排的吗？

不知道是哪位哲人说过，每件事情的发生，都只是发生，但头脑会赋予它不同的意义。

或许这只是巧合，但我的头脑给它添加了很多意义。

好不容易平复了内心的激动，我休息了一阵后，准备下山了。我回到观音洞时，已经是下午三点多。

益西师父问："行空师父，今天去哪里了？"

"益西师父好，我去朝拜了黛螺顶。"

"随喜！这几天多锻炼身体，对接下来的行走有帮助。来，我给你泡茶。"

从益西师父的禅房出来，我发现天上开始飘雪了。雪越下越大，漫天飘飞，落在院子里，地面开始变成了灰白色。

我走出寺院大门，来到河边一大片空地上。此时，路上早已没有了行人，远处的大山也被笼罩在一片灰蒙蒙的雪花世界里。回头看看，寺院正安静地享受着雪花的轻抚，山壁上的观音洞貌似在闭目打坐，显得格外安详。

听着雪落的声音，一个人在雪地里缓慢地行走，走得很慢，每一步都踏踏实实踩在大地上。每一次抬腿，就像是拿起皇帝的玉玺，而每一次放下，就像是要在圣旨上盖上大印！

我走了半小时，回头看雪地里自己的脚印，有些感动。这段时间太容易被感动了，唉。

天快黑了，我抬头看了看黛螺顶的方向，雪花太大，看不清什么。但在灰蒙蒙的天空中，又隐隐约约有文殊菩萨的雕像。估计是眼花了，我想，于是转身朝寺院内走去。

一路向西

文 / 海浪

七哥，时隔540天后，我想你了。去听花开，去觉当下。108颗菩提子手串，可念。如鬼，如星，如空，吃茶去也。行空师父，祝安。

这是甘肃的一位粉丝得知行空师父正式起程行走以后，在朋友圈发出的祝福。

540天前，他乘坐绿皮车，行驶千余公里拜访七哥，那可能是他生命中最灰暗的一段时光，甚至想到自杀。见到七哥后，被七哥骂了一顿。还好，他挺过来了，现在一切安好。

我是海浪，七哥的助理。我在五台山一个小宾馆住了七天。其实，我每天见到七哥的时间也不多，在他出门拜佛时，我帮忙拍几张照片；偶尔七哥的朋友过来，我帮着接待一下。

今天七哥——应该叫行空师父——正式行走了，只有他一个人。

出发的前一天晚上，著名茶人王心先生过来看行空师父，说泡一杯茶送行。

行空师父说："希望你能通过我的文字来体验这一段不可知的经历。我的双眼就是你的双眼，我的双脚就是你的双脚。"

我用镜头和影像记录了行进中的瞬间：

观音洞——当年六世达赖喇嘛仓央嘉措闭关修行的地方。冒着零下十七摄氏度的刺骨寒风，行空师父在观音洞住持益西师父的带领下，进行了简单的送别仪式。

扫码观看

行空师父托钵行走出发前的送别仪式

念经·点灯

2016 年 1 月 6 日早晨八点半，观音洞大雄宝殿，益西师父带领一众僧人诵经，场面肃穆庄重，之后，一起发愿、祈福、供灯。点灯既是点亮智慧、破除愚痴，更是宣告行空师父一心走路的决心。

合影·留念

临行之际，观音洞住持益西师父、灵境寺住持悲胜师父与行空师父合影留念。悲胜师父叮嘱他：不要回头。

起程·送行

行空师父出发了，一个人，一个背囊，从五台山开始一路向西徒步两千公里，预计至少两个月。钱包和笔记本都没带，同时也谢绝了纪录片团队和摄影师随行。一个人独行。围绕着这次出家，网络上有太多的争议和口水。

　　然而，清净与否，在乎内心。

　　这一路上，他要遭遇多少暴风雪？要忍受多少个饥寒交迫的夜晚？会遇到多少艰辛？要克服多少困难？这一切，也许连他自己也说不清楚，只管向前走就是了……

　　行空师父对我说："如果能住庙里就住庙里；如果没有庙，就祈求哪位施主留宿一晚；如果实在没有人留宿，估计就露宿了……"

　　行空师父还说："我不一定会写文章，但会偶尔记录，报个平安。"

　　出发，背影渐行渐远……

　　路途迢迢，不过总归会到达。

　　祝福行空师父，一切平安！

即将出发

是的，我马上就要开始行走了。这次短期出家，就是为了这趟行走。

我计划从山西五台山，行走到四川峨眉山。至于为何选择此起点和终点，说实话，没什么特殊的原因。五台山是文殊菩萨道场，峨眉山是普贤菩萨道场，对佛教徒来说，都是很殊胜的地方。我说过，虽然短期出家，但我觉得自己不算虔诚的佛教徒。要做一些事情，若能让事情本身具备更多的意义，我是愿意的。

这次行走我给自己定了三条原则：

1. 一路步行。不乘坐任何交通工具。若坐车，坐车从哪里开始，下次步行再从那里开始。

2. 不带分文。手机用来导航，支付宝和微信中的钱都不能使用，一分钱也不行。

3. 一路化缘。仿照以前佛陀托钵乞食的方式，化缘吃的和住宿，但不接受金钱供养。

不知道这三条能否做到，但我会努力。若做不到，我觉得行走意义就会小很多，不想搞得跟背包旅行一样。

接下来会发生什么？我不知道。是否会生病？是否会露宿街头？是否会受伤？我都不知道。面对未知，人的内心往往是会恐惧的。我有些兴奋，也有些恐惧。克服内心的恐惧，不就是修行吗？我想到一句话：

未知即精彩。

　　嗯，本书接下来的几章是我零星记录的一路遇到的人和事，并没有严格的时间和空间顺序，若你希望以时间顺序来了解行走的每天都发生了什么，可以直接阅读第七章。

　　好了，来吧，跟着我！我的双脚就是你的双脚，我的双眼就是你的双眼！

第二章

行走在路上

我的双眼就是你的双眼，

我的双脚就是你的双脚。

第一次乞食

从 2016 年 1 月 6 日到现在已经过了七天。这七天，我从五台山走到太原，走了 212 公里，平均每天走 30 公里。五台山当时最低温度应该在零下二十摄氏度左右，太原最低温度在零下十六摄氏度。

今天在太原休息一天，脚实在太疼了。于是准备把过去几天的见闻所想记录下来。**时间很厉害，能消磨所有东西。我们的一些感动，可能过一段时间就彻底没有了。或许还能记得那些画面，但只有画面却没了那份感动。**趁现在还有些感觉，我决定用文字记录下来。

这些记录，有点像流水账，也许能感动我但不一定能感动你；也许记录的只是这个世界的一个小角落，只是一件已发生但没留下任何痕迹的小事，但没关系，你就当听一个朋友在讲故事。

这个故事可能很平淡，但很真实。卡夫卡说：那平淡无奇的东西本身是不可思议的，我不过是把它们写下来而已。

1　行囊

出发前，观音洞的益西师父和几个喇嘛一起诵经，给菩萨点灯叩拜。仪式结束后，我从观音洞出来，师父说不要回头。

不要回头，这意味着仪式搞完后就必须得走。我只好背着大背包就出发了。然后，我发现行李还没做最后的检查，悲胜师父送的干粮没带，去五台县的路也没问清楚，手机上记录行走的软件还没设置好，还没和朋友们交代点什么……

事情总是这样，永远没有准备充分的时候。既然出发了，就出发吧。

背包比较沉，具体多少公斤我不知道，里面放了一个睡袋、一个防潮垫（切了一半）、换洗的衣服、一个防风斗篷、几本经书、一个水壶、一个钵、洗漱用品、充电宝、剃须刀、手电筒、打火机、水果刀、针线包。我戴了围巾、帽子和手套，还拿了一根拐杖。这就是我所有的行囊了。

行囊中的这些东西，最先用上的居然是针线包。

出发前一天晚上，我在装行李时，听见哧哧响，袋子好像要破了。由于行李太重，袋子背带连接处的线撕开了。还好，要是袋子坏了，这就没法走了。我拿出针线，开始缝起来。小时候，妈妈补衣服，我站在旁边看。没想到过了二三十年，现在要自己动手缝补了。如今我也早已为人父，而妈妈也已是头发花白。妈妈，你还好吗？

我把袋子背带两侧都缝了一遍，感觉很结实。站起来，我握住拳头，大臂拖着小臂，小臂拉着拳头："耶！"

2　呼吸和徒步

悲胜师父说要朝金阁寺的方向走，我设置了导航，按着导航出发了。

路上不时有车停下来，司机问："师父去哪儿？"在五台山台怀镇没有正规出租车，大多是私家车过来揽活的。

我双手合十行礼道："阿弥陀佛，我不用车，谢谢您！"

走了不远，遇到龙泉寺，离公路应该有三百多米吧。我犹豫了一下，还是决定进去拜一拜。以前唐三藏去西天取经，见庙要拜庙，见塔要扫塔，我要向他学习。

龙泉寺很古朴，遇到两个僧人，问我要去哪里，我说去峨眉山，他们感叹说不容易，天太冷。

过了龙泉寺，就遇到了大山。路很宽，但都是积雪和冰。行人很少，车也很少。但天很蓝，几乎看不见白云。路上迎接我的，是喜鹊，每过一段路就能看见喜鹊窝。偶尔也有喜鹊叽叽喳喳地叫。天空中偶尔能看见飞得很高的鸟，应该是鹰吧，配上蓝天，让人心旷神怡。以前一个人发呆时，我常想要是能变成一只鸟该多好啊，每天不用那么忙那么累。现在想来不觉莞尔：鸟一定也有鸟的烦恼，它一定也想过，要是能变成一个人该多好啊！

我关注着脚下，想着一行禅师说的行走之法，调整呼吸和步伐：

吸气持续两步，呼气持续两步，吸1-2，呼1-2。每过十几分钟，呼气要变成呼1-2-3，持续几次后再恢复到呼1-2，这样方便把肺内多余的空气呼出去。

不过很难让意识一直关注着脚步和呼吸，意识很快会自动跑到其他地方去，回来就好。

3　小红果

接下来十多公里，我一直在上山，看来是需要翻过这座山。一路上，偶尔有车停下，主动要带我一程，说不要钱，我笑了笑，摇头谢绝了。

等到中午的时候，感觉有点饿，但看不见村庄，又没带干粮。我向马路两边打望，希望找到点吃的，偶尔发现路边荆棘丛中有些小红果。

我很想尝尝，但又怕有毒，只得忍着。

又走了半个小时，实在有点饿了。早上吃饭很早，不到八点就吃完了，当时有点兴奋，也没吃太多。现在已经十二点了，走了十几公里路，也该饿了。袋子里面只有水，干粮忘带了。

看着小红果，我最终还是忍不住去尝了一颗。有点酸，有点甜，味道还不错。小红果看上去像果子，里面都是汁液，用手一摘就会破。我用小刀割下一段树枝，用嘴直接吃；但树枝上有刺，吃相有点不雅。要是有毒怎么办？嗯，那就是命该如此……

当然这也只是尝尝味道罢了，不可能填饱肚子。填肚子的事情，还得找个人家化缘。

但越往上走，越看不见人烟。大约走了一个小时，才发现三间小房子，我大喜过望，准备去化缘，这可是第一次化缘啊。

4　化缘

我边走边想，内心有点复杂：这相当于要饭，我该怎么开口呢？

"施主，贫僧从五台山灵境寺来，去峨眉山拜佛取经，路过贵地，想化一顿斋饭。"

这好像是唐僧的风格。

"大叔，我是行脚的僧人，没有带钱，想化一顿吃的，不知道是否方便……"

这个比较现代一点。

"行行好，行行好，我很饿，能给点吃的吗？"

这是要饭的路子。

要是遇到的是一个女施主怎么办？要是只有女施主在家，是不能进门化缘的，"家无男子，不可入门"。不进门没关系，只要给吃的就行。万一她邀请我进去呢？坚决不进！菩萨很喜欢考验人的，老僧的教训还在。第一个给我吃的的人，我要记住他，很有纪念意义。算了，记那么多意义有什么意义？他们会不会认为我是骗子？被当成假和尚赶出来会很没面子吧？没事，这里也没别人知道，讲什么面子啊。无我相，无人相，无众生相，无寿者相。

来到门前，我鼓起勇气去敲门，敲了好几下，喊了好多声，居然没有人应。

不会没人吧。

我在窗户口望了望，发现两间房里都乱七八糟的，有一间房里生着炉子，炕上睡了一个老头，脸朝墙，背朝外，看不清具体多大岁数，穿着类似环卫工人的衣服。

原来是护林工人歇息的地方，能有什么吃的？人家那么辛苦，还是不要打扰老人家睡觉，于是我转身走了。其实我知道，这只是表面的原因，真实的原因是自己不好意思。

有点失落，感觉更饿了。**人就是这样，越得不到的时候，越觉得需要。**

又走了一两公里，看见了金阁寺。好吧，还是去寺庙求点吃的好了。

5　金阁寺

金阁寺很壮观，山门居然叫"南天门"！有气魄吧。建筑也很古朴，应该有些年代了。

我走进寺庙，偌大一个寺庙，看不见一个僧人，也没有游客。第一座大殿门锁了，我向后院走去，也看不见人。估计是太冷，师父们都进屋念经去了。

到了大雄宝殿前，看到小亭子里坐了一位胖大姐。我跟她打了个招呼，把背包放在外面，进殿礼佛。里面有三尊大佛：如来佛、药师佛、阿弥陀佛。拜完菩萨出来，我问胖大姐："阿弥陀佛，我还没吃午饭，这里有没有吃的？"

胖大姐说："你去客堂和斋堂看看，我们吃完有一会儿了，不知道做饭的还在不在。"

我连声道谢，背起行囊，朝她指的方向走去。

客堂门上有一把锁。我转了大半个寺庙，也没看见斋堂在哪里，要命的是，一个活人都没看见，只有一条狗看见我叫了几声。我对它说："放心，我不找你要吃的。"它好像听懂了，不再叫了。

我摇摇头，苦笑了一下，朝寺庙外走去，想起加措活佛的一句话：**一切都是最好的安排**！这第一天就给我来了个下马威，让我知道艰苦……

6　乞食

背上的行囊感觉很重，袋子的背带是两根布条，勒得肩膀有点疼。

我继续朝前走。风有点大，刮在脸上有点痛，觉得脸很冷，但身上又出汗了。这些都不重要，重要的是肚子饿了。

我自言自语："佛陀，我没办法了，这件事情交给你了。"

这是一行禅师教我的。他说，每个人内心都有个佛陀，当你处理不了时，可以交给佛陀来做。他经常在没有办法的时候，就说："佛陀，我没办法了，这件事情交给你了。"他说自己经常这么做，而且屡试不爽。我正好也试试。

　　过了几分钟，我看见前面有个大院子。这让我有点不敢相信：这么快就遇到人家了，佛陀真的这么灵吗？

　　我走到大院子附近，周围的雪还没化，到大门口，发现铁门锁着，院子里空荡荡的，雪地里也看不见脚印，应该是很久没人住了。

　　其实，这里没人住才是正常的，这么高的山，海拔两千多米，大冬天上来一趟都不容易，在这里住，能干什么呢？

　　身边偶尔过去一辆车，我朝他们合十行礼，人家也是匆匆而过。

　　快下午两点时，又来了一辆车，从我身边过去，过了十多米，停下来，又向后退了几米。车门打开，下来一个三十多岁的妇人，她说："师父，上车吧。您去哪里？我们送您一程。"

　　"阿弥陀佛，我不坐车，谢谢您。"

　　车的前门也打开了，一个中年男人下车，拿出一些钱来，要给我。我连忙说："阿弥陀佛，我不要钱，谢谢您。"

　　"现在这么冷，钱您拿着啊，供养给师父的。师父您别一个人走，我们送您下山，您这是要去哪儿啊？"

　　"真不用，我不能要钱，我要去峨眉山，走路去，不能坐车的。"我赶紧解释，正准备继续向前走，忽然记起自己饿得不行，又说，"那个，嗯，那个，您车上，有没有吃的？嗯，能否给我一点吃的？我还没吃午饭。"我的声音越来越小，觉得自己都有些哽咽了，眼眶里好像也有泪水，我赶紧低下头。

　　"有，有，来，这是面包。没关系，这个很扛饿的。这么冷的天，师父您还没吃饭，多不容易。还有这个麻辣香干，都是素的，您拿着，您多拿点！我这里还有水……不用水啊！还有纸您也拿着。"妇人一边说，一边给我拿了一堆东西。

我怀里抱着一堆吃的，被这突如其来的事情搞得有点蒙了。

"你给师父拿个袋子啊。"里面有个老人的声音传来，应该是妇人的长辈。

"师父您拿好啊，要不我们送您下山好了……好吧，那您自己小心点。我们是从沧州来的，准备去清凉寺。那好，师父您慢点走，注意身体，阿弥陀佛，保重！"

车开走了。我拿着他们送我的东西，拄着拐杖，继续往前走。不知道为什么，我一边走，一边流眼泪，后来哭出声来了！眼泪流在脸上，很快就变凉了，我赶紧用袖子擦掉。又走了几分钟，我找了个地方坐下来，拿起面包开始吃。当我开始咬第一口面包的时候，眼泪又流下来，我也不知道是为什么……

这个场景我现在想起来还会流眼泪，这也是我想用文字记录下来的原因。

我记住了这个好心施主的车牌号：宁 BS8911。

顺便说一下，第一次化缘的面包，接下来几天，我每天中午吃的都是这个，一直到第五天的中午才吃完。

7　又见大山

我吃了几片面包，喝了点热水，很快就不觉得饿了。背起行囊，继续往前走。风还在不停地刮来，冰雪依然很厚，但此时我心里暖烘烘的。

半个多小时后，终于到了山顶，检票处。五台山门票挺贵的，要120 元一张。我上次开玩笑跟心哥说："你可以穿一件僧衣，这样就不用买票了。"心哥说:"一身僧衣不止一百二啊。"

我还看见一块牌子:南台顶,10km。我拍了一张照片。

这个场景很熟悉,十年前我来过这里,当时还开车去了南台顶。没想到十年以后我又来到这里,成了一名僧人。现在的我是不是十年前的我?

朝山下望去,我傻眼了:怎么都是大山,一眼望不到头的大山!悲胜师父不是说这里每十公里就会有村庄的吗?村庄呢?这时已经是下午三点了,我已经走了六七个小时了。悲胜师父,你出来啊,我保证不打你……

十九个学生的学校

1　关于乞食

关于乞食，有很多人不理解，我先简单介绍一下：僧人为什么要乞食？乞食本身也是一种修行方式。《金刚经》一开始就写道：

尔时世尊食时，着衣持钵，入舍卫大城乞食。于其城中，次第乞已，还至本处。

佛陀成道以后，还在乞食。乞食的作用，主要有四点：

降服我慢。每个人都自视很高，这是修行的一大障碍。

不贪口味。人家给什么就吃什么，可以克制口欲。

专心修道。不用考虑到底该吃什么的问题了。

令见者心生惭愧。自己理解吧。

按照佛陀的规矩，出家人不应该自己种地，也不应该夜观天象算命什么的，更不应该跟一些富人交往以让人供养。这些我也是看书看来的，有一本书叫《金刚经讲义》，里面写道：

乞食。佛制，不许出家人用四种方法谋食养命。

一者，种植树艺，名下口食。观察星象以言休咎，曰仰口食。交通四方豪势，曰方口食。卜算吉凶等，曰维口食。统名不净食、邪命食。

唯许乞食，名正命食，乃出家之正道也。

何谓正道？折伏我慢故，不贪口腹故，专意行道故，令一切人破悭增福故。

《金刚经讲义》的作者是江味农居士，民国时期一个很了不起的居士，研究《金刚经》研究了一辈子，最后整理成这本书。喜欢研究《金刚经》的朋友，这本书是一定要看的。当然，看这本书需要一定的古文基础。

接着说乞食，也就是要饭。直到现在，我心里还是很忐忑，每次中午找饭店要水喝或者要一碗面，开口仍然比较难。当然，乞食的过程一般人没必要体验，但如果你真的能去体验乞食，你至少会减少80%的烦恼！**连要饭的生活都可以过，还有什么可以担心的呢？**

第一天行走，我走了33公里，包括中途休息、拜寺庙、吃东西，大约9个小时。等我从大山里走出来的时候，已经是下午五点多了，太阳很快就要落山了。

2　缘分

走到豆村镇西柳院村的时候，我已经准备找地方住了。

公路边上有个小院子，院子外面有个大叔在劈柴。大叔应该好说话一些吧，我整了整僧袍，心里给自己鼓气，朝大叔走去。

这时，马路对面有辆车停下来，按了一下喇叭，下来一个小伙子："七哥，真的是您啊！"

我站住，望着他说了句："阿弥陀佛！"心想：这么偏僻的小山村，不可能被粉丝认出来吧，我还没有成名到这个地步！难道他是特地在这里等我的？

"行空师父，七哥，我是您的粉丝，太好了，没想到在这里遇到您！"小伙子说。

"这样啊。阿弥陀佛！你干什么去呢？"

"我们学校放学了，带点东西回去。我是一个小学的校长，以前上学期间做过淘宝，关注您有两三年了。您晚上住哪儿啊？"

"我正准备找地方住呢。"

"住我家吧，您介意不？我家就在隔壁的伏胜村，只是条件不太好。……啊，真的啊，那好那好，我带您去，上车吧。"

一辆奇瑞 QQ，很小的车，除了司机，车里已经坐了两个人了，还放着一大袋白菜、一袋大米。之前的疑虑打消了，他不可能是特地等我的。

这次真的是巧遇。如果早一分钟，他的车就开进村子了，他不会遇到我；如果晚一分钟，我就走进那个小院了，他也看不到我。是的，就是这么巧，在一个大山脚下，还能遇到一个认识我的人。

我想起佛经上说，人身难得，人之所以这辈子能成为人，概率非常低，有多低呢？佛陀说了一个比喻：

有一个木板上有个孔，木板一直在海上漂来漂去。有一只眼睛瞎了的海龟，每一百年才出来到海面上透一次气。有一天，这只盲眼海龟又出来透气了，脑袋刚好伸到了那个木板的孔里，从中探出头来。

就是这个概率。

不说这只盲龟了，继续说我们的校长。

3 父母

这位小伙子姓殷，今年二十八岁。他说他高中读了六年才考上大学，上完大学后，就回来当了老师，现在是校长。下面我们还是称呼他为殷老师吧。

我没有跟殷老师客气，跟他一起回家了，晚上在他家吃饭，见到了他父母，还有他弟弟。晚餐吃得很丰盛。

他们问了我很多问题，主要是为什么要出家，为什么要走这么远，为什么不坐车。老人家说："你们年轻人的想法，我们实在理解不了了。这么远能走到吗？"

我说："老人家，没问题的，只要下决心走，坚持下来一定能走到。就像您儿子一样，当初坚持下来，不也就考上大学了吗！您看现在多好，很有出息啊！"

老人家呵呵笑，能看出来，这个儿子是他们的骄傲！我想起了我的父母……

坐在火炉边，吃了一碗热腾腾的面条，暖和多了。

晚上我开始跟殷老师聊天。

4 学校

"师父，我之前就看见您说在五台山出家了。我还在想要不要看您去呢，由于学校要上课，就没有去。后来看见文章说您今天出发行走，我还在遗憾您到了五台山我也没见到。真没想到居然还能请您到我家来住。"殷老师已经改口叫我"师父"了，"师父"是对出家人的通俗称呼。

"阿弥陀佛，缘分！谢谢你，要不是你，我还不知道在哪儿住呢。你们学校有多少学生？"

"19个。"

"19个老师？"

"不是，是19个学生。包括我有3名老师。只有我是正式的，其余两个都是民办老师。所以我当了校长，我毕业也就两年，在这里教书一年多了。"

"你们一到六年级都有？怎么上课呢？"

"我们从幼儿园到五年级都有。19人中有12个是幼儿园的，1个一年级的，1个二年级的，3个三年级的，1个四年级的，1个五年级的，目前没有六年级的学生，明年就有了。上课也好弄，某年级上课的时候，其他的年级就自习，不影响的。"

"学生这么少？"

"我们这个学校学生算多的，隔壁的村里，还有一个学校只有6个学生，另外一个学校只有3个学生。您明天早上到我们学校去看看就知道了。"

我听了有些心酸，接着问："为什么学生这么少？"

"现在村里年轻人都外出打工了，一年能赚两三万，有了钱，就把小孩送到镇上的小学去读书。村里的小学，学生自然就少了，有的学校就办不起来了。但镇上的学校人又太多，本来是义务教育，现在好多学校要交钱才能进去……"

"那为什么你们学校有19个学生，其他学校人数却少很多？"

"那是因为我有车可以接送他们。附近一些村子的学生，有的七八岁了还没上学。因为条件不好，家里只有老人，没法接送孩子。"

"你们老师的待遇怎么样？"

"我的还可以。把所有工资和补贴算上，每个月有 3000 来块钱的收入。其他两个民办老师，每个月 1000 块。我们还算可以了，前几天有个报道说某个民办老师工作了 40 年，到现在每个月只领 150 块钱的工资……"

殷老师的回答有点出乎我的意料，我答应他明天早上先去他的学校看看。

5 功课

晚上我开始做功课。我的晚功课是诵一遍《金刚经》《心经》，看一卷《楞严经》，因为《楞严经》里面还有好多字不认识，没法诵读。如果时间还够，还会诵《六祖坛经》。我也就带了这几本经书。

每天早上，六点多的时候我就起床，然后诵一遍《金刚经》《心经》，读几首《六祖坛经》中的偈，有几首我觉得写得非常好，都背下来了，很好懂。

昨天有人问修行是不是应该出家做苦行僧？我不知道怎么回答，我出家时间也不长。六祖惠能写过一首偈诗，作为回答送给大家吧：

心平何劳持戒

心平何劳持戒，行直何用修禅。

恩则孝养父母，义则上下相怜。

让则尊卑和睦，忍则众恶无喧。

若能钻木取火，淤泥定生红莲。

苦口的是良药，逆耳必是忠言。

改过必生智慧，护短心内非贤。

日用常行饶益，成道非由施钱。

菩提只向心觅，何劳向外求玄。

听说依此修行，西方只在目前。

写得多好啊，既押韵，又有指导意义。

当了和尚我才知道，这并不比上班轻松，每天早晚要做功课，还要走几十公里路。

做完晚功课，该睡觉了，明早还要去参观殷老师的学校。

6　参观学校

吃完早饭，殷老师把他的奇瑞 QQ 开了过来，让我目瞪口呆的是：空间很小，副驾驶座位空着，后排坐了一个大人和几个小朋友！

殷老师有点腼腆，搓了搓手解释说："我是校长，每天早上需要把村里的学生都接到学校去，中午再把他们送回来吃饭，然后再把他们接到学校，晚上再送回来。"

我听了以后不知道该说什么好，每月 3000 元的工资，要做的事情也不少。

他接着说："后面这位也是我们学校的老师。还有一位老师在学校，她做老师十年了，虽然一直是民办老师，但她真的很负责，一会儿师父就可以看见她了。我们学校就我们三个老师。"

我坐上车，向后排看去，几双小眼睛正看着我，有的腼腆，有的害羞，有的不好意思在笑，脸红通通的，还有个小孩鼻子上还挂着已经冻住的鼻涕。几个小脑袋的后面隐约能看见一双大人的眼睛，眼睛眯着，应该是在朝我微笑，那是另一位老师，估计几个小孩都坐她腿上。早上太冷，车挡风玻璃上有很多冰霜，雾蒙蒙的，打开空调吹也化不开。不过殷老师好像习惯了，打开雨刮器，刮得玻璃嘎吱嘎吱响。车开得很慢，当然，也不能开快。

我真没想到殷老师的"校车"条件是这样的！以前有不少报道指责幼儿园、小学的校车不好，经常出事什么的，但真实情况又是怎样的呢？如果没有这些"校车"，这些小孩可能连学都上不了。想到这里我有些惭愧。

很快就到了殷老师的学校，是一所希望小学。

总共两间教室，一间幼儿园教室，一间其他年级教室。

殷老师跟我说："师父，不好意思，我们这里条件有点差。现在比去年还好点，去年房顶还漏雨，后来上级安排解决了，只是墙上有时还会发霉。"

来到一年级到五年级的教室，坐在最前面的是一位残疾小姑娘，老师说她很聪明，一学就会，就是脚不能走路了。

教室里有张床，被子褥子都铺得很整齐，我问教室里面怎么会有张床。那个老师说："真是对不起，不好意思，这是我住的地方，不知道师父要来看，我应该提前整理一下的。"说完，她连忙转身，开始整理床边放着的几本书。

此时，不知为何，我的眼眶有些湿润。我转身走出了教室，担心再待下去眼泪会流出来。殷老师送我出来，我问殷老师："我能帮你什么？"

"不用啦，我们自己都能解决的，慢慢解决。"

"这么问吧，如果你们学校有钱了，你最想干什么事情？"

"附近几个村还有一些七八岁了没上学的小朋友，我的车太小，接现在的学生就已经不够坐了。如果我有钱，我最想买一辆小面包车，可以坐更多人，这样就可以把附近几个村没有上学的小孩都接过来上学。"

我有点说不出话来了。

7　出发

殷老师把我送到了昨天傍晚接我的地方，我要从那个地方接着走。

和殷老师道别后，我看了看前方。笔直的公路边稀稀拉拉地站着数棵早已光秃秃的大树，树干都很粗大，姿态各异，树上还有几个喜鹊窝，树枝伸向蓝天，蓝天中挂着几朵白云。道路两旁是广阔的田野，田里没有庄稼，我想应该是麦地吧。又看了看公路，公路一直延伸向远方，我知道，该继续前行了！

人情冷暖，差点露宿街头

1　合掌恭敬

豆村不是一个村，而是一个镇，叫豆村镇，属于山西省五台县。

豆村镇的公路修得很好，一路也没什么车，行走起来格外轻松。之所以轻松，还有一个原因，我把背包里的一些东西——斗篷、一套僧袍、一本星云大师的书（很厚），让殷老师帮我寄回去了。这三样东西有点重，而且占地方。还有那根拐杖，也落在殷老师家了。

我到达豆村镇的时候，刚好是中午，镇上很热闹，各种小商贩吆喝着。街上人来人往，很少有人注意到一个行走的和尚。迎面走过来的人，我偶尔朝他们合十行礼。有些老人会笑呵呵地合十还礼，也有一些人看了一眼，脸上漠无表情。

当我朝小孩子行礼的时候，小孩子大部分会冲我笑，成年人基本上不会，他们都太忙。记得以前老师告诉我说：忙字怎么写啊？心亡。我不知道是不是这个道理。

说到行礼，在农村，如果我遇到一两个人，朝他们合十行礼，他们大多会跟我打招呼，有的甚至过来问我两个终极问题：从哪儿来啊？到哪儿去啊？但城市里的人好像要冷漠一些，哪怕是个小镇，我主动打招呼，大部分人都像没看见一样，甚至不看我一眼。

走在豆村镇上的街心，看见边上有卖杭州小笼包子的，倍感亲切。

已经到吃饭的时候了，我有点想去化缘几个素包子。

犹豫了一下，还是没去。一方面是担心被拒绝，不好意思开口；另一方面是我背包里还有吃的，上次那位施主给的面包还剩了不少，开水也有一些。

2　用餐

五台县城是我今天的目的地，上午已经走了14公里，从豆村镇到五台县大约还有25公里。我平均一个小时走5公里，一天走8个小时，应该能走40公里。但如果加上中途休息和吃饭的时间，估计走40公里要9个多小时，因为越到后面，走得越慢。

又走了半个多小时，我停下来准备吃点东西。在马路边吃东西有些麻烦，山西的冬天，到处都是光秃秃的，遍地都是尘土，没有干净的地方，路边也没有石头什么的方便人坐。我之前带的半个防潮垫不知道丢哪儿了，包里找不到。

顾不了那么多，我在路边找了个土堆坐下，放下背包，拿出保温杯，打开盖，水还是热的，又拿出一个昨天那个妇人送的面包，看了看，张嘴咬下一大口。这时一辆农用车开过来，留下漫天尘土，我赶紧转头用袖子遮住嘴和面包。我知道这样做也不管用，只是习惯性动作罢了。

顺便说一下，现在我很注意珍惜粮食。每次吃饭，碗里都不会剩下一粒米，吃面时汤也会喝得一干二净。居士供养的食物，无论好不好吃，都从没扔掉过。上次吃完面包，才发现面包都已经过期几天了，之后也没发现有啥问题。想想以前，经常剩菜剩饭，实在有些不应该。

接着说行走吧。

我当时选的这条路，是最近这些天走过的最漂亮的一条路。越朝前走，车越少，也看不见行人，黄土塬、蜿蜒的公路、远处的村庄、零星的大眼睛树、偶尔飞过的喜鹊、一直跟随的蓝天⋯⋯

3 讨水喝

吃过午饭，把水都喝完了，接着行走，准备到前面讨点水喝。

只是一直遇不到人家，村庄离马路有一公里左右。虽然不是很远，但来回是两公里，需要走二十多分钟，对于一个要徒步一整天的人来说，绕道两公里，有点奢侈。

迎面过来一辆车，墨绿色的 SUV，我停下来合十敬礼。那辆车来了个急刹车，停了下来，窗玻璃摇下来，开车的是个年轻的和尚，副驾驶上坐的也是个和尚："师父要去哪儿？有什么可以帮你的？"

"我行脚的，你们车里有没有水啊？我想讨点水喝。"

"哎呀，我车里没有。我们上午过去的时候就看见你了，要去哪里啊？"

"峨眉山。没关系，我到前面找点水吧。"我也不着急。

又走了一个多小时，我有点渴，也有点走累了。发现前面有个寺庙，离马路大约四百米。嗯，应该去拜拜，顺便歇歇脚，讨杯水喝。

4 天宁庵

等我走到寺庙门口的时候，才发现这是个尼姑庵：天宁庵。寺庙大门锁着，侧面有个小院，有个比丘尼（尼姑）带着几位居士在院子里行禅念经。我打了个招呼说想讨杯水喝，不知道是否方便。那个比丘尼说没问题，把我带到大堂里。我叩拜了大堂里的菩萨，然后拿出杯子，比丘尼给我倒满了水。

这时候里屋走出一位老比丘尼，六十多岁的样子，慈眉善目，问我从哪里来要去哪里。她听说我从五台山来，马上给我下跪磕头，搞得我不知所措：给我顶礼？我赶紧下跪磕头还礼。

老比丘尼把我请进里屋坐，给我拿来好多水果，我们开始攀谈起来。她给我讲起她的故事。

"我老家是东北的，出家几十年了。一九九几年的时候我就在五台山，在普寿寺（好像是这个，普寿寺是五台山最大的尼众寺庙）住了十年，后来越来越觉得没意思。为什么呢？那里很忙也管得很严，每天早课晚课，还有很多法事，自己单独修行的时间很少。那时候也是为了存点钱，半年能存两三千块，然后去一趟九华山或者普陀山。我们女众不比你们男众，你自己一个人不带钱就敢出门，我们得结伴同行。"

"你们做法事一般多少钱？"

"不多，有时候一次三五十块，多的时候一百来块。一看对方给的多不多，还得看管我们的组长怎么分。我后来想，不能每天为了赚钱啊，还是得找地方精进修行。这个地方的乡亲们去五台山，求了好多次让我们到这个庙里来，大家都不愿意来，这个地方太苦，没钱。我后来一想，干脆我来吧，他们也挺诚恳的，这个地方也适合修行，于是我就过来了。我们这里有三个比丘尼。外面那是一个，还有一个回东北了，过了年再过来。"

"这里平时有供养吗？"

"这个地方很穷，乡亲们夏天出门都舍不得买一根冰棍，哪有钱供养给庙里啊。我们种了一些地，有些居士过来帮忙一起种，你看外面有好多玉米，就是我们的收成，每年能收入两三千吧。我来这个地方已经有十年了，每年都种不少东西。佛经讲，出家人不应该自己种地，但我们不种地没法生存。我知道业障重，我们每个星期都要留半天念《地藏经》，消业障。"

听到这里，我忽然觉得出家人真不容易，特别是那些寺庙里的当家师父。

临走的时候，老比丘尼给我塞了几个苹果和香蕉，还有橘子，让我在路上吃。我很感动，想起了我妈。

5　化缘借宿

等我到达五台县的时候，已经快六点了，我准备找人借宿。

我问的第一个人是个中年男人，穿着皮夹克，手里还点着一根香烟，他站在路边。

"阿弥陀佛，您好，我是行脚的僧人，没带钱，想找个地方住宿一晚。"

"哦，我也不是本地的，你问问别人吧。"

第一次就这么结束了。旁边市场里走出来一个四十来岁的男子，我鼓起勇气接着去问："您好，我是行脚的僧人，没带钱，想……"

"我没空。"

我话还没说完，就被他打断了。我只好笑了笑，转身走了。

走到对面的湖边，有个三十多岁的男子正走到车边上打开车门拿什么东西，我上前说："阿弥陀佛，您好！"

"什么事？"

"我是行脚的僧人，要去峨眉山，没带钱，想找个地方住宿。"

"哦，这样啊！"

"如果您家方便，我睡沙发也可以的，我带了睡袋。如果不方便，帮我找个几十块钱便宜的宾馆也可以。"

"这个，你看见湖对面的加油站没有？加油站边上有个信佛的大妈开了个宾馆，你去找她好了。"说完，他进了车里，把门关上。

我看了看他指的方向，有两三里路，也不远，虽然脚很疼，但还是去看看吧。

等我到了那里，发现确实有个宾馆，带公共澡堂的宾馆。山西很多宾馆都带公共澡堂，在南方这种宾馆就很少见。

我走进去，前台没有人，侧面的大堂，有好几桌人在打麻将。屋里很暖和，我坐在长椅上，很乐意多休息会儿。等了十来分钟，有个四十岁左右的男子过来，问："你住店？"

"是的，但我没有钱。我行脚路过这里。"

"你的意思是，想不花钱住一晚上？"

"呃，是这样的，我化缘。"

"那你去别家看看吧，我这里不行。"

"哦，好的。"

此时天色暗下来，路灯亮了。沿途遇到一些人，我主动问了几个，他们要么不理我，要么找个理由拒绝了我。此时我开始担心起来。

之前我以为只要拉下面子去求别人，总会有好心人答应让我住一晚上的，从来不认为找地方住会成为我行走途中的问题。因为我不要钱，而且是个出家人，应该不会对他们造成多大的威胁。今天遇到的情况，让我心中打鼓，真没想到人们的戒备心理这么强。可今晚住的问题还得解决吧，对，不能就这么放弃了。

我思考了片刻，准备直接找宾馆去问，一家一家问。

6　宾馆借宿

前面有家宾馆，看上去还不错，但我有点不想进去问。我想人家服务员应该做不了主吧，找一家小点的试试（现在想来，当时也是不好意思，找个借口而已）。我又走了50米，有家宾馆叫"佛缘××宾馆"。哈哈，就是它了，我从这家开始问，应该有戏，一看名字就有戏。

我合掌恭敬地说："您好，我是行脚的僧人，没带钱，不知是否方便到您这里借宿一晚？"

"你说没带钱？！走走走，没带钱住什么宾馆啊！"对方很不耐烦地说。

"哦，打扰了！"我转身离开，没走多远，听见他的声音："现在的人真是，居然想白吃白住……"

我又来到一家宾馆，一进门，前台还有个佛龛，里面供的是财神爷。边上坐着一个男子，还有个胖女人和一个小孩，男子应该是老板，很客气地跟我打招呼："师父，您住宿？"

"是的，我是行脚的僧人，没带钱，不知道是否方便借宿一晚？"

"这样啊！哎呀，不好意思，我这里房间少，已经满了，您要不去别家看看？"

"好的，没关系！"

就这样，我一共找了十来家小宾馆，都被拒绝了。理由大多是：房间满了。我知道这就是不让住的意思。

最后一家老板拒绝我的时候，我问这附近有没有寺庙，他说不远处有个寺庙：灵应寺。我很开心，总算有点收获，至少寺庙应该会收留我吧。

等我找到灵应寺的时候，发现寺庙已经关门了，这时已经是晚上八点多，关门很正常。我用力敲门，大声喊："阿弥陀佛，有人在吗？"

过了一会儿有人应声："谁啊？"

"我是行脚的僧人，路过这里，想借宿一晚。"

"没房了！"

"您能开一下门吗？"

"我说了没房了，住不了。"

我担心他只是个帮助寺庙看门的，于是说："您开一下门吧，我进去跟师父说。您是师父吗？"

"是的。我是师父。我说了没房了住不了。"

我只好转身离开。

气温只有零下八九摄氏度吧，我不觉得有多冷，只是觉得有点沮丧，有点失望。我看着灯红酒绿的街道，一步一步朝前走，也没有什么方向。来往的行人都装着没看见我，从我身边擦肩而过。我不时合掌致意，他们仿佛没有看到。背着沉沉的背包，我不知道该去哪里。

难道今天真的要让我露宿街头吗？

7　一个馅饼

我来到一个十字路口，放下背包，坐在街头开始打坐。

过了几分钟，有个小伙子给我递来一个饼，热乎乎的馅饼。

"师父，吃个饼吧！"

"谢谢你！"我有点感动，拿着热乎乎的馅饼咬了一口。

"您怎么在这里坐着？"

"我行脚过来，没有带钱，想找人借宿，问了很多人，他们都不方便。"

小伙子也没有说什么，看来他也不方便。

"谢谢你的饼，很好吃！"我笑了笑说。

小伙子说了句不客气，就离开了。

大约过了半个小时，也没人过来搭理我，这时我感觉特别冷，于是发了个朋友圈，说我问了很多人，都没有同意让我住，现在在大街上打坐。很多朋友给我回复，让我注意身体。还有人留言说"你应该继续问，说不定就有好心人同意了"。我笑了笑。

再后来，微信上有个不认识的朋友看到这条消息，找了一个五台县的朋友找到我，安排了一家宾馆。住宿的问题终于解决了。

8　睡觉吧

一天下来，感慨颇多。今天若不发那个朋友圈，说不定找不到地方住，我会露宿街头吗？这么冷的夜晚，露宿街头会冻死吗？这样是不是违反了自己的原则，为什么害怕露宿街头？就算有人可以帮助订房，若不在城市里呢？还有这么远的路，以后怎么办？依然还有如此多的恐惧，我是个懦夫……

　　洗了个热水澡，我对自己说："想多了也没用，遇到了再说，睡觉！"

一顿午餐的众生相

风很大，108国道上除了汽车，几乎看不到行人。本来也是，零下十五摄氏度，还有风，没人愿意在外走路。我例外。

到了吃午饭的时候，肚子其实不太饿，但我想休息一下，顺便吃点东西。我打量了路边的几个小饭馆，没有进去。生意太好的，担心进去后影响人家生意；生意不好的，担心老板心情不好。以前我就被一个老板赶出来过。毕竟我身上没带一分钱，不是去消费的。我看到了一家面馆，从窗户往里看，里面有一桌人在吃饭，还有好多空位，心想，就这家吧！

我取下口罩，撩开棉布挂帘，推门走了进去。

"您好，我是行脚的僧人，自己带了干粮，想借您这里坐一下吃点东西再走，不知道是否方便？"我合掌恭敬地朝老板低头行礼道。

老板是一个五十来岁的大姐，套个白色围裙，已经不怎么白了，上面有不少明显的污渍。大姐脸上几乎没有什么表情，看上去有点凶。如果我之前看见她，估计会挑另外一家饭馆。

围裙大姐看了看我，面无表情地说："可以！"

"谢谢！"

这时我才感觉到屋里的暖和。我在角落里找了个桌子，放下背包，取下围巾、帽子、手套、水壶，一一放好。

　　我打开背包，拿出钵盂，里面有几块饼和三小截熟玉米，用手感觉了一下，已经冻得冰凉了。外面那么冷，不冻才怪。没关系，我自己有热水。我拿出保温壶，准备用餐了。

　　用餐之前，我双手合十放于面前，闭上眼睛，开始念：

> 汝等鬼神众，我今施汝供。
>
> 此食遍十方，一切鬼神共。

　　念了三遍。我拿起一块饼放入口中，凉凉的感觉，比我想象的要好多了，至少不像冰块。慢慢嚼了几下，我能感觉到粮食的甜味。感觉真好！

　　斜对面一桌有四个人，他们有时打量我一下，我假装没在意。这时，门开了，进来三个人，坐到我旁边一桌。

　　"老板，来两碗臊子面，一碗酸菜面！"

　　围裙大姐应着，厨房里就她一个人。我也是一个人，专注地吃着自己的饼，时不时喝口热水。佛陀说：吃东西的时候不要说话，要用心去体会，能感觉到很多东西。比如一张饼，你会发现饼就是一个世界，包含了太阳、雨水、风、泥土、火……它们因缘和合。我在这里吃饼，也是因缘和合。

　　又进来两个人，应该是大车司机。他们坐在另外一个角落的桌子旁，要了两个凉菜、两碗面。

我用余光打量周围的人，他们各自在交谈。偶尔也有人朝我这里看过来，但很快就把目光移开了。以前从来没有想象过这种场景。

当围裙大姐把三碗面端到我旁边桌子上的时候，我当时想，会不会有好心人说"师父，给您也来一碗素面吧"？我知道不会，也确实没有发生。人不能太贪，老板能让我在这里坐着休息一下，我已经很感激了。那我能否要一碗面汤呢？山西的面汤很好喝的，跟小时候喝的米汤一样。我如果向老板提，她应该会答应。但她好忙啊，再说我之前说过只是借她的地方吃点干粮……

"你要不要热水？"老板忽然转过来问我，还是面无表情。

"谢谢您，不用了，我这里有。您忙吧！"我指了指我的水壶，装作很自然地回答她。

她转身忙去了。

我拿起一小截玉米，慢慢地咬着。脚有些疼，走路发胀，鞋子就显小了。我把意识放在脚上，让它放松，休息一下。

这时又有一拨人进来，本来不大的屋子，已经坐了四桌，老板生意不错。快坐满了，会不会耽误她的生意？我一来她生意也变好了，她也没请个帮手。她会不会不好意思提醒我啊，应该不会赶我走吧？那我快点吃吧。想到这里，我加快了吃玉米的速度，很快就吃完了。

我把钵用纸擦干净放到背包里，把垃圾包好放口袋里，收拾帽子、围巾、手套、口罩，背上背包。桌子收拾得很干净，跟没人用过餐一样。

"老板，谢谢您，我走了！"走到门口，我朝厨房大声说了一句。围裙大姐不知道听见没有，也没有应声。

　　我打开门跨了出去，转过身，把门小心关好。

　　风还在吹，马路上扬起落叶。我回头看了看那个面馆，转身朝前走去。

万物皆因缘和合，要惜福

今天就要过年了。今天是我行走的第 33 天，也是农历乙未年的最后一天。

昨天，我从临潼走到西安，走了 36.23 公里。从 1 月 6 日开始从五台山出发，到昨天为止，我总共走了 952 公里。西安离峨眉山还有 1000 公里左右，估计还需要三四十天。我计划休整两天。腿早就不疼了，但脚一直很酸，肩膀和腰也有点疼，估计是负重行走太远的原因。

这两天我住在亚朵酒店，是七星会的一个成员开的，他说一路上让我免费住亚朵。我借了一台笔记本电脑，看了成百上千条留言。我的行走，带给一些朋友思考或能带给他们力量，我很高兴，为他们高兴；看到一些朋友的指责和批评，我也很感谢他们。

坐在电脑前，我不知道该写些什么。不是因为没什么可写，而是有太多的东西，太多的人和事，不知道从哪里开始。对一个喜欢写字的人来说，生活就是一个大宝库。只要认真地去生活，会发现每个人、每件事都有精彩的地方。

说说昨天发生的故事吧。昨天我发了条朋友圈，是这样写的：

【行走】第 32 天。生活，就是生下来，活下去。

过年的前一天，发生的故事：

1.一对老人，在垃圾堆里翻找食物，直接往嘴里塞。我把袋子里能吃的东西全部留给他们了，朝他们鞠躬离开。

2.一个流浪汉躺在地上，我以为他出事了，过去用手探呼吸，听见他的鼾声。

3.两只小狗在使劲吃奶。

4.没忍心拍。天冷，一对母子坐在地上，儿子抱着妈妈，相互搂着，乞讨。我路过，又回来，把手套和围脖送给他们，说："我也没有钱，这个你们收下吧。"这时，对面走过来一对母女，穿得非常漂亮……

发完朋友圈，与那对母子相遇的场景又浮现在我的脑海。妈妈合掌跟我说"阿弥陀佛"的时候，我忽然觉得僧人的身份无比高大。离开的时候，小孩一边挥手再见，一边咧嘴微笑，牙齿白白的，脸上黑黑的，我也冲他微笑。等我转过头，迎面走来一对母女，小姑娘跟那个乞讨的小孩年纪相当，梳着漂亮的辫子，穿着红色的长款毛领羽绒服，黑色的带卡通 Kitty 猫图案的裤子，一双高筒雪地靴。当她们从我身边走过，莫名地，有无限的伤感涌了上来……

今天就要过年了，昨天遇到的那些人，他们的年会怎么过？台湾省台南市地震了，当地的人，他们的年会怎么过？我不知道，想想这些，觉得心酸。今天多诵几篇经文，回向给他们。

昨晚西安的朋友接待我吃饭，点了好多菜。我严肃地提了三次说不要上那么多菜，最后还是上了很多菜，没吃完，打包了好多盒子。饭后大家开始讨论吃饭浪费的问题。有人说自己也想节约，但担心礼节不周，每次都不得不浪费。

我说：宁愿礼节不周，也不要浪费粮食。

前几天有一个当地朋友请吃饭，点了很多菜还要点，我怎么说他都不听，还要继续点。我起身说：要不你们吃吧，我走了。他才停下来没有再点菜。后来有人提醒我说：你这样有点过了，他也是为你点的，想让你多尝尝当地特色，你这样太不近人情了。

我说：宁愿不近人情，也不要浪费粮食。

我有这样的态度，跟我行走有关。在路上很饿的时候，有人能给我一个冷馒头，我都想给他磕头，为他的善心，也为那个馒头。

珍惜粮食，不只是因为现在有多少地方的人在挨饿，每天有多少人在饿死，我们才要珍惜粮食。佛陀说，一切都是因缘和合而成，一个馒头的形成，得有多少因缘和合：种子、阳光、雨水、大地、人工、柴火、和面、加热……一个馒头里包含了无数因缘，这么奢侈地送到了你的嘴边，你忍心把它浪费了吗？

老人们常说：倒掉粮食就是倒掉福气。弘一法师生前一直倡导每个人都应该惜福！

是的，每个人都应该惜福！

今天过年了，祝你猴年多福，也多惜福！

第三章

自我拷问

每个人都坚信自己的判断，

真相也只是自己以为的真相，

根本就没有所谓的真相。

若真如此，

我们的烦恼又从哪里来？

一名企业家的故事

今天我要讲的，是一名企业家的故事，我行走路上偶遇的一名企业家，后来我们成了朋友。

当美妞和马哥开车到襄汾接到我的时候，已经是下午三点多。我们都是第一次见面，美妞从网上知道了我的行走路线，就联系上了海浪（我的助理），然后接上我。

从临汾到襄汾，我走了大约 30 公里。背一个 30 多斤的包，脚上的泡还没好，走 30 公里，差不多快到我的极限了。有人说一天能走 50 公里，确实可以，当你第二天不准备再走就可以。

我们四五个人在马哥的餐馆里吃饭，大约晚上七点，进来一个人，大家都叫他"吕总"。

吕总看上去四十多岁，穿着不起眼，黑色的外套，黑色的裤子，黑色的鞋子，说话还有些腼腆。听美妞说吕总是她师父，很厉害，是有名的企业家，"钢铁大王"，还说吕总这两天在北京出差，特地从北京提前回来见我。我跟吕总客气了一下，表示感谢。我问吕总现在主要在做什么，吕总说他在养牛做农业。

1　好为人师

我这段时间一直吃素，为了迁就我，大家都吃素食。我们一边吃，一边闲聊。

吕总说话不多，听我简单讲了我的一些经历后，吕总说："很羡慕你能放下，要不是我事情太多放不下，真想陪你走一个月。"

很多人都说过类似的话，但真的是事情太多吗？真的放不下吗？我笑了笑说："吕总，你不是放不下，而是不想放下。"

吕总看着我，很专注地听，我接着说："很多事情没有咱们想象中那么难，要真的想放下，都能放下的。打个比方吧，万一身体不行需要在医院躺两个月，所有事不也得放下吗？走两个月比身体有病要强很多吧。"

吕总点点头，接着问："你出家，出来行走，你家人同意吗？你以后有什么规划？"

"我家人之前不同意，后来被我说服了。以后的规划我还不知道，就像不知道明天我会走到哪里一样。我觉得不知道以后会发生什么，才是精彩的。生活就是这样。"

"你小孩的教育和未来，你怎么考虑呢？"

"我的理念可能不一样。小孩不一定要最好的教育，我能给他们的是，让他们有安全感。我想给女儿传递一个信息：以后无论遇到什么困难，爸爸都会在背后支持她！能让她有安全感，我觉得就足够了。我认为人之所以性格偏激，大多是因为小时候没有安全感。"

吕总听得很认真，仿佛在思考什么。

后来大家又问了一些问题，包括路上的见闻等，我回答了好多。忽然觉察到自己好为人师的毛病又出现了，应该多听听他们的故事。

2 创业故事

吃完晚饭，吕总开车送我到宾馆，晚上我们接着聊天，听吕总讲他的创业故事。

"我是 2003 年开始到侯马这边创业的，做的很传统，炼铁炼钢，从无到有一点一点建起来的。我一开始什么也不懂，老家是农村的，没什么背景，所有东西都是现学，厂房也是自己规划。最近几年，这个行业在走下坡路。几年前我考察了澳洲、加拿大、德国等地的农业，人家国外真的非常先进，我国的农业落后很多。后来我把钢厂交给别人打理，自己开始探索农业。"

"这两年煤炭钢铁行业好像是不太景气，您公司怎么样？年销售额能到多少？"就像问电商公司的销售额一样，我习惯性地问了吕总这个问题。

"我们做得不大，跟国企没法比，在民营企业里还算可以的，一年一百多个亿吧。这两年整体行业不太景气，我们还可以略有增长，主要是客户对我们比较信任。我之前还在连云港、吐鲁番做过钢厂，后来都卖给其他企业了。我擅长从无到有把台子搭起来。"

原来美妞说他是钢铁大王不是吹牛，人家真的是钢铁大王。

"我现在做农业，注册了一个牧业公司。现在有三个养牛场，有一千多头牛，还有自己的果园、蔬菜园、大棚，用牛粪做成有机肥，供给果园和菜园，计划成立自己的食品公司和连锁餐饮公司，这样就可以直接面向消费者……"吕总说起他规划中的产业链，有些兴奋，说了很多。

虽然我觉得吕总很厉害，但我不觉得他的规划能实现。一个人怎么能干这么多事？做事情应该专注，相信很多人也有这样的想法。

接下来两天，天气异常冷，美妞跟一对小夫妇梅子和觉远，临时陪我一起走。觉远后来又陪我走了好几天，这是后话，后面再提。吕总每天早上把我们送到前一天上车的位置，走完二三十公里后，又把我们接回来。傍晚，吕总带我们参观了他的钢厂、牛场，以及万亩农业园区。

参观完后，我的想法有些改变，我开始相信他的规划或许真的能实现。

3　见世面

吕总的牛场，设计得很简约、高效。我不是专家，只能这么形容。虽然是养牛场，但整个场地非常干净，管理得井井有条。吕总说这都是他自己设计的，养了三年，现在牛已经开始卖了。

吕总的钢厂面积很大，方圆有好几千亩的土地，有三个大厂区，炼铁、炼钢、轧钢、热力发电……有自己的铁路运输，道路也是以他们公司的名字命名的。吕总一个一个介绍，这个高炉是哪年建的，那栋厂房是哪年建的，做什么用的，为什么要建等，就像介绍自己家一个一个孩子似的。他指着一个门岗亭说："看看这个岗亭，很有意义。这个岗亭的形状是我十几年前设计的，一直保持到现在。"

接下来参观农业园区，一下从一个工业社会进入一个农业王国，一眼望不到头。吕总说有一万亩地，以前这里叫太子滩，都是盐碱地，一片荒芜，改造完以后就好很多，有田、有湖、有鱼塘、有连片的荷塘、有芦苇、有风景区、有餐饮区，还特地建了一个太子殿。我问是为了镇住这里吗？"不，是为了纪念。"吕总回答说。

在那里，我第一次看见了无土栽培大棚，连片连片的大棚，工业的监控和设备，非常先进。吕总说这里大棚的暖气是从钢厂的锅炉引过来的，重新利用不浪费还很环保。吕总摘了一个青椒跟我说："这个可以直接生吃，没有任何农药。"

"你为什么想搞农业？"我想他做钢铁已经比较成功了，怎么又开始折腾农业呢？

"当你知道我国农业的现状，你或许也会有这个想法。国外吃的东西大多很健康，国内现在很多蔬菜水果农药用得太多。还有那些注水肉，三四个月用饲料催出来的大肥猪，肉都不健康。我想做一些改变，选择以养牛作为切入口，开始做农业。我不一定能改变整个现状，但总需要有人来探索吧。

"很多人说我太想赚钱，以前靠炼钢赚钱，现在还不满足，还想养牛赚钱，我也只能苦笑一下。"

听到这里，我想着这两天吕总跟我一起过的简朴生活，不知道该说什么。**世界上总有一些人，每天都在用自己的价值观来衡量所有的人。就像我这样。**

连续三个晚上，我和吕总都聊到很晚。我们好像认识了很久一样，有说不完的话。

4　责任是什么

"有些事情，一旦开始就没法回头，责任太重了。"有一天晚上聊天，吕总感叹地说。

我说："既然要转型做农业，你的钢厂干脆卖掉好了，反正现在这个行业也不景气，这样你可以完全脱离出来专心做农业。"

"别人可以脱离，我脱离不了。这个企业是我从无到有一手建立起来的，当时的名字都是用我的生庚八字合过的，太有感情了！"吕总不紧不慢地说，他说话总是那么不紧不慢。

"只是因为感情深，好像不是理由，每个企业家创业都是如此啊。"我想。不过吕总接下来说的话，让我觉得自己有点狭隘。

"在我办公室一直留有一小堆棉花，知道为什么吗？当时建轧钢厂，政府批了几百亩耕地，上面栽的都是棉花。为了让我办这个厂，只能把棉花都推了。当时我不忍心去，让手下人去做。我是农村出来的，对土地有感情。后来我去工地上看，有些埋在土里的棉花桃炸开了，我捡了一些棉花回来，放在办公室。十年过去了，那些棉花一直在。它们时刻提醒我：这几千亩土地，回不去了！现在都变成了水泥地，再也回不去了！如果这个企业做不好，倒掉了，我就是千古罪人！你说我能赚了钱就走吗？这样做我还是个人吗？我必须想办法让这个企业越来越好，让这块土地为当地百姓带来更高收益，为社会创造更大价值。"

说到这里，吕总很感慨，我眼眶也湿了。

"你今天参观的那个太子滩，当时有块坟地。政府批给我们的时候，登记在册的有27座坟，每座坟要补偿几千块作为迁移费用。但等整个工地整理完成的时候，总共发现了 51 座坟，剩余的都是不知道埋了多少年，找不到后人的坟。我把这些坟都迁移到了公墓地。这件事情给我的触动非常大。"说到这里，吕总停顿了一下，接着说，"中国古话说：入土为安。这里安葬的都是我们的祖先，他们在这里已经住了几十年，甚至几百年了，现在因为我要做这个事情，把他们从地里挖出来，他们都为我让位了。你说，我要是做不成，我对得起他们吗？我要是赚了钱就走，他们也不会放过我！"吕总说着说着有些激动，声音有些哽咽。

听了这些，我开始明白吕总说的责任是什么了。

5　留下什么

我后来到运城、过风陵渡，吕总特地开车过来看我。晚上我们接着聊。

"很多人说我有钱，其实有什么东西是我的呢？真的能有哪样东西是我的呢？企业、房子都是社会的。我上次坐火车，看见路边的那些坟地我就想：人这一辈子，做得好的，能留块碑；做得一般的，就是个小土堆。一个人能用多少啊，侯马最好的棺材是榆木的，也才七千块。我现在每天穿得简单，吃得简单，你看我跟你待这几天，电话也没响一下，到吃饭的时候，不会有人问一声。其实，我这些年几乎没有生活中的朋友。"

"你可以做做减法，像我一样。人到四十岁以后，应该做减法了。"我说。

"你说得有道理，这也是我喜欢跟你聊的原因。我这个人，好像天生具备这种做事的能力，我从十二岁开始经济独立，后来上学，兄弟姐妹的生活费、家里的花费都是靠我来赚。现在让我身无分文，我在马路上也能发现到处是黄金。你不信啊？你看看现在的那些垃圾，稍微分类一下，马上就有收入了。但很多人看不见，看见的也不愿意去做。但我可以，我小时候就捡垃圾卖，现在我也可以做，这一点都不丢人。只要靠自己的本事吃饭，都不丢人。大家说二八定律，80% 的财富集中在 20% 的人手里，其实远不止如此。我觉得在能力上，有 99：1 定律。一百个人中，真正善于做事、会赚钱的，只有一个。刚好老天爷把我塑造成这个样子，我就好好做吧。我不做，谁来做呢？我不希望等我老了，就在门口晒太阳，早上坐个凳子在东边晒，下午把凳子搬到西边。我觉得我的最后一天，要是能倒在自己的工作岗位上，那是一件很幸福的事情。只是有时候太忙了，没有自己的生活，连自己的老婆和儿子都不理解……"

"你这已经是菩萨心肠在做事情了。"

"你得承认，很多人是不会做事、不会赚钱的，他们确实不具备这个能力。还有，那些欠银行钱不还的企业和个人，真的应该严厉惩罚。银行就是把穷人的钱集中起来，贷给那些有能力的人去赚钱。向银行贷款，用的大都是穷人的钱，他们没有能力赚钱，辛苦工作一辈子的钱，用来养家糊口的，借给你用了，你凭什么不还……"

每次聊天，我都收获很多，也感慨良多。

今天是大年初一，我还在西安，吕总特地从侯马来西安请我吃了顿饭。这天西安天气很好，吕总穿了一双新皮鞋。

6　没有结束

我见过很多企业家，但吕总是很不一样的一个。

吕总的故事远远不止这些，以后有机会继续讲他的故事。

每个人都在世间流浪

　　行走在路上，最有意思的是，不知道会遇到什么人。每个人都很特别，独一无二。我对遇到的每个人都有种亲近感。或许是上辈子的缘分，才让彼此相遇。佛说：若不相欠，怎能相见。

　　今天我要讲的是流浪汉的故事，行走途中遇到的四个印象深刻的流浪汉。

1　荒岭遇同门，苦劝君回头

　　冬天山西的路，最难行脚。路边很脏，拉货的大车几乎一辆接一辆。行走途中基本无法休息，除非走到某个饭馆里坐下来。早上出发，我一般只在中午用餐时停留半个多小时，然后继续走，到下午两点左右，就要找地方住了。

　　这一日，已经是下午两点，我远远发现左侧山顶上有院子。莫不是个寺庙？如果是寺庙，则可以挂单（挂单是僧人到寺庙借宿的意思）了。路边山坡上有几间半废弃的房子，我准备爬上去问路。

　　房子打扫得很干净，很明显有人居住，我找了一圈，在最边上的一个小房子内，发现一个流浪汉。

　　是的，他是个流浪汉。五十多岁，身穿一件旧棉袄，黑一块白一块，明显很久未洗，扣子是完整的，扣得很整齐；一条麻布棉裤，膝盖处有个破洞；鞋子是黑灰棉鞋，已经变形了，有几处破口，棉絮露出来，也成了黑色。他打量了我一下，眼睛有些浑浊。

"你哪里来的？"他一口山西话，还带点普通话的味道。

"阿弥陀佛，我从五台山来，想问施主一下，旁边山上是一座寺庙吗？"

"五台山的和尚？自家人啊。我之前也在五台山出家，南台的。自家人啊。"流浪汉的回答让我有些诧异。他脸上露出笑容，额头上皱纹显得很深，不是因为年纪大，而是因为脸上灰尘太厚，头发上也有很多尘土，还有碎草末。他笑起来很灿烂，胡子上还沾了鼻涕，眼睛中忽然有了光。

"顶礼师父。"我看着他，当时不知道为什么，就给他磕了个头。我只是个小沙弥，人家多少年前就出家了，这好歹也是他的道场吧。

后来我们就聊开了。

"别去山上了，那里连个纸面上的和尚都没有。什么是纸面上的和尚？就是只会看书念经的和尚。你也是纸面上念佛的吧？一看你就没有去过西天。你现在也去不了西天了，俗话讲：'过了童年，不去西天。'我当然能去西天，我每天晚上做梦就去西天。"

我打量了一下房间：一个小水壶，放在几块砖头上，下面几根木材在烧。这算厨房吗？其他几间屋子都打扫得很干净，没有床，也没有看见吃的。现在晚上都是零下十四五摄氏度，他在哪儿睡？吃什么？

"我平时化缘一点小米，一点盐，就够了。我吃得很少。你不用找，我这里没有床，没有被子，我不用睡觉。我白天念经，晚上习武，习武

累了我就打坐。打坐我就能去西天，我白习文来晚习武……"他开始
唱开了，一面做着动作，一面还摆了几个姿势。

我不知道他说的是真是假，也不想分辨。他唱得很投入，我帮他添
了两根柴，水烧开了。我拿出方便面，想给他，顺便向他打听一下哪里
有寺庙住。

"我不要你的东西，坚决不行，我不要的，你拿回去！你再这样，
我只能给你钱了！我们是自家人，我跟你讲，以后我们还要见面的不是！
东西你自己收好。你不要往前走了，太困难了，走不过去的。你从五
台山来，你知道，现在人心都变坏了，越往前走，人心越坏。你回去吧，
以后我们还能见面不是。

"你执意要走？我们是自家人，我跟你说实话。我以前也是行脚过
来的，也是从五台山过来。我看你穿着还不错，我以前比你穿得还体面。
后来遇到这里的人，拦住我。要是一两个还好办，我不怕，我练武的啊。
但有十几个啊，他们把我的东西都抢走了，抢了几次。我走不过去了。
我们是自家人，我跟你传授个秘诀，怎么样才能让他们不抢你。这是我
发明的。嘿嘿，是自家人我才跟你讲真话。告诉你啊，要想让他们不
抢你，你就要变得跟他们一样。你看看我，现在头发胡子留起来了，衣
服换了，跟他们一样了，他们就不抢我了……"

听到这里，我忽然觉得有点悲伤，说不出来的悲伤。

我不知道那位师父是不是神志有些不太正常，跟他聊了半个多小时，
他反反复复跟我讲那些话。我后来要给他留下点吃的，他死活不收，两
个人拉扯很久，我只好作罢，就离开了，继续赶路。

2　徒步骑行假流浪，乐在其中真善良

第二个流浪汉是在秦岭遇到的。秦岭是中国南北分界线，也是我此行的分界线。

108国道直接从西安到汉中，翻过秦岭。我走的就是这条路，山中车很少，大部分都走高速去了，一天能看见几辆车就不错了。

这一日，我正在108国道上行走。对面过来一辆自行车，这不是一辆普通的自行车。自行车车把上绑了个后视镜，车把前面有个木盒子，盒子正面有个"佛"字，佛字下面还有个八卦图案；脚踏板是木头的，明显改装过；轮胎气很足，但挡泥板歪歪扭扭，应该是被撞过好多次；车后架上绑了很多东西，有塑料盒子，还有一些废铁什么的；后架正中间放了锅和盆；边上还有棉被……

车上一个人，这也不是个普通人。三四十岁，头发有七八厘米长，都竖起来了，沾了很多灰尘；穿着一件黑色的棉袄，棉袄外面还有一件灰色的外套，有不少刮破的地方；戴着一双厚厚的破旧皮手套，本来是黑的，但皮脱落了，变成了黑白色的。但他眼睛很有神，用脚支撑在地上，跨坐在车上没有下来，问："你是和尚？从哪里来？干什么去？"

"阿弥陀佛，我是五台山来的和尚，要行脚去峨眉山。施主是去哪里？"

"我跟佛有缘，虽出生在道观，但后来遇到了一个学佛的师父，你看看我这个箱子（他指了指车把前面的盒子）。我也不知道会去哪里，我走了好多年了。前几年我背个袋子，比你的背包大多了。我背了三床被子，还有好多东西，自己做了个大帆布袋，开始几天，都背不动。走了几天，脚跟鞋子粘住了，起了好多水泡，眼睛都走得迷糊了，后来就好了，慢慢也不觉得累了。我当时从浙江走到福建，走到广东、广西，

走到云南，走到四川。走了一年多，后来越走越轻松。"

听到这里，我内心涌起一股敬佩之感。他问我包里装了些什么东西，我告诉他，大部分都是吃的。我拿出来要给他一些，他连忙推辞。

"我不能要你的，你路途还远，自己留着，前面不一定能找到吃的。我看到你，觉得很亲切，虽然你这身衣服不太好看，我见过一些和尚的衣服还挺好看的。你应该以前没走过这么远的路吧，我本来是想给你一些东西吃的，看来你不需要了。我以前也徒步，现在改骑车了，你看我的这辆车！我骑了几年，跑了很多地方。我也没有钱，要有钱我就供养你一点。"

听到这里，我连忙说自己不需要钱。

"这几年，我一路上就捡废品，路过收购站就送给他们换点钱。路上很多废品可以捡的，分分类就可以卖钱了。你看我的手套、衣服，我还有一双白手套，你看！跟新的一样，都是垃圾堆里捡的，我洗一洗，就可以用了。"他说着说着，有些自豪，接着说，"垃圾堆里也有很多吃的，我一路都是这么过来的，你实在饿了，也可以去看看。我看你行脚时间不长，估计还没遇到，遇到了你就知道了。我不知道要骑到哪儿，这不重要。我要周游全中国，作为一个中国人，应该看看祖国的大好河山。骑到哪里就是哪里，我觉得挺好的。"

当我提出要跟他合影的时候，他不同意，立即骑上车走了。两边是巍巍秦岭，他的背影显得很渺小，但我觉得他是个国王，青山和国道都是为他服务的。

原来世界这么简单？！这就是做自己吧？我苦笑了一下，继续赶路。

3　安逸易忘世间苦，流浪不知岁月长

晋中是山西空气最差的地方，在全国估计也是数一数二，因为这里煤矿太多了。

这一天早上，雾霾严重，PM2.5 指数至少有 180，气温零下十摄氏度左右。我戴着帽子、围巾、防雾霾的口罩，朝南前行，开始了一天的行走。

整个国道上除了来来往往的车辆，看不到一个人。哦，不，我看见一个人了，就在我的前面，背着比我的包还大的包。我快步走上前去，发现他是一个流浪汉。

偌大一个国道，这么清冷的早上，路上只有我们两个人在行走。他肩上背着棉被，后背背着个鼓鼓的编织袋，前面挂了两个大小不一的布袋，侧面还斜挎了个小皮袋。

"阿弥陀佛，施主去哪里？"

"哎哟，前面呢，回家呢。"

"要过年了，你家在哪儿？走了多久啊？"

"哎哟，我家在东北呢。走了五年。"

我正琢磨，他方向反了，东北应该朝北走，他朝南走怎么能走到呢？忽然一想，他走了五年了，人家不是真的要去东北。朝南走更暖和一点。

"家里还有什么人？"

"回不去呢，家里没人呢。哎哟，我跟出家人一样咧。"这时他捡

起地上的半截香烟，放在嘴里吸了几下，没有火，他就收到棉袄口袋里。

我们同走了一段路，聊了几句，我实在不忍心问下去。我拿了一个苹果给他，他接过去，在袖子上擦了两下。他的袖子脏兮兮的，黑亮黑亮。他咬了一大口，吃得很香。我还想给他一个防雾霾的口罩，瞬间就因这个念头鄙视了自己。我把面包和其他一些能吃的都留给了他，然后快步离开。

在离开的瞬间，我泪流满面。我不知道为什么，真不知道。我只是觉得这世界上有太多的苦和悲。想到了我们生活中的烦恼，想到了自以为是的成就，想到了好多好多……

我把照片和感受发到朋友圈，有很多朋友留言，有几条评论分享一下：

@宝哥：给出去的东西别想着要回。后悔也没用！

@小方：厉害，你向他取了不少经吧？

@加措活佛：修行路漫漫，人生瞬间又永恒的往来，你们永别又是永恒相遇。

@老子阆苑：师父大悲心、大患心。大悲，即超越世上一般的慈悲之胸怀；大患，即超越世上一般的忧患意识。大患，出自老子《道德经》，少有人用，今天我为师父用之。

后来，一位修行的朋友在后面留言：这世上，谁不是流浪汉呢？

看到这条信息，我浑身一颤。

是的，谁不是流浪汉？谁又知道自己要去向哪里？谁又知道会遇到什么、会发生什么？谁又知道家在何方？

　　生死事大，无常迅速。我对佛法的信心坚定了很多。

　　故事讲完了。有人问：明明只有三个流浪汉啊？不，第四个流浪汉的故事一直在发生着，你一直在看，也一直在演。

　　最后留首诗吧：

　　　　　　整日拼搏整日忙，未知名利皆是妄。
　　　　　　若不修道见自性，世上何人不流浪？

感谢关心我的朋友们，大家齐聚一堂。山大／摄

在永济，行走中。山大／摄

很冷，冷得有点孤独。

过风陵渡口，进潼关要塞。

黄河，你好吗？

中午准备在这里午餐了。

永庆禅寺的三位尼师，送了我几本经书。

行走的背影。

大年初一，企业家吕总来西安看我。

法门寺内，菩萨金身前。林子卉／摄

法门寺门口合影。后排左起：游侠文德、海浪、老史、罗昌荣。 林子卉 / 摄

喝杯茶暖胃。

围着火炉看经书。

秦岭里的大水库。

秦岭山顶，过了隧道就到了南方。

秦岭北边的冰瀑。

翻过秦岭，花都要开了。

秦岭南边的春雨。

翻越秦岭的第二天，早上即将出发。

即将到达户县，途经一片麦田。

过了汉中，居然看见了油菜花。

到了广元，经过一段铁路。

广元嘉陵江渡口。阿晶 / 提供

又热又渴，一人一个椰子。阿晶 / 提供

赤脚来到湖边，感受一丝清凉。

汉江侧畔，一个人的篝火。

烤馒头，简易的晚餐。

一切都是最好的安排

1

当我离定襄县还有 10 公里的时候，已经是下午两点半。路边有个修车的院子，里边有一个司机和一位修车的师傅。我过去问路："阿弥陀佛，劳驾问一下，附近有没有寺庙？"

司机打量了一下我，指了指马路边上远处的村庄："有的，你看那边，朝那个方向走，大约 12 里地，山上有个寺庙。"

我看了看他指的方向，不在我要去的定襄县方向，来回十多公里估计要两个半小时，于是我接着问："寺庙里有僧人吗？能住人吧？"

"这我不知道。"

"好的，谢谢你了！"

我来到一个三岔路口，去还是不去？去寺庙，有可能找到地方住，也可能找不到然后还要返回，多走 10 公里；不去，继续向前走，或许有人家借宿，也可能找不到地方住。

正犹豫间，有个声音响起："师父，您是定襄县来的师父吗？"

是一个四十多岁的女施主，穿着朴素，身边停着一辆电动车，后面还有个高高瘦瘦的小伙子，十五六岁，推着自行车。

"不是，我是五台山来的。"

"哦。"女施主好像有些失望，开始从口袋里掏东西，一会儿拿出几十块钱，"师父，这些钱供养给你吧，路上买些东西吃。"

"不用，阿弥陀佛，我行脚化缘不用钱的。你施舍给其他需要帮助的人吧，功德一样。"

"您拿着吧，出门在外一定需要的。"女施主一再坚持。

"我真不用钱，也不能拿钱。我现在正在找地方住，不知道你能否帮忙提供个住处？"

"这样啊，"女施主有些犹豫，"我家也不方便住。"

"我自己带了睡袋，睡沙发也可以的。如果实在不方便也没关系，我再到其他地方问问。"

过了几秒钟，女施主说："没有暖气的地方您能住不？我家不能住，但有个房间，好久没住人了，估计会比较冷，不知道您能不能住。"

"应该可以的，我自己带了睡袋，能避风就好。"

有个地方住已经不错了，当天定襄县最低温度是零下十四摄氏度，大不了冷一点，我不脱衣服睡觉应该就不怕冷了吧。

后来，我上了女施主的电动车，那个小伙子骑车跟在后面，也不说话，朝同一个村庄走去。

"那是您儿子吧，读几年级啊？"

"是的，读高一了。"

"一会儿让他过来找我啊，我上过大学的，可以教他。"

她给我提供住处，我想做点事情帮帮她。她没有说什么。不知道她是不相信一个和尚还读过大学，还是担心我把她儿子教得出家了。

2

走了几分钟，我们来到一间孤零零的小房子门口，在玉米地边上。不知以前这个房子是做什么用的。打开门，里面有一张床，一张桌子，一个煤气炉，一把三条腿但没面板的凳子，没法坐。我看了一下，没有接电。床板上布满了灰尘，没有被子褥子。这个房子至少半年没有住过人了。

女施主说一会儿帮我拿床褥子过来，问我还缺什么。我说："给我提一壶开水来就可以了，一会儿要是您儿子有空，可以让他来跟我聊聊。"她说"好的"。

太阳还在远处的山头上向我看来，拉出长长的影子，有一群白色的绵羊正路过屋门口，大大小小几十只，可能是没见过穿僧袍的出家人，它们都低着头自顾自朝前走，时不时还"咩咩"叫两声。我把行李放下，开始收拾屋子。

过了一会儿，一个中年人骑着电动车过来了，应该是女施主的丈夫。他带来了一床褥子，褥子看上去很脏，还带来半桶煤块，说要帮我生炉子，否则太冷没法睡。我有些感动。

外面过来几个老乡：两个年轻媳妇儿，一个老头，一个老太太。老太太问我会治病不？我说什么病？她说老头中过风，有点痴呆了，能治不？我说我治不了。她又给我看了看她的手，有点变形了，说是之前得风湿留下的，问能治不？我说抱歉我也治不了。她笑了，仿佛她也不期待我能治。老太太笑起来很慈祥。

我说："人的病分成两种：一种是由物理引起的，例如腿断了，或者受寒了什么的，这种必须去医院治疗，如果有人说拜佛就能治，那就是迷信；还有一种是由心理引起的，因为每天压抑、烦躁，心情不好，也会引起很多病，这种病如果真的信佛或者信耶稣，是可以治好的。世界上大部分病，其实是属于第二种。"

两个年轻媳妇儿，应该刚结婚几年。年纪稍微大一点的问了一个问题："师父，以前堕过胎，应该怎么办？"

"如果以前堕过胎，可以念观音菩萨名号，或者念《地藏经》，寺院里都有的，就是《地藏菩萨本愿经》。"出家时间不长，我知道的也就这点，也不知道对不对。

她问是不是用手机播放就可以。我说最好是自己念，若没时间，用手机播放也可以。

聊了一会儿，我开始和那个中年人一起生炉子。放些干柴，放些玉米芯。玉米芯就是脱了玉米粒的玉米棒子。以前只知道吃玉米，不知道玉米芯这么有用。老太太也过来了，给我带来两袋方便面，帮我一起捡玉米芯。

玉米芯和干柴很快就烧了起来，放了一些煤下去，煤也慢慢红起来，屋子里面开始有点暖和了。中年人说："晚上注意别让炉子灭了，快灭时添点煤就好。"

我说："好的，谢谢了，阿弥陀佛！"

中年人走的时候，他儿子和那位女施主一起过来了，女施主拿了一袋饼干，儿子提着一个热水瓶。

3

这时太阳还很高，下午四点左右，冬天一般五六点钟天黑。外面有点风，我把门关上。

把热水瓶和饼干都放在桌子上，我在褥子上铺了个睡袋，在睡袋上盘腿坐下，另外找了一个泡沫塑料放在三条腿的凳子上，小伙子坐在上面，女施主就靠着桌子站着。我们开始闲聊。

"多大了啊？今天不是周末吧，怎么没去上学，放假了？"我盘着腿，笑着问。

"十五岁，上高一，还没放假呢，这几天没去上学。"小伙子有些腼腆，不大说话，回答也简单。

"师父，您帮忙开导一下吧，他问题好多。上次他在班上拿刀子威胁同学，所以被老师请回家了。他问题太多了，改不了。"女施主有些着急。

"我只是吓一吓他，又没怎么样，我没问题。"小伙子嘴里嘟囔了一声。

"没伤人，还好。"

"不是的，师父，他还不听话，上课不听讲，说老师讲得不好，喜欢玩游戏。您问成绩啊，期中考试成绩还不错，侥幸考了第一名。"女施主接着又说孩子的其他事情，小伙子在边上低着头。

"你要求太严啦，不听讲都能考第一名，你还要怎么样？可能老师讲得确实不好，你儿子是个天才啊！爱玩游戏也没什么，玩游戏成绩还这么好，你有什么好担心的？以前我认识个朋友，上大学时经常玩游戏，现在做游戏解说呢，在网上还蛮有名的，后来还开了个淘宝店卖吃的。"

我打断了他妈妈的话，望着小伙子问，"你知道 xiaoy 不？好像是解说魔兽的。"

"知道知道，我经常听他的解说呢。"小伙子顿时来了精神，露出笑容，跟我又聊了好多电子游戏方面的事情。

"你有什么人生目标？"我问小伙子。

"我想去哈佛读大学。"小伙子望了望窗外。

我有点诧异，这个农村的小伙子眼界很高啊。我说："挺好啊，不过国外的大学本科不一定有国内的好，国外的研究生确实比国内的要好一些。如果你想去哈佛读书，可以考 GRE 什么的，读完了大学自己去考。要是现在去的话，除非你家很有钱。"

小伙子接着说："我想成为像拿破仑一样的人，因为他心狠，有能力。"

"他总是不切实际，喜欢胡思乱想，师父您别介意啊。"他妈妈这时插话进来。

"没有没有，他挺好。拿破仑还说，不想当将军的士兵不是好士兵。没有远大志向的学生也不是好学生。想成为像拿破仑一样的人，我觉得也没有什么不好。不过拿破仑成功不是因为他心狠，而是因为他的勤奋和魄力，能脚踏实地，也能把握机会，拿破仑也是从炮兵一步一步走过来的。有本书你可以看看，叫《拿破仑传》。"

"师父，他就是不脚踏实地，太内向，不合群，老师、同学们跟他合不来。中午同学们都在午休，他一个人走来走去。他问题很大。"他妈妈接着跟我抱怨小伙子的情况。

"我没问题，我觉得一天可以做很多事情，他们都太懒，老师讲的东西太简单！"小伙子跟他妈妈顶撞起来。

他妈妈跟他又说了几句，大概意思是说不能表现得太不正常，有想法是好的，但要从现实做起。

我大概明白了情况。这个小伙子确实有些特殊，性格和旁人的不同，和人交往也有些障碍。在他妈妈要继续批评他时，我打断了说："您也不用着急，您儿子跟别人不一样，不一定是坏事。真正的艺术品都是不一样的，一样的那是工业复制品。真正的大师，也是从小就跟别人不一样，拿破仑是如此，音乐家贝多芬也是如此。您儿子是个天才，觉得一天可以做很多事情，很正常，他没有问题，是老师有问题。"

小伙子看了看我，眼神中有种被理解和认同的感激。我给小伙子提了一些建议，类似可以自学后面的课程什么的。小伙子的思维方式很不一样，应该说跟很多正常高中生的都不一样。他说他的人生理想是：要在历史书上留名，而且要留好几页的那种。我从内心里有点佩服这个小伙子的远大志向。至少我年轻的时候没想过要当拿破仑，也没想过要在历史书上留下很多页。也是不敢想吧。

天黑了，到了要吃晚饭的时候，小伙子说："妈，要不请师父到我们家来吃晚饭吧，顺便泡泡脚。"

"啊？"女施主有些吃惊，"好啊，我们吃馍和稀饭，师父您吃得习惯吗？"

"可以的，只要是素的就可以。"

"那好，我们先去准备一下，饭好了让他来叫您。"

母子二人离开了，我看了看炉子，火烧得正旺呢，房间里开始有一丝暖意了。这个小伙子有些特别，思想天马行空的，不过确实很聪明。我坐在床上，沉思了一会儿，开始打坐。

4

晚上，我到了小伙子家。

一个小院子，一侧正在建新房子，搭好了一个框架，小伙子告诉我说都建了四年了。另一侧有一间大约二十平方米的小房子。

"师父，真的不好意思。您看，不是不想让您到我家睡，我家只有这一间房。"女施主有些不好意思地说。我笑了笑说没关系，那个地方很好。

后来，我们一边吃饭，一边聊天。这家人确实家境不好，家里种了几十亩地，每年收入几万块钱，只够花销。小孩他爸还兼顾开大车，有时拉铁屑什么的，每天都是起早贪黑地忙。大约十年前政府号召搞什么新农村项目，他们找银行贷了一百来万，但都亏掉了。现在每年还一点，还了十来年了。

"这次真的很感谢师父，我儿子从小就有自闭症，而且非常严重，以前他经常干一些离谱的事情。有一次下大雨，自己一个人半夜跑到您今天住的那个小房子里待着，他说是做梦有个老头让他这么做的。他已经被学校请回过几次了。这次就是因为他有伤人的倾向，被学生家长投诉了，学校说如果这次治疗不成功，就不要回校了。我们看过几个心理医生，都没什么效果，他跟心理医生也不怎么说话。这次遇到您，是他从小到大表现最好的一次，跟您说了这么多，还主动邀请您过来吃饭。"

原来是这样。自闭症是心理问题，我能帮他做点什么呢？

"自闭症也没有关系的，只是别人这么认为而已。我跟他聊得很好，说明他本身也没问题。有些想法只是在这个小山村里显得好高骛远了一点，他的想法放到大城市，别人也不会觉得不可实现，或许还会觉得是有远大抱负呢。"

我转过头对小伙子说："你觉得自己有问题吗？"

"我从来不觉得自己有问题，他们说我有问题，我都懒得跟他们解释。"

"你相信师父不？"

"相信。我相信师父不是普通人。"

"既然遇见了，就是缘分，师父教你点东西，要不要学？"

"当然要学。"

"你记住三件事，一切问题就都解决了。第一，背诵《心经》，全名叫《般若波罗蜜多心经》，总共只有 260 个字，是佛经中最精练的一部经。唐三藏西天取经的时候，就是靠念心经来抵御妖魔。你这么聪明，估计一个小时就背会了。每天早上一遍晚上一遍。遇到让你不爽的事情，可以背《心经》，例如以后要是半夜还有老头让你出去瞎跑，你就念《心经》。记住了吗？"

"记住了，这个容易。"

"第二件事，每天演戏。你看不上周围那些老师、同学吧？没关系，你比他们聪明。你每天要学会装，学会演戏。演一个正常的学生，一个听话的学生，一个爱学习的学生，你会演吧？就当玩游戏，你每天都当自己是个演员，每天早上起来要演戏。不用演很久，演两年多就好了，等你上大学了，老师和父母就不能像以前那样管束你，你会有更多的自由。每天演戏，这个能做到不？"

"当然能做到，这个好玩。演这个太容易了。"

"第三件事，就是考个大学。学习对你来说，不会太难，考个好一点的大学，否则我也很没面子。等你考上了大学，在大学里，有图书馆，有很多老师和同学，有一个很好的环境，以后你要念哈佛还是麻省理工，都没问题，你要成为拿破仑还是乔布斯都可以，否则你只能在农村待着，被人认为有神经病。"

"嗯，我会的。记住了。"

"好了，我觉得你下周一就可以去上学了。"

"我也觉得自己可以去上学了。"小伙子淡定地说。

"师父，太感谢您了。我今天在路上想给您钱，就是想给我儿子积点功德，没想到您真的能帮助他解决问题……"

晚上吃完饭，泡完脚，我回到了那个小房子。他爸爸抱了床被子过来，说担心我冷；小伙子提来一桶煤，说可以把炉子烧得更热。

桌上有半截蜡烛，我点着了，屋子里顿时亮了起来。

我添了点煤，脱了棉衣，睡在睡袋里，暗自感叹：一切因缘和合，多么神奇。从我站在马路上开始，注定就是来为这个小伙子开导的。想着想着，我睡着了。

5

半夜，我被冻醒了。

我觉得浑身都很冷，屋子里也很冷，门缝和窗户上还透着风，坐起来一看，炉子已经灭了。

我忽然有种可能被冻死的感觉。实在太冷了，浑身颤抖。零下十几摄氏度，跟屋外几乎是一样的温度。我在哆嗦中穿了棉衣，用打火机点燃了一些卫生纸，然后放了好多玉米芯。火被压灭了。我心中升起个念头：如果今晚点不着炉子，一定会被冻死！

我找了更多的卫生纸，点燃了，慢慢放了些干柴，又放了些玉米芯，慢慢火燃大起来了。还剩下半桶煤，我放了一些进去，继续放玉米芯。火烧得很大，身上开始暖和起来，这时我特别感谢那位老奶奶，帮我捡了一大筐玉米芯。如果没有这些，我估计自己真的会被冻死。

等煤慢慢烧起来，我知道这关算过去了。我烤了会儿火，然后开门走了几步，到田边小便。抬头看看，天上的星星很亮。看着浩瀚的星空，我的心瞬间就平静下来。

关上门，添了些煤，脱了外衣，钻进睡袋。感觉后背有些硌得慌，还有些凉，我又拉了拉睡袋的拉链，双手交叉抱在胸前，接着睡觉。

6

等到第二天早上，桶里的煤都被我烧完了，捡的玉米芯和干柴也都烧完了。一切都是最好的安排！要是昨天我没有跟那个小伙子聊天，要是昨天没有捡那么多玉米芯，要是昨晚没有提过来那一桶煤，要是昨晚没有加一床被子，我或许真的就被冻死了。

小伙子早上过来叫我过去吃早餐。

山西的小米粥真的很好喝，我喝了两碗小米粥，吃了两个大馒头，准备出发了。最后我叮嘱小伙子："师父教你的三件事情记住了吗？"

"记住了！念《心经》，演戏，考大学！"

"要考个好大学！考得不好不要说师父教过你，否则我太没面子了。等你考上了大学，可以过来找我。"

"师父你放心！但以后我怎么找师父？"

我背上行李，扭头对小伙子说："你到网上搜索'鬼脚七'，你就知道我是谁了。不要跟你的老师和同学说见过我。后会有期！"

说完，我转身朝大路走去。

忽然，我觉得自己就是一位在江湖上行走的大侠！

街边化缘遇冷

　　行走在路上，绝大部分时间，只有自己一个人，没人跟我说话，我找不到人说话，也不想找人说话。上次遇到个居士问我："路上你会不会觉得孤独？"

　　我愣了一下，说："没有想过这个问题，好像没有遇到过这种情况。"

　　这么长时间，我都在想什么？有一次，我花了一整天时间在思考一个很傻的问题：我是谁？

　　之所以思考这个问题，不是因为我想研究哲学，而是我某一天行走的经历，让我感触太深。

　　1

　　行走两千公里，最大的挑战，不是距离太远，而是身上没钱。没钱也不用担心没有吃的，只要拉下面子化缘，吃的问题不大，但住宿就不一定了。我那段时间每天最大的担心是：今晚住哪里？

　　这一天，我从介休出发，中午了，在一家小餐馆化缘了半钵开水，白开水就大饼，这就是我的午餐。一个少年和他妹妹在写作业，少年给我倒了开水，问了我一些问题。他妈妈出来了，他问妈妈："峨眉山在哪儿啊，远不？"

　　他妈妈说："你说呢？四川呢！好好学习地理知识！"

　　他妈妈问了我一些问题，说她也信佛，然后给她儿子说了好多，说人要有信仰，说要好好学习，说现在当和尚都要大学生，不好好学习和尚都当不了的。我晕！

　　我来到灵石县城的时候，还不到下午四点，已经走了32公里。

　　灵石这个名字我特喜欢，以前看玄幻小说，修仙的那些人，都是用灵石来修炼的，有下品灵石、中品灵石、上品灵石、极品灵石。要是有颗极品灵石，修炼速度"那叫一个快"。我看见灵石这个名字的时候还在想，这个县城会不会盛产灵石呢？后来查了一下，这个县城不产灵石，而是产煤！据说80%的地面都覆盖了煤矿。

　　灵石县当时的天气还很冷，最低温度在零下十摄氏度左右。

　　有人好奇："行空师父，你的文章中很多对话还有气温、天气等，为什么能记得那么清楚？是因为记性好吗？"哪是什么记性好啊，这段时间我每天都记日记，每天多少都会记录一点当天发生的事情。又有人问："你不是已经走了好久了吗，天气也很暖和了，怎么又到山西灵石去？"各位看官，我不是按照时间顺序讲的啊。"那你为什么不按照时间顺序讲？"这个，我……我……我乐意！

　　好，我们继续讲故事。

　　那天我准备在灵石县城化缘，找个地方住。上次在五台县化缘住宿没有成功，后来我总结了教训，有两点：一是大家戒备心太强；二是我主动找人化缘，成功概率太低。若有人知道我托钵行走的事情，感兴趣的主动过来问我，这时化缘成功的概率就会比较大。这次我写了三首打油诗：

一

五台来去峨眉山，一路化缘不带钱。

何人供养佛法僧，借宿一晚结善缘。

二

若不信佛不要紧，吾能教你新技能。

念经电商做网络，诸般只抵借宿银。

三

客栈宾馆皆可睡，柴房客房亦可眠。

诸法皆是因缘起，不问功德不问钱。

　　我打算找个人流量大的地方，把我写的三首诗摆上，然后打坐。一定会有人过来围观，如果有人主动问，我就跟他化缘，借宿一晚。

　　2

　　灵石县城不大，离 108 国道也很近。从 108 国道转到县城，会路过一个农贸市场，来往的人很多。因为是在腊月，很多人过来采购年货。

　　此时太阳还很好，照在街道的北侧，虽然天气冷，但阳光多少能给人一点暖意。

　　我这么高大上的化缘，不适合放到农贸市场吧？于是我继续朝前走，是一座桥，水头桥。桥上只有一个卖大枣的小贩，来往的人不少。好，就这里了！我从背包里把准备好的白纸拿出来，摆在地上，还拿了佛经、水壶压着。

把纸摆好后，我就坐在路边，双手合十。打坐是没法打坐了，太冷，只能做个样子。确实有人过来看，大多是中老年人，一边走路一边看，但很快就走过去了，不做停留，更不用说围观了。

估计没看明白吧！我想。再有人注意到我时，我主动说："阿弥陀佛，我是从五台山来的行脚僧人，想化缘住宿一晚。"偶尔有人能听我讲完，但还是不予理睬地离开了。我只好继续打坐。

二十来分钟，来来往往的有上百人。偶尔会有人主动问我是干什么的，听完解释，也不置可否地走开了。我当时心想："我这么真诚的和尚，难道没人看得出来吗？真让人伤心。"

过来一辆农用车，拉了一车苹果，在我旁边卖苹果。卖苹果的是一对中年夫妇，应该是从农村来的，穿着比较朴素。他们过来问我是怎么了？我说行脚僧人化缘求借宿的。他们没再说话。

农用车过来十几分钟后，忽然开始收拾东西要开车离开，我问："怎么走了？"

那个女施主说："城管来了，这里不让卖。"

我想：城管会管我不？如果他们赶我走，我就让他们给我找个地方住好了。

女施主递过来一个苹果，说："师父，这个苹果你拿着吧。"

我接了苹果，感觉到一丝暖意。

城管最终也没来找我，我在水头桥继续等。太阳逐渐偏西，桥上过往的人越来越少，我想还是换一个地方吧。我意识到一个严重的问题：字太多！一张 A3 的纸上有 28 个字，有 3 张纸，总共有 84 个字，不细看哪能看明白！

我换了一个地方，在隔壁卖年货的那条街上，找了个空地，只拿出第一张纸放在面前。

左侧是卖贴画、对联的，右侧是卖碗的，一位五十岁左右的瘦小男子，穿着一件羽绒服，看了看地上的白纸，又上下打量了我一会儿，问："你是不是假和尚？"

我苦笑了一下："要是假和尚，不用这么冷的天还要化缘住宿吧。"不过我头脑里快速闪过一个疑问：我这种短期出家的，算不算假和尚？

此时，走过来两个大姐，提了大包小包，应该是从附近乡里进城来采购年货的。胖一点的大姐放下东西，从口袋里掏出来十块钱，说："师父，您拿着，我们家也没在县城，没法让您住。"

"我不收钱的，你们施舍给其他需要的人吧，功德是一样的。"

两位大姐摇了摇头，离开了。我继续在那里等。

太阳越来越低，阳光慢慢被对面的楼房遮住，阴影覆盖过来，我明显感觉到寒意。肚子有些饿了，又有些冷，我想站起来活动一下，但腿和脚都有点疼，越活动越疼。

我只好站着，倚靠着背后的栏杆，望着对面人来人往，心中生出了好多感慨：这就是佛陀说的末法时代吗？化缘住宿真的这么难？不是那么多人皈依了吗？所有皈依弟子都应该供养佛法僧啊？

街道对面有一棵小树，不知道是什么树。零星的几片枯叶挂在树梢，有风吹过，有片叶子随风摆动，仿佛要掉下来。我看着那片叶子，双手合十，默念"阿弥陀佛"。不知为什么，我希望它不要掉下来。仿佛只要它不掉下来，我今晚化缘就有希望。

我注意到一个流浪汉，不知是流浪汉还是乞丐，穿得破破烂烂，离我四五米，朝着我呵呵傻笑，又盯着我放在地上的白纸。我低头一看，明白了点什么。

我合掌恭敬地行礼，说："阿弥陀佛，这个苹果给你吧。"我弯腰拿起苹果，递了过去。流浪汉很开心地走过来，拿起苹果，咧嘴笑了笑，转身离开了。

看着他的背影，我忽然觉得心情不错。

这时，一阵风吹过，树梢上那片叶子掉了下来，孤零零地落在街道中央；又一阵风吹过，叶子翻滚着，飘向远处……

太阳终于落到了山的那一边，街上人流也越来越少，周围有些小商贩开始收摊了。我装作很平静，也开始收拾东西，准备离开。

背上重重的背包，我不知道该去哪里，只是漫无目的地走在大街上。周围不时有人回头打量我，然后又匆匆离开。他们应该是回家吧，我该去哪里？我不知道。没有人知道我是谁，我也不知道他们是谁，我甚至不知道自己是谁。此刻，仿佛这个世界跟我没有什么关系……

3

我把几张照片发到了朋友圈，收到了很多朋友的评论。有赞叹的、有关心的、有质疑的，只是，这时一切评论对我来说，好像都失去了意义，我也没有心思看。

我在大街上流浪了大概半个小时。实在太冷，脚也走不动，我来到一个超市里休息。超市里很暖和，我站在超市门旁的角落，尽量不耽误人家的生意。

这时，有个头像是南瓜灯的微信朋友，给我发来消息说给我在网上订了灵石明月酒店，让我直接去住。我之前不认识"南瓜灯"，什么时候加的好友也不知道。但这些已经不重要了，我查了一下地图，酒店离我有1.7公里。

走了二十多分钟，我疲惫地来到酒店门口，保安拦住我，严肃地问："你做什么的？"

不知道他是不是把我当成乞丐了，我赶紧合掌说："阿弥陀佛，我订了房间，过来住宿的。"

保安有点不好意思，让我进去了。我拿出身份证，前台服务员开始登记，让我交押金，我说身上一分钱都没有。小姑娘说："这不行啊，没有押金没法开房间给你。"

我说："我把身份证押给你行不？我不消费里面的东西，也不破坏里面的财物。"

"我们要你的身份证也没有用啊，我问问领导吧。"小姑娘一脸无奈地说。她指了指角落里的沙发，让我等会儿。

我坐在大堂的角落里，等着服务员跟领导沟通。沙发很舒服，走了一天，能坐下来休息已经是一种享受了，我不在意多等一会儿。大堂很大，也很暖和，看上去很有档次，这个酒店应该是灵石比较好的酒店了，有不少穿着华丽的人过来住宿，没有人注意到角落里的我。

大约过了五分钟，小姑娘大声叫"文德"，我开始没听清，后来意识到是叫我，走了过去。小姑娘说："房间开好了，一会儿我们把里面可以消费的东西都拿出来，您去住吧。这是房卡和身份证，电梯在那边。"

我说了声"谢谢"，朝电梯口走去。

来房间服务的是一个小伙子。小伙子很客气，有条有理地收拾着那些饮料。我说："谢谢你啊！另外，想麻烦你一下，我今天走了一天路，不知道是否方便帮忙找个能泡脚的盆？"

小伙子说："我晚上八点下班，下班以后帮您找一找啊！"

"好的，先谢谢你了，要是实在不方便也没关系。"我很客气地说，不想太麻烦别人。

小伙子走后，我烧了壶开水，打开包裹，拿出里面的压缩饼干。那是上次一位高中同学过来看我时送来的。

压缩饼干有一种奇怪的味道，闻了会让人没有食欲，也就没有那么饿。不过出家人不讲究这些，能吃饱就好。我吃了两块，感觉特别饱。"要是吃多了，会不会被撑死？没有被冻死、饿死，要是被撑死了，这有点太滑稽了，估计会上新闻吧！"想到这里，我嘿嘿地笑了。

躺在床上，疲惫感涌了上来，思绪却无法平静。我回想起一天的经历，头脑里浮现出一系列的问题：

为什么化缘会这么难？

以前出家人化缘也这么难吗？

若有人能让我借住一宿，我定然会回报他，他们为何不愿试一试？

明天我该怎么办？

当别人都不认识我时，我是谁？

后来我把这段经历讲给朋友听，有朋友说："你就是菩萨！谁要是接待了你，你肯定能帮他很多。我们经常去求神拜菩萨，但当菩萨真的来到身边时，我们却都当成了陌生人！"

我当时觉得他说得有一定道理。我是别人的菩萨，别人又何尝不是我的菩萨？别人把菩萨当成陌生人，我又何尝不是如此？**生活中我一定错过了很多菩萨。**

4

我给"南瓜灯"发消息说："谢谢你，我住下了。"

"南瓜灯"打电话过来，问我吃过饭没有，是否需要点餐。我说不用，吃过了。他问吃的什么，我说吃的压缩饼干。后来无论我怎么拒绝和解释都没有用，"南瓜灯"非要给我再点餐。

等服务员把餐送上来的时候，我哭笑不得：一大碗米饭、一大盘土豆丝和一大盘木耳山药。山西人真实在，菜量都这么大！这怎么可能吃得完？我只好让服务员拿了几个塑料盒过来，打包明天吃吧。后来，这次打包的饭菜我走到临汾才吃完。

我打开微博，有个女性头像的账号在微博上给我留言："行空师父，您找到地方住没有？我在灵石县城转了好久，都没有找到您。"

"有人给我订了宾馆，已经住下了，谢谢你！"

"那太好了，我是灵石本地人，方便过去拜访不？"

"出家人晚上不方便见异性。"

"我带个朋友一起过去，朋友是男的，待一会儿就走，是否可以？"

"那好吧，我在明月酒店，如果不太远就过来吧。"

八点多，那个服务员小伙子真的给我拿来了一个泡脚的盆。等我泡好脚，一个三十多岁的女子带着一个十来岁的小孩，还有一位中年男子过来看我。他们做自我介绍，女的是冰姐，男的叫丁哥，小孩子是冰姐的儿子。冰姐平时玩百度贴吧灵石吧，丁哥是做食品行业的，最近也在尝试微商。他们之前并不认识我，是他们的朋友介绍说有个大咖出家了，在灵石化缘，让他们照顾一下。

我们聊了半个多小时，他们给了我一些路线建议，说明天我可以到南关镇，离灵石县城有二十五六公里，他们在南关镇等我，可以给我安排地方住。地图显示 26 公里，如果走路估计要 29 公里，因为走路会绕一些，但并不算远。我心里踏实了很多，毕竟明天有地方住了。

这一路行走，很多朋友在微博上支持我，表达敬佩之意，也有人讽刺我，类似这样的：

故意公布路线，就是炒作！要是没有那些粉丝接待，你能走多远？说不定早就冻死街头了！有本事你别发微博、微信啊！别以为自己有多牛！

要是没有这些好心人接待，我能走到这里吗？我能走下去吗？我可能真的就被冻死了！

六祖惠能说：

> 苦口的是良药，逆耳必是忠言。
> 改过必生智慧，护短心内非贤。

我不但应该感恩那些鼓励我、支持我的人，也应该感恩那些批评我、讽刺我的人，他们说的话都是忠言。

明天的路程不远，吃的东西有了，住宿问题也不用担心，我瞬间觉得轻松了很多。洗完澡，洗完衣服，我诵了一遍《金刚经》，然后沉沉地睡去。

这一晚睡得很香，也很安心。

生活就是这样，在你觉得一切都在掌控之中的时候，意外却随之而来了。这就是无常。

我没想到，就在第二天，我在大山中彻底迷失了方向。

我是谁

前面讲到我在灵石县摆地摊化缘不太顺利，但总算安心地睡下。

1

酒店的早餐很不错，服务员态度也很好，山西人大多很热情，临走还问我要不要带点东西在路上吃。早上八点多，我查了路线，背上背包，戴好帽子、围巾、口罩，告别了服务员，继续我的行走。

很快走出县城，到了附近的农村，看见一个超长的建筑，应该是二十世纪六七十年代建的供销社，还有个理发店起了个很拉风的名字——顶头上丝。遇到一个村庄有人办丧事，我念了三遍"南无阿弥陀佛"，希望逝者能往生极乐。农村办丧事很热闹，搭台唱戏，还有音响在放歌，听着那句"是谁太勇敢，说喜欢离别"，我无语了。

手机导航把我带到山脚下，要爬山了。走山路虽然累，但我并不反感。我看见山就觉得亲切，坐在石头上眺望远方，会觉得特别宁静。爬了大约半个小时，还看不到路的尽头，反正闲着也是闲着，我开始思考一个问题：为什么化缘住宿这么难？

2

很多人都在感叹，现在社会缺乏信任感，所以出家人化缘不易。其实不然，以前佛陀在世的时候，化缘也会遇到麻烦。佛经中有个故事：

　　佛在世的时候，有一次带着弟子们到一个国家去，而那儿的国王、臣民都不欢迎，也不供养他们。后来等摩诃目犍连尊者来了，这个国家的国王、大臣，以及诸老百姓都恭恭敬敬地给予欢迎，并且悉心供养各种所需。

　　佛的弟子们大感诧异，不明所以，认为盛德如佛，到了此城都不受欢迎，亦无人供养，反而他的弟子目犍连却得到这么多人的尊敬，这是什么道理呢？因此便请问于佛。

　　佛遂向弟子解释说："这是因为在过去的生命中，我和他们并没结下善缘。无量劫以前，目犍连和我在一个国家，目犍连在山上打柴，我在山下领路。我最讨厌蜂，而目犍连最喜欢蜂。我那时常用烟来熏赶蜂，而目犍连被蜂蜇痛了，也不用烟来熏蜂。而且目犍连有一次遇到一窝蜂来蜇他，曾对这窝蜂念了一句'南无佛'，并发愿说：'请你们不要蜇我，我将来得道，当先来度你们成佛，千万别起这个恶心害人。'这窝蜂真的就不蜇他了。这窝蜂轮转至今，成了这个国家的国王、臣民，那樵夫目犍连也在今生修成比丘，往昔曾发过愿来度他们，故今日相遇，便受到热烈的欢迎和礼遇，这都是宿世的因缘所造成的。"

　　三世因果文讲：

　　　　　欲知前世因，今生受者是。
　　　　　欲知后世果，今生作者是。

　　看来我宿世修的福业还不够，或者说我跟灵石县城的众生，宿世没有结下善缘。诸法皆由因缘起，观果知因。之所以网络上会有人供养我，是因为我通过网络、通过自媒体跟他们结了善缘。修行之人，以后得多结善缘……

看到这里，或许有人会问：怎么开始迷信了？

是不是迷信这里不做讨论，这个话题以后有机会再讲，相不相信都没关系，不影响我继续讲我的经历。

不知不觉，我已经来到山顶，海拔 1000 米左右。山顶还有个宁静的村庄，有群羊带着一位大爷慢慢悠悠地散步。我开始往山下走。

3

在半山腰，我拿出昨晚打包的米饭和土豆丝，开始吃午餐。阳光很好，风景很好，唯一的缺点是饭菜冰凉。

用完餐，我很惬意地来到山脚下，却发现我需要继续爬另外一座山！好吧，继续爬。一个多小时后，我爬完第二座山，导航显示还要继续爬山……

遇到一位放羊的大爷，我问："大爷，南关镇怎么走？"

"不好走嘞，远着呢。朝前走，上山再下山，再上山，再下山……看见那个方向了吗？翻过那座大山就到了。"大爷手朝西南方指了指。

"啊！阿弥陀佛，大约还有多远？"

"三十多里吧，你今天走不到。你咋走这里来了呢？"

　　我谢过大爷，开始犹豫：要不要回头？或者跟这个大爷回家明天再走？后来还是决定继续朝前走。

　　一路虽然辛苦，风景却是很不一样。连绵的大山在阳光下是金黄色的，远远看去，以为没有路，但走到跟前，总能发现一条小道，蜿蜒向前延伸。路上看不见人，倒是偶尔能看见草丛中有野兔跑过，或者惊起一只不知名的野鸟。我还路过了一个小村庄，山腰上有大大小小十几个窑洞，窑洞外挂着不少玉米棒子，黄黄的，迎着太阳，融入这一片大山中。

　　我不断安慰自己：**其实这个世界是公平的，如果老天让你出身贫寒，那么从小就给你机会锻炼；如果老天让你智商不高，也不会给你聪明人的烦恼。老天让我走了这么难走的一条路，风景却是别人很难见到的。**

　　等我走到一个山谷的时候，发现山谷里还有积雪，两边怪石嶙峋。我忽然有个念头：这个地方真适合拍《西游记》，要是冒出个妖怪，我一点都不觉得奇怪。后来我问丁哥，丁哥说当时拍《西游记》的剧组确实到灵石来采过外景。我接着开始胡思乱想：要是有个女妖精抓我去成亲怎么办？坚决不能从！我受过沙弥戒的，再说了，说不定是哪个菩萨过来考验我的呢，坚决不从，万一……

　　正想着，我发现了一个小问题：导航显示偏离了路线，手机信号完全消失了。此时我还没有太担心，因为只有一条路，只能朝前走。大约走了半个小时，丝毫没有出山谷的意思，好像迷路了！

　　前面有个岔路，该选哪条？此时辨别方向没有意义，山路是绕着转的，这个时候朝北，转一个圈就朝南了。地图不能用，导航不能用，手机没信号，太阳已经明显偏西了，而我还在山谷里，彻底迷路了！

我朝其中一条路走了一公里，感觉不太对，又回来，朝另外的方向走了一公里，也感觉不对，我开始有些着急了……

很多事情，在没有发生的时候，无论怎样假设，我们都会很淡定。然而，一旦真的发生，真实反应会如何，谁也不知道。例如，我们经常会聊到死，可以很淡定地聊死前如何，而一旦真正面临死亡的时候，态度又会完全不一样。我以前也想过我这次行走可能会迷路，但并不觉得会怎样；当我真的在山里迷路的时候，我开始有些慌了。

冷静，冷静！我提醒自己。

我重新开始朝不同方向走，发现有个位置，手机有一格 2G 信号，我给海浪打了个电话说："我在山里迷路了，连片连片的大山，晚上若还没有我的消息，我一定是没走出来，你可以给丁哥和冰姐打电话……"

我找了一个地方打坐，坐了五六分钟，无数念头妄想纷飞。只有两个选择：一、在这里过夜，我有睡袋，没有帐篷，有水果刀，有打火机，应该可以生火，小心一点别点着大山就好；二、再找一条路，说不定天黑之前能走出去。

我选择了后者，找了一条看上去是上山的路，开始往上爬。路很好走，大约走了两公里，手机开始有信号了。很幸运，我选择的那条路，正是通往南关镇的路。

南无阿弥陀佛！

4

一路上的艰辛就不说了。冰姐和丁哥开了一辆 SUV 找了我好久，由于山里无法进来，只好等我联系他们。他们等到我时，天已经黑了，离南关镇还有五六公里。好吧，我先坐车去吃饭休息，明天从这个地方开始继续走。

丁哥订了一个不错的酒店，说让我好好休息。到了酒店，我才知道他们二人为了找我，连午饭都没有吃，搞得我内心有些忐忑。

佛教有首偈诗：

施主一粒米，大如须弥山。

今生不了道，披毛戴角还。

出家人受了施主的供养，如果不精进修道了悟此生，回头只能做牛做马来还债了。

吃饭的时候，丁哥说有几个朋友知道我到灵石了，要过来看我，问我是否方便见。我说可以的。等我吃完饭，已经是八点多，我发现包厢外面有六七个人在等我，我赶紧过去行礼。大家也很客气。后来丁哥说让我先去房间洗个澡，再跟大家聊。我说不方便让大家久等。他们看见我身上的衣服背后还有些湿——由于出汗了还没干——担心我感冒，都让我去洗完澡再聊。我只好听从。

过了十来分钟，大家坐在一起开始聊天。问题不外乎两种：一种是我为什么出家，为什么要托钵行走；另一种是关于电商互联网的问题。大约聊了一个小时，大家各自散去。

我也收拾收拾，睡觉，实在太累了。

5

第二天行走，我开始回顾这两天发生的事情，感触颇多。第一天我诚心化缘，一晚住宿都很困难；但第二天大家对我那么热情、恭敬（听说在外面等我的还有县里的某个领导），前倨后恭到底是为什么？

如果简单思考，答案是：第一天大家不认识我，第二天大家认识我了。但第一天的我和第二天的我是不是同一个我？同样的身体站在大家面前，为什么不认识呢？很明显，大家认同的一定不是这个身体。

第一天没有人问我的名字，但就算告诉大家我是行空，是鬼脚七，估计还是很难化缘到住宿。或者说换了一个叫鬼脚七的人过来，第二天的那些人也不会对他那么恭敬。很明显，大家认同的也不是这个名字。

到底大家认同的是什么？

我想来想去，答案应该是：大家认同的是我身上的两个标签——电商大咖、自媒体人。

既然大家认同的是这两个标签，所以换一个人，打上"电商大咖"和"自媒体人"的标签，大家应该还会对他同样恭敬。

这个逻辑好像对！问题好像解决了！不是的，问题依然在：**世人认同的是标签，并不是我，那我是谁？**

我身上有太多的标签了：作家、行空、男人、爸爸、儿子、自媒体人、修行者、国学爱好者、和尚……

很明显，这些标签都不是我。当我到了一个陌生的地方，这些标签都没有的时候，好像谁也不认识我，连我自己也不认识我自己。难道我就是这些标签？

我们习惯于认同身体为自己，但如果少一只手、一只脚，我还是我，并没有减少什么。后来又认同各种财物、感受、标签是自己，但又发现这些都不是，去掉了，也并没有减少什么。

那到底我是谁？

苏格拉底有句名言：认识你自己！

我是谁都不知道，怎么认识啊？这是个问题！

我想了一天，有太多的感触，现在问题留给你：我是谁？

6

有人说：这就是"假我"啊，并不存在一个真的"我"。

修行中是这么讲的，有"假我"之说。佛经中也说：若菩萨通达无我法者，如来说名真是菩萨。

问题在于，我掌握了这个知识又怎么样？我就成菩萨了？世界上所有人都知道这个知识，都成菩萨了？显然不是。

以前我认为房子、车子是我的，爱恨情仇是我的，头脑想象是我在想，吃饭是我在吃，身体疼痛是我在疼。如果"我"没有了，那房子、车子是谁的？爱恨情仇是谁的？头脑想象是谁在想？是谁在走路？是谁在吃饭？是谁在疼痛？

《心经》好像给了答案。《心经》是最精练的一部佛经，听说可以解脱一切苦！经文一开始有一段话："观自在菩萨，行深般若波罗蜜多时，照见五蕴皆空，度一切苦厄。"

如果能认识到"五蕴"都是空无自性，就可以脱离人间的一切苦和烦恼。五蕴是指色、受、想、行、识（简译即物质、情感、影像、行为、感受）。它们都是空无自性的，没有另外一个主体控制它们发生，而是因缘和合。

房子只是房子，没有谁的房子；车子只是车子，没有谁的车子；走路只是走路，没有谁在走路；吃饭只是吃饭，没有谁在吃饭；头脑中的念头川流不息，一直在出现和消失，并不是有某个人在控制……

什么是真相

从广元到绵阳，步行大约 200 公里，要走七天。

步行距离比开车要远大约 15%，不是因为路程本身远，而是因为步行途中要吃饭、住宿、休息，不会刚好就在马路边，加上偶尔还要去寺庙拜佛，都会绕路。从五台山到峨眉山总共有 1800 公里，但我徒步的行程一定会超过 2000 公里。

到绵阳的前几天，我的脚疼得厉害，每到下午就难受。不是扭伤和起水泡，而是过于疲劳，用药都不管用，唯一的解决办法是休息。我到绵阳后，计划休息一天。

今天要讲的故事，就发生在绵阳，我休息的那一天。

1

这天早上，有几位施主陪我一起去绵阳的圣水寺礼佛。圣水寺修建得很宏伟，罗汉林立，庙宇庄严。我们到达圣水寺的时候，寺庙刚好在组织法会，有两三百人，很壮观。我去观音殿、大雄宝殿礼佛，最后拜了韦陀菩萨，正准备离开，发现圣水寺旁边还有个罗汉寺。于是我带着几位施主一起又去了罗汉寺。

在罗汉寺连着圣水寺的过道里，我看见一张宣传画，介绍罗汉寺的住持：果清法师，1921 年出生，1985 年出家，建了不少道场……看过没有太在意，每个寺庙都会宣传自己的住持有多厉害。

刚进罗汉寺，一个比丘尼迎面走来，很客气地行礼："阿弥陀佛，师父从哪里来啊？"

"阿弥陀佛，从山西五台山来。"

"啊，辛苦！中午就在这儿用斋饭吧？那你们要见果清老法师吗？他是我们的住持，今天刚好在呢！你们一定要见见，机会很难得，他今年九十六岁了！现在应该在工地上。"比丘尼用手指了指身后。

告别比丘尼，我和几位施主一起朝工地走去。

工地上有两个工人在给雕塑上油漆，有辆拖拉机在拉土，还有辆正在推土的推土机，轰隆隆的，显得很是热闹。角落里，一个老僧人坐在藤条椅上，另外两个人蹲在旁边。那个老僧人应该就是果清法师，他戴了顶灰色的帽子，穿的僧衣最为醒目，灰白色，有很多补丁。他一手拿着几页纸，另一手拿着笔指着工地在说些什么。我有些诧异，他一点儿都不像九十多岁的人，精神矍铄，耳聪目明，说话吐字清晰且中气很足。

走过去，我给老法师磕头顶礼，然后站在旁边。老法师客气了两句，继续讲他正在讲的内容。

老法师讲的是四川话，我听了个大概："这里应该按照图纸来做，要如法！现在社会上有太多寺庙建筑不如法了，我们不能跟他们一样。有的舍利塔地宫居然还让人参观！有的还能放普通人的骨灰！只要给钱就能放！荒唐，真是荒唐！舍利塔是干什么的？是存放舍利的地方，不

证得阿罗汉果位，不能受这个供养……五月，我要去印度恒河寺，我要
把佛陀生前的场所都搬到四川来，明年后面那片山，要建……"

老法师很严肃也很认真地在说话，一边说还一边指点。我听了几分
钟，实在不忍心打扰，于是给老法师身边的人打了个手势，慢慢退后了，
几位施主也跟我一起离开了。

离开时，一路叹为观止，道路两侧都是形态各异的雕像，有的慈眉
善目，有的怒目凶狠，有的放肆大笑，有的又庄严肃穆，栩栩如生、活
灵活现，让人不禁顿生敬佩之情。

2

这天晚上，到了我们的"分享时间"。我给大家分享我读《心经》
的一些体会。

到广元以后，陆续有人加入行走的队伍。大家听我说把《心经》背
下来有帮助，每个人都开始背《心经》。有一天，旺财大哥背着沉重的背包，
一手拿着拐杖，一手拿着《心经》读本，一边行走一边背，让我很感动。
旺财的职业是一名大车司机，开车二十六年了，是我们行走队伍中年龄
最大的，四十七岁，他说自己已经好多年没背诵过课文了。当有新来的
伙伴说自己记性不好背不下来的时候，我们就会说："连旺财都能背下
来，你也行的！"

后来，每天行走完，只要结束的时间还早，我都安排"分享时间"。
我会分享一些对佛经的理解，大家也会讲讲自己的经历。每个人的故
事都不一样，不一定曲折离奇，但很真实，经常会听到一些让人感慨

的故事。

每个过来陪我行走的朋友，都有自己的原因，有的是事业遇到点问题，有的是家里遇到点矛盾，有的是成长中感到迷茫，有的是辞掉工作想放松一下，有的只是想陪我走一段……很多人期待行走能带给自己一些改变。我们在一起聊天的时候，有人会说一些自己的困惑，其他人会给提提建议。后来，这个"分享时间"，大家都很期待，也很认真。我看有不少人拿着笔和本子，认真记笔记。

晚上，我们聊到今天去的圣水寺和罗汉寺。没想到这个讨论的过程，让不少人领悟很多，包括我自己。

3

"今天我去圣水寺、罗汉寺就挺感动的，遇到了法会，看见了老法师，而且大家对僧人都很尊重。"旺财说。旺财平时有点看不惯社会上的很多事情，这次他能这么说，我有点诧异。他接着说："之前的七曲山大庙、水观音那么好的道场，一个修行师父都没有，都被搞成赚钱的工具了，而这两个寺庙，让我看见了佛法兴起的希望！"

"是啊，你看果清老法师，都九十六岁了，哪看得出来啊，精神那么好！一看就是修行很好的。"阿晶接着旺财的话说。阿晶是江苏人，做珠宝生意。

"老法师九十六岁，还在工地上亲自指挥，真不容易！"

"我倒不这么看，我觉得果清法师作为一个修行人，为什么事业心还是这么强？应该放下才对。还想建那么大的道场，还想把印度那么多东西都搬回来放到四川。"小胡是某个大企业的中高层，这次过来陪我行走，也是因为一些职场上的事情。

"果清法师让我很失望，我之前还以为他会给我们分享点修行的内容，但人家什么都没讲，师父你给他顶礼，他也不跟你多聊几句，难道他的事情就那么重要？我觉得一些基本的礼节他应该讲吧？"

大家继续讨论，小胡问我："师父，您对果清法师怎么看？"

"果清法师做了很好的开示，可能你没收到，我收到了。"我故意显得有点高深莫测，大家用一种好奇的眼神看着我。

我接着讲："他穿的僧袍，让我很有感触，人家不是特地穿给谁看的吧，我们碰巧遇到，这就是他平时的状态。他告诉我应该如何惜福；他做那么大的工程，年纪大了也不忘弘扬佛法，这是告诉我要利他；他年纪很大，还亲自上工地，这是告诉我要精进；他对'如法'的强调，这是告诉我要严谨。"

大家听了，都点头称是。

4

看着大家的状态，我忽然意识到一个问题："我说的就是对的吗？"

这是种很好的思考，于是我问大家："我们每个人看见的内容都不一样，到底真实情况是什么？什么才是真相？"

大家陷入片刻的沉默。我们和果清法师接触前后也不过十来分钟，同样的一群人，同样的场景，听到同样的内容，但每个人得出的结论差别很大，甚至相反！而且，貌似每个人说的都有道理。到底哪个是对的，哪个是错的？

我继续说："有一种可能，果清法师真的是事业心很强，想建大道场，想留名；也有一种可能，人家不是事业心强，只是想通过这种方式弘扬佛法，给其他出家人一个好的修行场所，无私奉献。到底哪个是真的？"

"那要问果清法师自己了。"

"他自己当然会说他是为了弘扬佛法，哪个出家人会承认自己是想要虚名呢？"

"他说的就是真相吗？"

"他万一真这么想呢？"

"或许他一开始确实有事业心，但后来慢慢转变成要弘扬佛法了呢。"

"没人知道。"

……

真是一个好问题，引起这么多讨论。我觉得时机成熟了，又说了另外一个故事。

5

"我刚出家的时候，很多人说鬼脚七是炒作，也有人相信我是为了修行。到后来我真正开始两千公里的行走了，说我炒作的人已经不多了，更多的人是在感叹和佩服！后来大家看见我偶尔发的朋友圈、微博和写的文章，又有很多人留言说我不是真的修行。你们觉得，到底我是为了修行还是为了炒作，真相是什么？"

"这还用问，当然是为了修行。"

"那我为什么还要发微博、发微信、写文章呢？我还公布自己的行程。那些说我炒作的人，理由也很充分啊！难道我就不希望扩大自己的影响力，为名声考虑？"

"师父，那得问你自己。"

"是的，这个问题真的很有意思，我现在就在问我自己。我是为了修行还是为了名气？我一直以为我是为了修行，但我看自己的念头，经常会关注一些人的评价，也会关注评论数、转发量、阅读量什么的。这些说明我还是在关心'名'！但要说我关心'名'，几个电视台要过来录节目，我都拒绝了，我觉得他们会打扰我的修行。我跳出来看自己的时候，很难定论。"

"师父，我都被绕糊涂了，你到底是为了名气还是为了修行呢？"

"我的意思是：我也不知道答案。"

大家你看看我，我看看你。我自己也陷入了思考。

6

"咱们今天的讨论很有意思。果清法师是为了弘扬佛法，还是有事业心？这个答案本身并不重要。鬼脚七出家是为了修行还是为了名利？这个答案本身也不重要。

"所有的事情，对大家来说，都是同样发生，但在不同人的头脑里，会有不同的结论，包括当事者自己。到底哪个结论是对的？到底真相是什么？

"每个结论都是对的，但每个结论又都不对。连当事人自己的想法都会变，当事人的想法并不是标准答案，只是结论之一而已，跟其他人的结论是平等的。所以每个人的结论都是对的，同时，每个结论也都不对。

"到底哪个是真相？如果当事人自己都在怀疑自己的想法，就没有真相吧！是的，根本没有真相！如果没有真相，那么每个结论都可以说是真相！同时，每个结论又都不是真相！

"看了这么多，或许我们有点体会了：**每个人都只能看见自己想看见的世界，每个人看见的世界也只是自己内心的世界。**"

7

讨论完后，大家回去休息了，我头脑里出现了一系列的问题：

"色即是空，空即是色"是不是类似的道理？真相不是结论，但真相又是结论。

"非法，非非法"是不是类似的道理？不是真相，也不是不是真相。

"不二"是不是同一个道理？不是对，也不是不对。

生活中我们对任何一个人的判断是不是也都如此？

我们一直都对自己的判断深信不疑，但每个判断都只是结论之一吧？

如果没有真相，都只是自以为的真相，那我们的烦恼从哪里来？

这些问题，留给你思考吧。

第四章

最后一片叶子

每个人内心都有一尊佛，

当我们不知道怎么做时，

可以把事情交给它。

谁比谁更苦

写这篇文章的时候，我已经结束了行走回到杭州，杭州下着小雨。

我穿着一条白裤子，蓝色的中式上衣，背着双肩包。头发长得很快，看上去像寸头，不像刚剃过光头。我来到那家咖啡馆，三个月没来，咖啡馆居然已经换装修了。服务员和领班也是新来的，不认得我了。我朝服务员笑了笑，走到我之前常坐的沙发边坐下。

"一杯祁门红茶。谢谢！"

坐在咖啡馆，心情异常平静。背景音乐舒缓而空寂，还有水流声，宛如置身于山谷。这么多声音，只有内心安静的时候才能听见。就这么坐着，几分钟还行，要是坐久了，人家会说我有病。人们总习惯这么想：我总得做点什么。

是的，我得做点什么。

我知道从今天开始，我又要开始"在家"人的生活：写作、工作、家人、小孩、朋友、同学、应酬……

1

记得我行走刚到太原的时候，一位朋友告诉我，他公司的一位高管知道我行走的事后，感慨万千："让我重新出生三次，我也想不明白，为什么鬼脚七放着好好的日子不过，要出去受那种苦！"

后来我们见面了，一起吃饭，他聊了很多公司的事情，问了我不少问题。他爱人和小孩在山西南部，公司在太原（山西中北部），创业时间不长，几十名员工，业务和团队方面都存在很多不足。我听完后有点心疼地说：

"你每天加班到晚上十一二点，早上还要早起，既要完成自己的业绩，还要辅导员工，老板要求严格，员工又不给力，客户还要伺候，你压力很大吧？是的，很大！你经常因为工作和公司的事情焦虑，睡眠不好，每周只能休息一天，明天你还要坐火车回家，你在家待不了十几个小时，又要赶过去上班。自己这么累，家人还不太理解，有时还因为没接到电话跟你吵架……你苦不苦？

"我只是走路而已，其他的都不用担心，只是身体上有点疼，但习惯了就好。但你不一样，你的烦恼无穷无尽，工作无穷无尽，做也做不完。更糟糕的是，你还没意识到这是苦，反而让自己陷得更深……"

谁更苦？

听到这里，他不说话，陷入了沉思。

忽然我觉得自己很残忍，让人认识到事情的真相总是很残忍。我想起一个故事：

北极的因纽特人利用独特的气候条件，发明了一种独特的捕狼方法：他们在冰雪地里凿一个坑，把一把尖刀的刀柄放进去并略做固定，往刀子上洒一些鲜血，然后用冰雪把刀子埋好。寒冷的天气很快把这个小雪堆冻成了一个冰疙瘩。最后，他们再往冰堆上洒一点血，就拍手回家，静等着明天来收获猎物了。

冰原上的饿狼闻到血腥味后，就会来到这个冰疙瘩前，它以为这里面会有一只受伤倒毙的小动物。于是狼用自己的舌头舔冰堆上的血迹，并希望将冰堆舔开，好美美地饱餐一顿。不多会儿，它就舔到了刀尖。但这时，它的舌头因为舔了半天的冰块，已经被冻得麻木了，没有了痛觉，只有嗅觉告诉它：血腥味越来越浓，美味的食物马上就要到口了。狼的舌头继续在刀尖上舔来舔去，它自己的血越流越多，血腥味又刺激着它更加卖力地舔下去……

2

到底谁更苦？

我不知道答案，也不需要答案。我不是他，我不知道他的苦，但我知道自己的。我在行走的过程中，并没有觉得太苦，反而体会到一种轻松，一种愉悦。

有人不信：零下十几摄氏度，每天走几十里路，脚上起泡，吃不好，睡不好，你还能觉得轻松愉悦？你就吹吧！

你觉得身体上的苦，真的那么苦吗？

你去看看社会上有哪一个人是因为走路时间太长而得抑郁症的？还有那些自杀的，有哪个人说我走路太苦干脆自杀算了？

苦分两种，身体上的苦和心理上的苦。身体上的苦，相对于心理上的苦来说，百分不及一。并非说身体上的苦不严重，而是大多情况下心理上的苦对人伤害更大。当然，身体上的苦和心理上的苦，本质都是一个。身体上的苦终究要通过心理上的苦反应出来。

关于身体上的苦，我也想起一个故事：

著名的法国画家皮尔·雷诺阿，快八十岁的时候，因关节炎而双腿瘫痪，最后双手也畸形了，但仍继续创作。

一天，有位朋友来看他，看到他在极大的痛苦中仍不停创作，被深深折服，问道："在这么大的痛苦折磨下，你怎么还能继续作画呢？"

"痛苦总会过去，而美丽永存。"雷诺阿回答。

3

行走的第 81 天，那天下午，我住在乐山大佛寺。

第二天早上，赶上了剃度仪式，有四位居士要正式剃度，成为沙弥。其中有三位二十来岁，还有一位师父年纪跟我差不多，四十出头。我参加了他们的剃度仪式，随喜他们。

后来我和那个跟我年纪差不多的师父聊天，才知道他出家前是成都某知名医院的知名医生，事业达到了巅峰，可谓名利双收，但这时他选择了出家修行。他之前在寺庙里住了快一年，寺庙大和尚今天才给剃度。他给我讲他出家的因缘，并不是因为受到什么打击，而是明白了修行才是值得做的事情。他讲出离心，讲生命无常，讲轮回过患，讲因果不虚。从他的眼睛里，我看见了信念，也看见了快乐。

后来我去成都文殊院挂单，认识了一位四十出头的师父，他之前是中国人民大学的教授，也可谓名利双收。但他去年在五台山出家了，之后到了文殊院。他很精进，几乎所有时间都用来修行，让其他师父都很佩服。他说人生难得，佛法难闻，出家不容易，何况半路出家，更应好好修行。从他的眼睛里，我看见了信念，也看见了快乐。

没有行走之前，我想象中的僧人，都是苦哈哈的。每天吃素，每天半夜就起来念经打坐，还要劳动……这次行走，我认识了不少真正的修行人，从他们的一言一行中，我看见了那种快乐，单纯的快乐。我才明白，真正苦的不是他们出家人，而是我们在家人。

说实话，我有点羡慕他们。我想起顺治皇帝写的一首诗：

天下丛林饭似山，钵盂到处任君餐。

黄金白玉非为贵，唯有袈裟披肩难。

朕为山河大地主，忧国忧民事转烦。

百年三万六千日，不及僧家半日闲。

4

行走结束后，应前橙会（前橙会是阿里离职员工的组织）的邀请，我在成都给前橙会的朋友做了个分享，有不少朋友介绍自己的状态。

有人说自己创业每天工作十几个小时，已经连续几年了。

有人说自己现在拼命创业，是因为停不下来。

有人说自己觉得很愧疚，因为工作太忙一直都没有时间照顾父母、家人。

还有人因为感情问题，心结解不开，导致身体出现严重问题。

……

听了这些，我很心疼。

我们从小受了各种教我们奋斗教我们成功的教育，但没有人教我们如何化解我们的情绪，没有人教我们如何去珍惜当下，如何去积福报……

我们大多数人都被训练成一个完美的唯物主义者、现实主义者。我们不相信上天，也不相信佛陀；我们不信轮回，也不管来生，只相信自己眼里看见的。我们害怕失去，恐惧未来，所以我们每天都会去获得更多的物质，以为这样可以减少自己的恐惧。但当我们真的拥有了这些，发现空虚和恐惧并没有消失，反而更甚！

我在分享会上说：什么是迷信？迷信就是盲目地相信。

会后有个三十多岁的小伙子很兴奋地跟我说：

七哥，我以前只信科学，后来有两件事让我开始怀疑了。一件事是有一天晚上，我忽然惊醒，从床上坐了起来。早上的时候接到电话说我奶奶那天晚上去世了。另一件事是我外婆去世的前一天晚上，我做了一个很奇怪的梦。这些感应用科学无法解释，我开始怀疑是不是我之前太盲目地否定了一些东西。我开始觉得佛法里说的可能不是迷信。

最后有人问：七哥，我觉得你太极端了，要是所有人都像你说的那样去出家修行，社会还怎么发展？

多好的问题啊，多么典型的问题啊！我们的头脑就是这么厉害，随时做好准备保护自己。所以就有了这个问题。

但没有人会需要一个答案，除了头脑。这个问题是头脑编出来的，也就是说这个问题并不存在，也不可能存在。根本就不可能所有人都出家修行，更何况修行不一定都要出家，很多在家居士的修行也很好。

5

关于苦，没有必要说更多了。

你简单想想就会知道自己有多少烦恼，有多少苦。当然，也不用沮丧。**其实，你羡慕的所有人，生活中都有解决不完的苦**。包括叱咤风云的马云，也包括埋头写字的鬼脚七。

存在苦，并不是问题。问题是，如何解决这些苦，如何脱离苦海？

这个我给不了你答案，但我知道谁能给你答案。

谁啊？

佛陀!

6

写到这里的时候，杭州的雨已经停了。咖啡店的窗外，人来人往，车水马龙。我知道他们都很忙，也很苦。

我想到这里，写了一首偈诗，作为此文结尾，送给有缘人：

> 世间尘劳事无穷，拨置一重又一重。
>
> 世人甘心与伊伴，不觉不知轮回中。

不要被"社会责任"绑架

1

回到杭州有一个星期了，感冒了一场，然后就是不断有人约见面。还好，大家知道我不喝酒了，都约我喝茶。

由于我最近每天还坚持打坐、诵经、看经书，所以自我觉察能力还没退化，经常能跳出来看我和别人的对话。这样很有意思，会看见各种反应模式，也就是我们的习性。

有朋友约我喝茶，想听我讲讲我的体会。但当我开始讲的时候，发现他并不关心，他是来教我如何修行的：他告诉我什么是对的，什么是不对的，如何在生活中不执着。大部分时间是他在说。结束的时候，他还很客气地说：谢谢你的分享，今天收获很大。搞得我很不好意思。

有朋友约我喝茶，想听我讲这一路的收获。我确实讲了，他也确实在听。只是听完以后，他会一一反驳。对他的反驳，我有时解释有时不解释。当我要认真地解释时，他会说，我境界还没那么高，机缘还没到，以后再说吧。我只有苦笑。

也有朋友因为我的分享，真的开始反思一些问题。这时候我会觉得很开心，也觉得自己有点价值。我不需要被认同，只需要他产生疑惑，开始去思考就好了。还有些时候，我也会看见自己的习性，总是想要说服别人。

我想起一首诗，在一本书里看见的：

人生五章

一

我走上街，

人行道上有一个深洞，

我掉了进去。

我迷失了……我绝望了。

这不是我的错，

费了好大的劲才爬出来。

二

我走上同一条街。

人行道上有一个深洞，

我假装没看到，

还是掉了进去。

我不能相信我居然会掉在同样的地方。

但这不是我的错。

还是花了很长的时间才爬出来。

三

我走上同一条街。

人行道上有一个深洞，

我看到它在那儿，

但还是掉了进去……

这是一种习气。

我的眼睛张开着，

我知道我在那儿。

这是我的错。

我立刻爬了出来。

四

我走上同一条街，

人行道上有一个深洞，

我绕道而过。

五

我走上另一条街。

若没看懂，你可以结合自己的生活经历，再看一遍！

大家问我最多的一个问题是："你接下来准备做什么？"每当我说还不确定的时候，朋友就会给我一些建议，拉我一起做某个项目，说这个项目多么有社会意义，多么利他，而且条件很好，不用我出钱也不要求每天去上班，还给我多少工资多少股份什么的。不过我都谢绝了。朋友会说你应该承担一些社会责任！我不置可否。

原因是我开始对所谓的社会责任产生了一些疑问。

2

到底什么才是社会责任?

阿里巴巴曾是中国最大的公司，以前在阿里工作的时候，听到报道中说公司创造了一千万个就业机会，我会觉得很自豪！让这一千万人有了工作，还能实现自己的梦想，有了自己的事业，多伟大啊！

现在仔细想想，逻辑好像不是这样的。

电子商务让这一千万人就业，好像同时也有上千万人因此而失业吧？可能因此而失业的人更多。有人反驳说："失业不是阿里造成的啊，而是这个社会的变革，时代的发展，电子商务对传统行业的冲击造成的。没有阿里，传统行业也会被冲击，也会有很多人失业！"

这个道理我当然想到了。但我想说的是：既然失业是时代的发展造成的，不应该算到某个公司头上，那么就业是不是同样是因为时代发展造成的，也不应该算到某个公司头上吧？

先不讨论这个问题。假定确实有一千万人因为阿里收入提高了，假定他们年收入提高了五倍，这样很厉害吧！

但问题来了：这一千万人收入提高了五倍，真的值得宣扬吗？结果有没有可能是这样的：这一千万人收入提高了五倍，但他们比之前更忙碌了，更焦虑了，更浮躁了，身体更不好了，跟家人在一起的时间更少了，甚至可能自杀的人也更多了。

就像过去十几年，中国社会发展很快，大家收入都提高了，日子好像过得更好了。但大家的抱怨好像也更多了，更加焦虑了，很多人都在怀念从前，幸福感甚至还降低了……

明白我想说什么了吗?

你理解错了。不是的,我不是想说阿里创造了一千万个就业机会是件坏事,当然不是坏事!而且在这个游戏规则下,阿里是个伟大的公司,也做了件伟大的事情。

我想说的意思是什么?给你讲个故事吧,行走期间遇到的一位扶贫村支书的故事。

3

我行走到西安的时候,刚好是过年的前一天,我在西安过的春节。大年初二从西安出发行走,后来由于赶上下雪,我在终南山里住了两天,在那里我认识了一位扶贫的村支书代哥。

代哥本来在西安某个开发区工作,现在被安排到终南山一个穷困村做扶贫村支书(挂职)。所谓的扶贫村支书,责任就是让这个村的农民富起来。

代哥四十多岁,为人很低调,不怎么说话,也不会开车,每周一有人把他送到山里,周五过来把他接回去,就这样已经大半年了。

代哥是个文化人,平时住在山里,有一天写了一首诗:

感　怀

独居深山不言辛,背负重托为扶贫。

万水千山都踏尽,访贫问苦播党恩。

舍家离城为哪般?欲教穷山改新颜。

寝食难安一片心,恐负组织恐误民。

在我以前的印象里，如果某个公务员写这种诗，我会感叹这个人得多虚伪啊！但跟代哥相处几天后，我很惭愧。因为我发现虚伪的人是我，是我内心不相信美好。代哥的确是一心为民。

深山里的条件非常简陋，也很冷，我住了两天，深有体会。那样的条件，代哥在那里一个人住了大半年！代哥房间里放了十几本书，我翻了一下，大部分是佛学方面的书，有经书，有如何学佛、如何修禅的，还有某些法师的开示。当我看见一本婉约词的时候，我会心一笑。

代哥对扶贫工作思考很深入，他说他准备写一份纪实报告，最好能送到中央相关部门负责人那里。我说你可以做一个公众号，传播出去。

代哥为村里做了很多工作，例如修路、拉投资建蘑菇厂、修房子、做农家乐、做养殖、找捐款什么的，但他觉得还远远不够。那里风景很好，但代哥说他不准备开发旅游；一旦开发旅游，收入是增加了，但这个山村环境就被毁了。他说：

"真正让大家贫穷的，不是因为他们在山区，而是他们的思维。他们不想去尝试，习惯了以前的生活方式，把他们迁移到山外面，他们很难适应外部的环境。

"我现在做的工作，一方面是教大家如何利用现有的资源致富，另一方面在用信仰影响大家，让大家精神上多一些追求，这样无论外界如何变化，他们的幸福感不会降低。"

代哥经历很丰富，以前是专门搞拆迁的，搞拆迁工作搞了十几年。一说到拆迁，很多人都会想起一些不好的场景，强拆队啊、钉子户啊什么的。代哥以前就是专门跟钉子户谈判的，一般解决不了的钉子户，单位都会交给代哥去谈。代哥大部分都能和平解决。

我问他是怎么谈的。他说：

"我发现人性都是贪婪的。只要我们不意识到这种贪婪，就会变得越来越贪婪，以至没有边际。

"以前拆迁，遇到一个钉子户，他的房子成本大约30万，我们给他60万，他不同意，想要80万；但一想，都80万了，100万也差不多吧，于是就要100万；后来觉得100万和120万相差也不远，于是想要120万；再后来觉得反正已经是钉子户了，要不就要150万吧；接下来心想，还不如一次要多点，万一降一点也好谈判，于是要到了200万；如果200万对方都肯给的话，那300万呢……

"最后我跟他说：这样好不好，要不给你个印钞机，你觉得印多少合适你自己印。最后他也觉得这不正常，就问我该怎么办？我更重要的是注重精神上的引导。其实很多家庭的麻烦和悲剧，就是从拿到了拆迁款开始的。忽然之间钱多了，真的不一定是好事！我跟很多拆迁户最后都成了朋友，他们遇到麻烦也会跟我讲，有些人现在还有联系。"

终南山里有很多住茅棚修行的人，代哥每隔一段时间会背一些面粉油盐，给他们送过去。代哥说他认识不少很神奇的修行人。通过代哥，我还去拜访了两位在终南山修行的僧人，跟他们聊了两天，请教了很多问题，受益匪浅。

什么才是责任？物质和精神，哪一个更重要？代哥的经历或许让人产生一些思考。

故事今天先讲这些，接着说说我对社会责任的理解。

4

说真心话，我对承担社会责任没有太大的兴趣。

我不觉得我应该去承担那些社会责任。我不觉得我应该去帮助年轻人创业，帮助年轻人解决就业问题，帮助年轻人增长某些方面的技能，帮助年轻人发家致富，帮助年轻人实现自己的价值、实现自己的梦想……

我觉得这些并不重要。能快速致富当然挺好，但是不是发家致富，跟生活是否幸福没有关系，并不能解决他们的苦。有些穷苦的经历，有些折腾的经历，对成长也不是坏事。因此若把这些事情当成社会责任的话，我没有太大的兴趣。

有人说你就知道"钱钱钱"，真正的社会责任不是这样的，是利他！我想起个故事：

某个小伙子创业，做了个招聘网站，一开始就是想赚点钱，后来觉得赚钱这个目标太俗，于是制定了公司的使命：让天下没有难找的工作！从此以后，他自己和公司的小伙伴都觉得这个使命挺好的，公司很有社会责任感！后来公司不景气，有人拉他去另一个做游戏的项目创业，他毫不犹豫就解散了公司，去开始了新的创业。在新的创业公司，他问老板目标是什么？老板说，多赚点钱。他说我们要有使命感！他们开始讨论新的公司的使命……

什么才是值得承担的社会责任？对我来说，我现在觉得解决大家的烦恼，帮助人们精神上成长，让众生一起脱离苦海，才是值得承担的社会责任。

我对帮助年轻人精神上的成长，倒是有兴趣。但自从我了解佛经以后，我发现我能做的事情，实在太有限了。以前还觉得自己好像有点智慧，后来发现真正有智慧的是佛陀。我现在的智慧跟佛陀的智慧相比，那就是一滴水和大海的关系。唉，这个比喻太高看自己了，我其实连一滴水都没有……更重要的是，佛陀把所有的问题都回答了，写在佛经里面。

写了很多，也想了很多，如果一定要我做一些有社会责任的事情，那就是弘扬佛法了。当然，我相信我弘扬佛法的方式一定跟别人的不一样！

唉，拐了这么大一个弯，终于说出来了。

所有人都应该读的一部佛经

1 静心

行走的时候，我经常一边走一边诵经，每走一步念一个字，诵得最多的就是《心经》。有时候过隧道，我就在隧道里诵《金刚经》和《心经》。隧道里很空旷，有回音，诵经的时候效果特好，空空旷旷，回回荡荡，像来自天籁。

行走的81天里，有几十人陪我走过，时间长的陪我走了20多天，短的走一两个小时。几乎每个人我都推荐他们背诵《心经》。

我为什么要这样？并不只是因为当时我是出家人。

2005年到2007年，那时我还年轻，工资也不低，和很多年轻人一样，喜欢声色犬马、纸醉金迷，几乎每周都泡酒吧、夜总会什么的。到了2008年，我忽然感觉这样的生活好像不太好，应该多花时间思考人生。于是我想要戒酒吧，再也不去酒吧了。但说戒就能戒吗？我不是圣人，没那么大的定力。所以我想找到能让我静心的东西，后来从朋友那里看到了一本书——《心经》。

我很喜欢这个名字，心经嘛，跟"心"相关的东西，都显得很高大上。我花了一上午，把《心经》背下来。之后几乎每天晚上睡觉前都默念《心经》，这一念就是八年。

2　治失眠

有人说：七哥你真有毅力，居然能坚持八年！

不是的，我很功利。开始我之所以念《心经》，是为了让自己睡眠好。后来是因为习惯。我只要睡不着觉，就念《心经》，第二遍第三遍就肯定睡着了。我推荐很多人念《心经》，理由是可以治失眠，绝对可以治失眠！

方法就是：花半天时间把《心经》背下来，之后每天晚上睡觉前闭上眼睛，开始默念。一遍一遍，很快就睡着了。有人说我念了还是睡不着怎么办？你接着念！要是念了还睡不着呢？接着念啊！要是还睡不着呢？接着念啊……

好了，如果有失眠的朋友，你把《心经》背下来，每天晚上念，如果还睡不着你过来找我，我包赔。

再告诉你一个秘密，你听了就当没听过啊。

回顾年轻的时候，我觉得很不齿！我现在绝不会愿意跟年轻时候的自己交朋友。那时候的我心眼小、计较、精明、自负、自私、花心……反正缺点说不完，而且那时候还很虚伪，把自己的缺点隐藏得很好，大多数人都不知道。

这几年，我自己能看到明显的变化，这些缺点都在慢慢消失，有时我自己都很诧异这种变化。别的不说，至少周围有好多朋友说我有智慧。我和比我大十几岁的朋友聊天，有一次他感叹说，你的智慧远远超过你的年龄。好吧，这些可能是客气话，只是年轻时从来没有人这么评价过我，那时智慧这个词跟我哪有半点关系！

为什么我会有这种变化？这个问题我思考了很久。有一天我看见有个仁波切的演讲说多念《心经》是可以开启智慧的。我忽然明白了：哦，应该和诵《心经》有关吧。

智慧每个人都有，只是需要让它自己开启。

好了，秘密讲完了，你可以忘记了。

3　开启智慧

为什么要诵《心经》，我觉得理由非常充分！

首先，文字很美。《心经》很短，才260个字，但文字很美，又很有哲理。"色即是空，空即是色……不生不灭，不垢不净，不增不减"，你记住了那么多广告词，什么脑白金什么加多宝，背诵《心经》总比那些广告词要有用吧。

其次，品位很高。《心经》包罗万象，一部《大般若经》600卷，都浓缩在这部《心经》中了。你羡慕那些高僧大德，你羡慕那些有文化、有品位的人，你没有时间看《大般若经》，你看也看不懂，好了，机会来了！你把《心经》背下来，你看上去就跟他们一样了！无论你喜不喜欢佛学，你都应该背《心经》。最初的时候，我就是拿背《心经》来装高大上的。

我跟朋友聊天，一般不直接说《心经》，我是这么说的：

"嘿，你看书啊，原来你也喜欢国学，好巧，我也很喜欢。除了国学，有些佛经我也特别喜欢，经常把它们背下来。我最喜欢的是《般若波罗蜜多心经》。我经常会被其中的文字感动：心无挂碍，无挂碍故，无有恐怖……美女，留个 QQ 号吧，以后有空讨论国学。"

阿弥陀佛，忏悔！

再次，我之前已经说了，《心经》可以治失眠，可以开启智慧。

最后，严肃一点，《心经》可以帮你解决苦！如果你生活中有烦恼，你觉得人生有很多苦，你希望增长智慧，解脱烦恼，脱离苦海，你一定要诵《心经》。《心经》在一开始就说："观自在菩萨，行深般若波罗蜜多时，照见五蕴皆空，度一切苦厄。"

佛陀还担心你不信，他老人家在《心经》最后又说："故知般若波罗蜜多，是大神咒，是大明咒，是无上咒，是无等等咒，能除一切苦，真实不虚。"

另外，《心经》可以克服一切心魔。如果你觉得孤独，你觉得无助，你只需要诵《心经》。这是有依据的，玄奘当时去西天取经的途中，遇到无助的时候，就诵《心经》。我在行走的路上，几乎每天都会诵《心经》。这次行走很顺利，或许跟此也有关系。

如果你还觉得理由不够，最后再说一点：你信任鬼脚七吗？鬼脚七这么推崇，一定是有原因的，就算你不理解，你先去做，做了再说，以后就理解了。

4 众生皆有佛性

有人说我看不懂怎么办？不懂没关系，我给你讲啊！

开玩笑的，我讲不了《心经》。之前在行走的时候，我们每天晚上有个分享时间，有人就说大家赶紧过来啊，听师父讲经了。我会赶紧说："不是不是，我不是讲经，我现在讲不了经。能讲经的一定都是修行很深的，我现在修行还没入门，只能给大家分享一下我的学习心得。"

今天的文章也是，我分享一些我对《心经》的体会。分享之前，我们先看看《心经》的原文：

般若波罗蜜多心经

唐三藏法师玄奘奉诏译

观自在菩萨，行深般若波罗蜜多时，照见五蕴皆空，度一切苦厄。舍利子，色不异空，空不异色，色即是空，空即是色。受想行识，亦复如是。舍利子，是诸法空相，不生不灭，不垢不净，不增不减。是故空中无色，无受想行识，无眼耳鼻舌身意，无色声香味触法。无眼界，乃至无意识界，无无明，亦无无明尽，乃至无老死，亦无老死尽。无苦集灭道，无智亦无得，以无所得故，菩提萨埵。依般若波罗蜜多故，心无挂碍，无挂碍故，无有恐怖，远离颠倒梦想，究竟涅槃。三世诸佛，依般若波罗蜜多故，得阿耨多罗三藐三菩提。故知般若波罗蜜多，是大神咒，是大明咒，是无上咒，是无等等咒，能除一切苦，真实不虚。故说般若波罗蜜多咒，即说咒曰：揭谛揭谛，波罗揭谛，波罗僧揭谛，菩提萨婆诃。

摩诃般若波罗蜜多！（三遍）

好，接下来我就分享我对《心经》的理解。

《心经》是菩萨修行到了很深的时候，看见的这个世界的样子。也就是在描述佛、菩萨眼里的世界是什么样子的。我们还没有成佛没有成菩萨，不知道，但看《心经》的描述就知道了。原来是：五蕴皆空，度一切苦厄……

我们如果理解了《心经》描述的世界，其实就是通过佛眼看这个世界。不要觉得不可能，佛陀说了，众生皆有佛性。六祖说：一念迷即众生，一念悟即佛。我们平时没事用佛眼看看世界，对我们的生活会有很大的好处。有哪些好处？我接下来给你介绍里面几个词的意思，你就知道了。

再声明一次，以下的分享只是我个人的理解，只代表我自己，大家要想了解《心经》的意思，应该多看一些大师的解读。

5　五蕴皆空

我以前一直奇怪，为什么《心经》能"度一切苦厄"？当我有苦的时候我就琢磨这事。在行走期间，有一天终于被我想通了：

行走的路上会遇到很多狗，狗一看见我过来就汪汪汪叫。一开始我觉得狗很讨厌，后来我发现其实这就是狗的自然反应模式。狗看见任何陌生的动物都会叫，一个人，一头牛，哪怕是另一条狗，它也会叫。

哦，原来不是有一条狗在叫，而是有一个狗叫的模式（或叫习性）被触发了。

当我这么想的时候，我忽然就不那么讨厌狗了，甚至觉得狗有点可怜。它自己完全被模式控制了，但它还以为是它自己想叫呢。

这时候，我想到了一句话：狗是空无自性的。

我继续行走，心情很好，正当我很得意自己有所收获的时候，我忽然出了一身冷汗，停下了脚步。因为我想到了一个问题：

既然狗是空无自性的，狗不存在，只有狗叫的模式存在，那么我们人呢？我自己呢？

有人夸我，我就开心；有人骂我，我就生气。赚钱了我就高兴，股票跌了我就沮丧。看见好东西就想占为己有，看见美女就想去搭讪……

这也是一堆模式啊，所有都是条件输入，然后有了模式反应。这么看人也是空无自性的，这就是因缘和合吧。

原来都只是模式，没有人在看不起我，没有人在算计我，没有人在鄙视我，没有人在伤害我……

当我这么想的时候，我发现没有敌人了，没有恨的对象了，没有讨厌的人了！以前认为的那些苦，好像都消失了。原来真的可以度一切苦厄！

6　心无挂碍

《心经》里讲，如果菩萨按照这个方式来修行的话，会"心无挂碍"！

什么叫心无挂碍？先看看什么是挂碍。

吃饭的时候没让你坐主座，你不爽；女朋友跟别的男性朋友看电影，你不爽；女儿成绩下滑，老师打电话给你了，你不爽；老公没记住结婚纪念日，你不爽……

你会因这些事情长时间情绪低落，甚至会发脾气吵架，这就是有挂碍。

难道这些事情我都不应该在乎吗？因为我爱他们我才会在乎这些事。

当然不是不在乎，是不挂碍。你可以在乎，你可以重视，但你不用挂碍，不要因为这个事情焦虑、纠结、痛苦、埋怨。

我以前用了一个词：牵而不挂。就像你关心一个人，你只是想起他，但不用一天到晚担心他，这就叫"牵而不挂"。

还不理解什么是心无挂碍？南宋无门禅师有一首诗写得很好：

> 春有百花秋有月，夏有凉风冬有雪。
>
> 若无闲事挂心头，便是人间好时节。

7　远离颠倒梦想

以前对"颠倒梦想"体会不深。

我这次行走，没带分文，不坐交通工具，完全只凭双脚走，一路化缘吃的和住宿。我发现其实一个人要生存下去，所需真的很少。有朋友陪我走，路上吃饭几块钱就吃得很饱，住宿很多地方都只需要20元，到小县城了也只不过是五六十元一间。但我们为什么每天都那么忙、那么累呢？

有一天我忽然明白：哦，原来我们一直在颠倒梦想。

我们知道抽烟对身体不好，但很多人还是抽烟，颠倒！

知道熬夜不好，还是熬夜，颠倒！

知道泡吧不好，还是泡吧，颠倒！

知道喝酒喝多了不好，但还拼命劝酒，颠倒！

知道一个小房子就够了，还是要攀比买大房子，颠倒！

知道化妆品对皮肤不好，为了漂亮还是要抹很多化妆品，颠倒！

知道吃多了不好，还要越吃越胖，颠倒……

人啊，就是这样。当有人帮我们指出这些问题，我们明明知道不好但就是不改，还为自己找理由：我境界还不够，机缘还没到。颠倒！

当然，这些道理我们都懂。我们经常像智者一样劝诫别人，但像傻子一样折磨自己。颠倒！

8　菩提树

目前大家熟知的《心经》版本，是玄奘法师翻译的。玄奘法师是谁？是中国佛教史上最伟大的僧人，没有之一。梁启超评价玄奘是"千古第一人"，鲁迅评价玄奘是"中国的脊梁"，后面我会讲他的故事。

看到这里，该结束了。如果你已经熟读《心经》了，每天诵三遍就好，不到五分钟。如果你还没接触过《心经》，我建议你赶紧找时间背下来。

有人说我还是不懂意思，不懂没关系。背《心经》，然后每天诵。这样就在你内心种了一颗种子。有了种子，就会慢慢发芽，慢慢长大，智慧也会慢慢成长。过些年一看：

哇，原来是棵菩提树！

中国最伟大的僧人玄奘

最近看了不少佛教方面的书，印象最深刻的一本，莫过于《玄奘法师传》了。当年玄奘为了求法，一路西行十七年，行程五万里，九死一生，终于求得真经回到长安。

当有朋友赞叹我的行走时，我会觉得汗颜。我行走两千公里，道路条件那么好，没有生命危险，一路还时不时有人过来护持，相比玄奘，又有什么值得称赞的呢？

说到玄奘，以前我只知道《西游记》里的唐僧，对玄奘了解甚少。2016 年春节，我住在西安大雁塔附近的亚朵酒店。大年初一一大早，我去了大慈恩寺，那里有大雁塔，有玄奘的雕像，还有三藏玄奘院。

人生就是这样，某个时刻，某个地点，时空交汇，有些东西就会在你内心滋生。

我对玄奘的感情就是在那一刻开始滋生的。

后来每当有人跟我聊起玄奘，我都很感慨，我说玄奘是中国佛教史上最伟大的僧人。然而，虽然玄奘一生传奇辉煌，但他的一生也很有悲剧色彩。每每想到玄奘的一生，既有感动，又有悲戚，潸然泪下！

今天写这篇文章，记下我对玄奘的印象，把玄奘的故事讲给你听！

1 少年玄奘

小时候老师总喜欢问："你为什么而读书？"

我在行走的路上时，不时也有人问我："你为什么出家？"我不知道该怎么回答。

中国古代，不是所有人都能出家的。僧人的度牒需要考试，还有名额。据说是条件好、学识高的人，才可能成为正式的出家人。

隋朝末年，一日，隋炀帝下诏在洛阳招考，计划剃度 14 名僧人。当时玄奘才十三岁，年纪太小不能应试，一直在僧人考试的门外徘徊。当时负责度僧的官员叫郑善果，见玄奘一直不肯离开，就问他是谁家的孩子。玄奘自报家门后，郑善果又好奇地问：

"出家意何所为？"

"远绍如来，近光遗法。"玄奘坚定地回答。

（大概意思：从远了讲，我要继承如来佛祖的家业；从近了讲，我要把佛法发扬光大。）

郑善果听了之后大为惊叹。也难怪，一名才十三岁的小孩，说出这样的话，确实让人惊叹。郑善果当时就破格录取了玄奘，他对同僚说：

"诵业易成，风骨难得。若度此子，必为释门伟器。"

（大概意思：文字记诵的功夫容易练成，而先天的风骨最难得。如果剃度这个孩子，将来他必定成为佛门非常伟大的人物。）

我想起周恩来总理小时候说的话：为中华之崛起而读书。

玄奘出家后，确实不同凡响，跟他二哥一起住在洛阳净土寺，好学不倦，天资过人。僧人们一起听课，有些僧人听不懂，课后过来向玄奘请教，玄奘就给他再讲一遍。玄奘的名声很快就传遍了洛阳，那年他才十三岁。

说玄奘天资过人、有过目不忘的本事，估计是后人有些夸张了。几乎所有的伟人，后人在立传的时候，都会夸大他们的天资，但玄奘勤奋、刻苦、好学一定是真的。

剃度了还不算正式的比丘，只能算是沙弥，正式的比丘要受具足戒。玄奘受具足戒是在成都大慈寺，那年他二十岁。

我在成都的时候，特地去了大慈寺，就在春熙路附近。那里有玄奘的雕像，还有一块牌匾：玄奘来处。

隋朝灭亡，兵火相交，唐朝初建，百废待兴。此时玄奘一直在外游历，拜访名师。玄奘从洛阳到长安，从长安到成都，从成都到湖北荆州，在荆州天皇寺讲法后，又去了相州（今河南安阳市）、赵州（今河北赵县），拜访了高僧慧休法师、道深法师，最后又回到了长安，问学于法常、僧辩两位大师，被大师称为"佛门千里驹"。

此后，年轻的玄奘声名鹊起，誉满京城。

2　踏出第一步

玄奘去印度取经的初衷，说法不一。有人说是玄奘想探索佛法的真谛，有人说是看见众生疾苦。按照史书记载，当时佛经流传到中国的数量有限，而且大多经书翻译质量不行，包括一些大师的见解，也有矛盾和出入之处，于是玄奘起了去印度求法之心。

当时最吸引他的一部经书是《瑜伽师地论》，是弥勒菩萨在兜率天亲口讲述，无著菩萨记录的。

弥勒菩萨是谁啊？大家应该很熟悉，大部分寺庙的第一尊佛像都是弥勒菩萨——大肚弥勒菩萨，一般安放在天王殿，左右分别是四大天王。弥勒菩萨身份特殊，是释迦牟尼佛寂灭后，下一个诞生的佛：弥勒佛。大家以后再看见弥勒菩萨，一定要诚心顶礼。弥勒菩萨讲的法当然十分重要！《瑜伽师地论》是一部很重要的大乘经典。

玄奘动了取经的心思后，一方面积极做准备，例如锻炼身体，学习古印度文，收集地图，召集同行者；另一方面多次给朝廷上书，祈求朝廷能同意。

伟大的人之所以伟大，不只在于他们取得了伟大的成就，还在于其过程之艰辛。玄奘在其取经的过程中，也是一路障碍重重，磨难重重。第一个障碍就是皇上给他的。

《西游记》中，唐僧是唐太宗的御弟，是唐太宗支持他去取经的。但真实的情况正好相反，当时唐太宗明确下旨，不许玄奘西行取经。理由是当时唐朝刚刚建立，突厥威胁很大，担心奸细混入混出。

但玄奘立志西行，皇上不同意，他就决定"冒越宪章，私往天竺"——自己偷偷去。恰逢当时闹饥荒，玄奘混在饥民中溜出长安城，踏上了西行之路。那一年是627年（也有记载是629年），玄奘二十九岁。

历史记载玄奘602年出生，也有记载600年出生，如果确定玄奘是二十九岁出发去西天取经，那么玄奘应该出生于600年，出发的时间应该是629年。不过这并不重要，重要的是，玄奘当时对未来会发生什么完全不知道，就毅然决然地踏出了第一步！

很多事情就是这样，敢于踏出第一步很重要，一旦开始，向前走的

信念会不断激励你！如果想太多，经常会被困难吓倒。我在想，如果玄奘知道后来会遇到的困难，说不定会放弃取经的想法……

3　使命和梦想

我的行走，跟玄奘没法比，但我一路上都受到玄奘故事的激励。出发时，师父告诉我：一路向西，不要回头。我很幸运，出发时有个给我送行的师父，但玄奘没有，他是一个人偷偷西行的，还要偷偷渡过关卡。

玄奘在途中经过兰州到凉州（今甘肃武威市凉州区），继昼伏夜行，至瓜州，再经玉门关，越过五烽，渡流沙，备尝艰苦，抵达伊吾（今新疆哈密市及周围地区），至高昌国（今新疆吐鲁番市高昌区），受到高昌王麴文泰的礼遇……

玄奘没有取到真经之前，也没有回头，而且多次面临生死考验，有一次考验就在大漠里。这个故事一定要讲讲，因为我每次想到那幅画面，都会泪流满面。

过沙漠之前，玄奘本来骑着一匹大白马，但有个老头跟他换了一匹瘦小的枣红马，说老马识途。玄奘用枣红马驮着水和干粮进了大沙漠，但一直没有找到水源，而且还把带的水囊掉在沙地里了。

在沙漠里没有水，就等于没有了生命。玄奘正准备往回走，重新装水后再来，忽然想起自己立下的誓言：宁愿向西一步死，决不向东一步生。玄奘毅然选择了继续向西！一路向西，不再回头！

接下来他在沙漠里，滴水未进了五天四夜。人困马乏，奄奄一息。那天晚上凉风吹来，玄奘感觉精神一振，瘦小的枣红马也忽然站起，驮着他朝另外一个方向奔去，走了数里，居然看见了青草数亩，还有一个水池！他得救了。

　　我们现在经常说自己在完成使命追求梦想，但遇到一点困难就放弃了。什么才是真正的使命和梦想？

　　我觉得敢把自己的命赌进去的梦想才是真正的梦想。如果不好判断，就问自己一个问题：如果做这件事情，很可能会死，你还做吗？如果答案是肯定的，那么这真是你的梦想。

　　有人问现在社会还有这样的人吗？

　　真的有！我这次行走遇到了一些真修行的人，其中有人把佛法和众生看得比自己的生命还重！

　　关于什么才是坚持梦想，玄奘的行为给了我们很好的诠释。接下来再讲一个故事：

　　《西游记》里唐僧是御弟，真实的玄奘也是御弟，但不是唐太宗的御弟，而是高昌王麴文泰的御弟。这里有一段故事。

　　当时高昌王麴文泰是个汉人，知道玄奘要去印度取经，就邀请他从高昌国经过。

　　到达高昌后，高昌王对玄奘十分钦佩，诚恳邀请他留下来当国师，被玄奘拒绝了。高昌王很生气，说要么留下来当国师，要么遣送回大唐。玄奘陷入了绝境，用绝食来表达自己的态度，一连三天，滴水不进，第四天陷入了昏迷。

　　高昌王心生愧疚，稽首谢罪，后来与玄奘结拜为兄弟，准备了很多物资财宝，送了他四个弟子，还派一支队伍护送他。

这又是一次生命和梦想的选择，还包含了对名利诱惑的抵制。不向西，吾宁死。

后来唐代的义净三藏法师也去印度取经了，只不过走的是海路。他写了一首诗来纪念那些求法的高僧：

> 晋宋齐梁唐代间，高僧求法离长安。
>
> 去人成百归无十，后者安知前者难。
>
> 路远碧天唯冷结，沙河遮日力疲殚。
>
> 后贤如未谙斯旨，往往将经容易看。

4　诱惑

说到诱惑，玄奘这一路可谓诱惑甚多。

高昌国是一个小国，玄奘拒绝了，还好理解。但后来取经回来的时候，举国欢庆，唐太宗盛情款待，一直邀请玄奘还俗，跟他一起治理天下，还是被玄奘拒绝了。

《西游记》里有个妖怪用美色诱惑，还有女儿国国王要以身相许，这些应该都是小说家杜撰出来的。对于一个出家人来说，对佛法的追求，需要有坚定的道心，玄奘就有一颗坚定的道心。

拒绝权力和美色，对于出家人来说还好理解，毕竟出家人以修道为本，寻求解脱生死，超脱轮回。玄奘也不例外。

玄奘在印度游历了十多年，在那烂陀寺就待了好几年，听戒贤法师讲了三遍《瑜伽师地论》，还学了很多其他经典。由于玄奘天资过人，学得很快，在那烂陀寺也闯出了些许名声。因为一件事情，玄奘的才华得到了当时佛教和其他教派的认可，可谓声名赫赫。

　　一天，一个顺世外道婆罗门高手，专程来那烂陀寺下战书，写了40条大义，并夸口说："如果有人能驳倒其中一条，我就以头谢罪！"

　　连续好多天，那烂陀寺都无人敢出来应战。

　　玄奘知道这件事后，就让侍者把那些论义全部撕掉，算是应战了。经过一番辩论，那个婆罗门起身认输，就要自尽。玄奘说："佛门慈悲，我不要你的命，做我的奴仆好了。"婆罗门感恩不尽。

　　后来这位婆罗门教了玄奘很多小乘经典，玄奘也恢复了他的自由身。从此以后，这位婆罗门到处宣扬玄奘的学问和高尚道德。

　　玄奘在那烂陀寺时，戒日王钦佩玄奘的修为，举办了无遮大会，请了十八国国王和上千名高僧，过来听玄奘讲大乘佛法，为期十八天，没有任何人能提出反驳意见。此后，玄奘的声誉如日中天。那烂陀寺是世界佛教的中心，如果留下来，既有地位，又可以深入研习佛法，对一个僧人来说，这是多么大的诱惑啊！

　　但玄奘此时还是做了一个重要的选择：回到大唐长安！

　　回来的路途顺利很多，一路有队伍护送，带回佛经657部，还有诸多佛舍利、佛像等。

　　那一年是645年，距玄奘西行出发十六年，玄奘四十五岁。

　　玄奘刚回来时，举国欢庆，听说长安城都水泄不通、瑞象频出……让玄奘没有想到的是，接下来的岁月，一直到圆寂，他的人生充满了"悲剧"。

5 悲剧

玄奘回来的时候，唐朝推崇的不是佛教，而是道家。唐太宗李世民，自认为是老子的后代，老子姓"李"名"耳"啊，都姓李，李世民的李。老子是道家的鼻祖，当时也有一些不错的道士，所以皇上推崇的是道家而不是佛教。之所以重视玄奘，是因为唐太宗很重视人才。

看看玄奘和唐太宗的对话，就知道玄奘有多不容易了。

"法师出国取经，为什么不向朕报告呢？"

"我出国之前，也曾再三启奏，因为撑微愿浅，未能获得朝廷的批准。只因求法慕道心切，所以才私自出境，深感惭惧……"

"法师是出家人，自然与俗人不同……常念这一路上山川阻远，法师竟然能来去自如！"

"我听说乘疾风者，造天池而非远；御龙舟者，涉江波而不难。自陛下握乾符，清四海，德笼九域，仁被八区，淳风扇炎景之南，圣威镇葱山之外。所以戎夷君长，每见云翔之鸟自东来者，犹疑发于上国，敛躬而敬之，况玄奘圆首方足，亲承育化者也。既赖天威，故得往还无难。"

看见最后一段了吧。玄奘说我之所以能取经顺利，完全是因为陛下英明神武、四海升平啊，那些外国人都敬重咱们大唐，所以都很恭敬……

看到这里我只能说玄奘真的很不容易，一个得道高僧，为了佛教的发展，也不得不低头。

玄奘这一路取经影响力太大，他的故事不只是沿途的国家知道，连本国的老百姓都口口相传。这时唐太宗动了心思，于是极力邀请玄奘还俗辅政。唐太宗想：要是这样的人能在朝为官，何愁百姓不安居乐业！

玄奘当然不会同意，于是以皇上英明神武自己才疏学浅为托词，以虽取得真经但仍未翻译为理由，准备到嵩山少林寺去翻译经典。

嵩山少林寺在河南，离长安还挺远。只要能远离长安，玄奘也就自由了。但唐太宗明确地说："译经不必在深山，朕建了弘福寺，专为法师翻译经典而建，也以此功德为先母穆太后祈福。弘福寺禅院幽深虚静，法师大可安心翻译，所有费用我来出，你就别走了……"

就这样，接下来的十几年，玄奘几乎都没能自由行动，只是在皇上规定的几个寺庙里翻译经典。对于一名得道高僧来说，十几年不能外出游历，不能外出弘扬佛法，这是一种什么样的感受？

其间，玄奘为了弘扬佛法，多次找机会上奏，让唐太宗帮助写序。每次上奏都是溢美之词满篇，但皇上不冷不热。等到第三次的时候，皇上终于答应了，写了一篇《大唐三藏圣教序》，共781字，敕令放在众经之首。为了这个《圣教序》，玄奘也算是费尽了心机。

其间还发生了一件让玄奘很尴尬的事情：

玄奘有个很有才华的弟子辩机，《大唐西域记》就是由玄奘口述，辩机笔录润色的。辩机年轻有为，翻译了很多经典，成了玄奘最得力的译经弟子之一。辩机不仅有才华，而且长得英俊，法相端严，后来被高阳公主看上了。

高阳公主在历史上是有名的胆大好男色，但她眼界很高，一般人看不上。她看上了辩机，辩机也逃不掉。和高阳公主发生关系，这不知是辩机的幸运还是不幸。

后来受公主相赠的金宝神枕被盗一事牵连，此事败露，唐太宗很生气。高阳公主敢做敢当，就承认了。她觉得自己是皇上的女儿，也没什么大不了的。但唐太宗一怒之下，把年轻的辩机腰斩了！高阳公主也傻眼了……

腰斩就是拦腰斩断而死，想想都会觉得后腰一紧。

这件事情看上去跟玄奘没啥关系，但玄奘当时一定很难堪！你想啊，自己是得道高僧，自己的得意弟子出了这种事情，皇上也没给自己任何面子，直接把他腰斩了……

等唐太宗驾崩，唐高宗李治继位，玄奘又找了个机会上奏祈求去少林寺："望乞骸骨，毕命山林，礼诵经行，以答提奖。"没想到唐高宗斩钉截铁地回答：不行！玄奘也不知跟这父子俩在前世有多大怨多大仇。

玄奘只好继续埋头译经，总共翻译经典75部，1335卷。后来，他感知到自己时日不多，开始交代后事。664年二月，玄奘病故，享年六十四岁。

6　尾声

2016年大年初二，我在护国兴教寺挂单，住了一晚，那里有玄奘法师的舍利塔。行走到成都后，我在文殊院挂单，在文殊院藏经楼叩拜了玄奘法师的舍利。我记得自己当时泪流满面。

后来我念《般若波罗蜜多心经》的时候，经常会想起玄奘法师。目前流传最广的《心经》就是玄奘法师翻译的，每天诵《心经》，就是在向玄奘法师致敬！

在诵《心经》时，我头脑里经常会出现一幅画面：

一个四五十岁的僧人，在昏暗的灯光下，用毛笔快速地写着：是诸法空相不生不灭不垢不净不增不减……

笔锋向下运转，我感受到一种宁静，也感受到一种无奈……

现在佛经看起来容易了，不觉想起义净法师写的诗：后贤如未谙斯旨，往往将经容易看。那些经书都是圣贤们用生命换来的，一定要珍惜……

推荐大家听韩磊演唱的《千年一般若》，歌词也写得很好：

雪山沙漠　古国　恒河日落

菩提树　天竺僧　那烂陀

万水千山　求真经　度苦厄

唯有故土难离舍

苦难　化成了传说

诵声阿弥陀佛　可解脱

千载风云过

沧海平　桑田没

唯留世间一般若

最后一片叶子

从短期出家到行走结束，大约有三个月。结束后，我回到杭州的家里，小朋友很开心，晚上三岁的儿子对我说："爸爸，你别走了吧，你在我家多住几天吧！"

我听完之后哈哈直乐，乐完之后又有点别样的感觉。想起以前看到的一个报道，在某个农村，过年了，外出打工的父母都回来了，小孩子特别开心，晚上问："爸爸妈妈，我以后可以去你们家玩吗？"

今天不聊留守儿童，聊聊我和我家小朋友的事情。

我还有个女儿，今年九岁，叫豆豆，读三年级了。这晚无事，我给她讲轮回转世。

"豆豆，你相信轮回吗？"

"相信。爸爸，我下辈子不想做人了。"

"啊，为什么？"

"做人太辛苦，每天都要做作业。"

原来是做作业太辛苦。现在小学生的作业确实很多，这已经成了普遍现象。怎么办呢？我无法要求学校少布置一点作业，我能做的就是让小朋友不觉得那么辛苦。于是我给她讲了一个故事。

1 痛苦总会过去

有一个很厉害的画家，他的画画得特别好，看上去跟真的一样，人们都很喜欢他的画。

后来，画家年纪大了，八十多岁。人老了容易生病，画家也生病了，病情很严重，但他还坚持画画。每次画画的时候，全身都痛，画家仍然坚持画画。

一天，画家的一位朋友过来看他，看见画家在病房里画画，痛得头上汗都出来了，画家歇了一会儿接着画。

朋友说："我真佩服您，您这么痛苦，还坚持画画！"

"没什么，痛苦总会过去，而美丽会永远留下来。"

故事讲到这里，我接着跟豆豆聊天。

"那个画家真伟大！"

"是啊，豆豆，你写作业很辛苦，睡一觉起来，还辛苦不？"

"嘻嘻，睡一觉就不辛苦了。"

"辛苦总会过去的吧，那什么东西留下来了？"

"辛苦过去了，但知识留在我脑海里了。"

"豆豆真棒！"

"但是，爸爸，我为什么要这么辛苦地学习知识啊？"

我知道小朋友没这么好对付。为什么而学习？如果是以前，我估计会这么回答："你学习不是为了老师，也不是为了爸爸妈妈，而是为了你自己！不好好学习知识，你以后就没有文化，找不到好工作……"

现在我有了新想法，准备换一种方式引导她。

2　解脱众生的苦

豆豆五六岁时就学会背《心经》了，我以前跟她讲她就是佛，她说她不要做佛要做菩萨。我问为什么。她说菩萨长得好看……

"豆豆，你知道你这辈子来到世上，是来干什么的吗？"

"不知道。"

"你是菩萨啊，每个菩萨都是来解脱众生的苦的。"

"嗯，谁有苦啊？"

"你班上的某某同学，上次跟他妈妈吵架，还打他妈妈。他苦不苦？他妈妈苦不苦？"这件事情是真的，我参加他们班亲子活动的时候看见的。

"苦！"

"你班上的某某同学，上次手摔断了，他妈妈还在骂他。他苦不苦？他妈妈苦不苦？"这件事情也是真的，事情发生的时候，我和她都在场。

"苦！楼老师也挺苦的，要改那么多作业，我们班同学还不听话。"

"是啊，你看外婆经常生气，一个人一大早就生气。她苦不苦？"

"苦！"

"爷爷奶奶经常吵架，为一丁点小事就吵架，吵得很凶。他们苦不苦？"

"苦！"

"你要不要帮他们啊，让他们不再那么苦？"

"要，我上次还跟外婆说不要生气，她不听。"

豆豆心地很善良，不忍心看见别人被伤害。记得她三四岁时看电视，一个武侠片，她看着看着就开始哭。我问她为什么。她说："他们打架把树都打断了，树会很痛的！"

不过现在的小朋友逻辑性很强，不是那么容易被说服。

"爸爸，你讲这个跟我学知识有什么关系？"

"你看你直接跟他们说不要生气，他们不会听，那是因为你没有知识。如果你有了知识，你可以像爸爸一样讲故事，他们就容易听，也就可以帮他们解脱苦了。"

"爸爸，我明白了。我没有知识，他们就不相信我；我有了知识就知道如何跟他们讲道理了，他们就会听我的话了。"

"豆豆真棒！"

故事讲到这里，豆豆还只是搞清楚了逻辑，印象不深刻，估计还是做不到。我想起欧·亨利的小说《最后一片叶子》，决定改编一下讲给豆豆听。

3　最后一片叶子

那个画家病了以后，住在医院。在他的隔壁病房住了一位得了白血病的小姑娘。小姑娘惨白的脸上没有一丝血色，头发都快掉光了，身上穿着凌乱的衣服，像一个布娃娃一样，虚弱到仿佛一碰生命就会消逝……那天隔着病房的铁门，她听到医生偷偷地告诉她妈妈，除非发生奇迹，否则，她很难再好起来了。

天气开始一天天转凉，从病房里能看到窗外有一棵树。树干很粗，孤零零地长在院子的角落里，当第一片黄叶落下时，小姑娘知道，冬天快来了。

　　"树上的叶子一天天地减少，我的头发也快要掉完了。等到哪天叶子掉完了，我也就要离开这个世界了。"想到这里，小姑娘闭上了眼睛，她感到很难过。

　　每天，小姑娘都躺在床上，看着窗外的树，心里默默地数着树叶。

　　天气一天天变冷，叶子也一天天落下，树上的叶子越来越少。

　　"一、二、三……八、九，只剩下九片叶子了，昨天还有十片，九天后我就要离开这个世界了吗？"小女孩转过头来，看着天花板，叹了口气。空荡荡的病房里只有她一个人，除了窗外的大树，仿佛看不见任何有生机的东西。

　　过了一天，树上又掉了一片叶子，只剩八片叶子了。

　　"只有八天，我就要死了。老师和同学会不会再想起我？以后再也不能和他们一起做游戏了。"小女孩有些伤感。

　　又过了一天，树上又掉了一片叶子，只剩七片叶子了。

　　"只有七天，我就要死了。隔壁家的帅帅，他老是欺负我，还抢过我的布娃娃，但，我还想跟他一起玩。帅帅长大了以后还会记得我吗？"

　　又过了一天，树上又掉了一片叶子，只剩六片叶子了。

　　"再有六天，我就要死了。我的那些玩具、布娃娃、童话故事书，还有那些好看的衣服，都送给我的好朋友吧。其实，我也舍不得，只是我用不上了。"

又过了一天，树上又掉了一片叶子，只剩五片叶子了。

"再有五天，我就要死了。人死了以后会去哪里啊？妈妈说人死了以后会上天堂。如果天堂真的那么好，为什么妈妈提到天堂的时候，她却哭了？"

又过了一天，树上又掉了一片叶子，只剩四片叶子了。

"只有四天，我就要死了吗？我还想去迪士尼，我还想去新西兰，我还想去看看大沙漠。我……我不想这么快死，呜呜呜。我不想死，不想，呜呜呜。"

又过了一天，树上又掉了一片叶子，只剩三片叶子了。

"只有三天，我就要死了。听说 Mini 要生宝宝了，爸爸说人死了以后会再投胎的，我要不就投胎做 Mini 的狗宝宝吧，这样又能每天跟爸爸妈妈在一起了。"

又过了一天，树上又掉了一片叶子，只剩两片叶子了。

"只有两天，我就要死了。爸爸妈妈会伤心不？老师同学会难过不？你们别难过了，以后我会听话。我上课认真听讲，我乖乖吃饭，我好好写作业，我锻炼身体，我不惹你们生气了，我再也不惹你们生气了。"

又过了一天，树上又掉了一片叶子，只剩最后一片叶子了。

"明天，我就要死了。我会看见曾祖母吗？她生前最喜欢我了，我应该明天就能看见她了。再见，大树！再见，所有认识我的人。"

小姑娘觉得十分疲惫，闭上了眼睛，她感觉到体内的生机也在逐渐消散。虽然她有些伤感，但不再流泪了。虽然身上还插着针头，但她不觉得痛了。

小姑娘感觉到了某种召唤，周围十分宁静。

（听到这里，豆豆已经泪流满面。我接着讲故事。）

4　重生

又过了一天，小姑娘睁开眼睛，习惯性地看向窗外，最后那片叶子居然还在！

"我还活着！估计我还能再活一天。叶子知道我还想再活一天。"看着那片叶子，她苦笑了一下。

又过了一天，小姑娘发现，那片叶子还没掉！

"叶子好坚强啊！它坚持两天了！它在陪我吗？明天还会陪我吗？"小姑娘感觉到了一丝温暖。

又过了一天，小姑娘发现，那片叶子还没掉！

"叶子真坚强，我也要像它一样，坚强起来！"小姑娘忽然有一种感觉，觉得自己可能不会死了，体内有一丝生机慢慢地延伸。

过了两个星期，那片叶子还挂在树上。小姑娘的病情一天一天好转起来。

这天中午，窗外阳光很好，小姑娘睡了一个小时醒来，惊奇地发现自己居然能坐起来并下地走路了！

小姑娘穿上厚厚的衣服，慢慢地下床了。她想要去院子里，去看看那棵树，看看那片一直陪着她的叶子。

小姑娘来到院子里，看到了那棵树。粗粗的树干，斑驳的树皮，但整棵树光秃秃的，上面没有一片叶子。她回到病房，看见窗外树上的那片叶子还在。她走到窗前，仔细打量着，颤颤巍巍地伸出一只手，摸了一下。原来，那只是一幅画。

小姑娘问护士阿姨："这是怎么回事啊？"

护士阿姨说："那幅画是一位画家画的，你隔壁住着的那位画家，他知道你的故事。他在临终前每天画一幅画，都是画的院子里那棵树。"

"后来呢？"

"院子里的那棵树，叶子早就掉光了。画家怕你伤心，让我们把他的画挂在你的窗前，每天换一幅。直到画完最后一幅画，他也去世了。最后一幅就是你现在看到的这幅画。"

5　不是结束

故事讲完了。我自己也泪流满面。过了好一会儿，我接着跟豆豆聊天。

"豆豆，你为什么读书？"

"为了解脱众生的苦！"

"你怕辛苦吗？"

"不怕。辛苦总会过去，而美丽会留下来。"

一个没有"钱"的世界

今天接着写行走中的感悟。有些感悟是行走中产生的，有些感悟是行走后产生的。这并不重要，重要的是可以让你从另一个角度看世界。

81 天，一个人走 2000 多公里，对我来说并不难，那只是对体力的考验。最难的在于没带一分钱，不确定因素太多，这是对精神的考验。精神考验相较体力考验，会困难数倍。

我走完整个行程后，再回过头从不同角度看这 81 天，发现了很多值得思考的问题。

从信仰的角度，我从一开始只是喜欢佛教，到最后成了一名虔诚的佛教徒，这种变化是一步一步发生的。

从修行的角度，从一开始的试探、忍受、坚持的心态，到最后淡定、接纳、享受的心态，这种变化也是一步一步发生的。

从金钱的角度，我一路上没带钱，也没用钱，微信、支付宝里的钱也没用过，吃饭、住宿、路上的花费，都是他人帮助完成的，有人主动供养，有人施舍，有人帮忙。

那段时间，金钱对我来说，没有任何意义，我就当这个世界上是从来不用钱的。我忽然想：一个没有"钱"的世界会是什么样子？我说的没有"钱"，不是指某个人没有钱，是全世界的人都没有"钱"的概念！

以前看过一组照片，当摄影师"P"掉了生活中人们手中的手机时，每个人看上去完全不一样。如果我们"P"掉了这个世界上的"钱"呢？这个世界会是什么样子？

戴眼镜的人知道，如果镜片上有水雾，看世界就会模糊；如果擦掉水雾，看起来就完全不一样。我们能否把"钱"当成水雾，擦掉水雾的世界会是什么样子？我的意思是，如果这个世界仍然运转，但把"钱"的概念抽掉，再来看这个世界会是什么样子呢？

你可以闭上眼睛想一想，这个世界还是依旧发生着所有的事情，有人扫地，有人做饭，有人种地，有人开车，但所有人都不谈"钱"！

一天，下雨，晚上十一点多，我用打车软件打车，司机不认识路，转了好久，打了十几分钟电话才找到我。我上车后，正想抱怨几句，忽然想到：人家这么晚了下着雨过来送你回家，你难道不应该感动吗？记住，没有"钱"的概念！

我去饭馆吃饭，服务员很客气，厨师给我做饭做菜，上菜慢了，我还催他们快点，他们小心赔不是。他们为什么对我这么好？多么让人感动啊！记住，没有"钱"的概念！

路过西溪淘宝城，很多办公楼亮着灯，一定是很多前同事在加班。他们为了让网民更方便购物，宁愿牺牲自己的身体健康，每天加班到那么晚，无怨无悔！这才是真正的为人民服务！多么令人敬佩啊！记住，没有"钱"的概念！

公交车司机，他们每天开着同一辆车，走同样的线路，拉了一拨又一拨人，他们的生命就在这条来回的路上消耗了。他们为了运送乘客，每天不厌其烦地开车！多么伟大啊！记住，没有"钱"的概念！

马路上很多清洁工，他们每天早上五点多就起来打扫卫生，把马路打扫得很干净。日复一日，年复一年。多么无私啊！记住，没有"钱"的概念！

那些学校里的老师，每天都在教给小朋友知识，日复一日，年复一年。多么高尚啊！记住，没有"钱"的概念！

……

这样的场景不胜枚举。你会发现，你去任何一个地方，周围的人都在为你服务！你不应该感谢他们吗？每个人都很伟大！

好了，你可以回归到现实了。

有人说：你这个假设，太荒谬了！这个世界明明有钱，怎么可能没有钱的概念？！

是有些荒谬！但有没有可能这才是真实的世界？！

你再仔细想想，钱不能吃，不能穿，不能解渴，不能保暖，它本身对这个世界不起任何作用。如果把钱抽掉，这个世界看起来没有任何不同。从某种程度上来说：**钱只是被假设出来的，让这个世界看上去正常一点。**

假设我们认为没有钱的世界才是真实的世界，把钱从我们这个世界"P"掉的时候，再重新思考一下我们的人生：

我们每个人都依赖着这个世界，周围的每个人都在为我们服务！

我们应该感谢每个人，感谢那些辛勤劳动的人！

所有工作的人，都值得尊敬！工作越努力，他们越无私！

这个世界真美好啊！

从没有"钱"的角度看世界，还有更多奇妙的事情！

生活中每天努力工作想赚钱的人，在没有"钱"的世界里，他们是社会最大的贡献者！他们太无私了，当然，也有人说他们很傻。

生活中有了一点钱就小富即安的人，在没有"钱"的世界里，他们是最善于偷懒的！当然，有人说他们是最聪明的。

佛陀说：凡所有相，皆是虚妄。或许"钱"真的不存在。

第五章

我们在路上相遇

愿见我面的，听我声的，闻我名的所有众生，都因我而喜悦祥和，心得清净，少欲少恼，种下一颗菩提种子。

愿我所做的一切功德，回向尽虚空遍法界众生，解脱烦恼，共成佛道。

生活中 90% 的压力来源于攀比，而不是生存

文字整理 / 海浪

2015 年 12 月 30 日，七哥在山西五台山灵境寺剃度出家。加措活佛赐法号：行空。

2016 年 1 月 6 日，行空师父从五台山出发，托钵乞食行走去峨眉山，全程约 2000 公里。

2016 年 3 月 18 日，行空师父在行走 73 天以后，到达成都。人变瘦了，变黑了，不过看师父偶尔在朋友圈晒的照片，比之前笑得更开心了，发自内心的笑，仿佛能感染众生。

师父在成都休整一天后会继续起程前往峨眉山，小茶婆婆特意安排了一场直播，对话行空师父，听他自己讲述这一段行走的经历。

我从出家到现在有 80 多天，行走有 73 天，从五台山到成都走了 1900 多公里。明天出发去峨眉山，还有 170 多公里。1 月 6 日出发，路过忻州、太原、平遥、临汾，过灵石到运城，过运城之前没有人陪着走，之后陆续有几个施主陪我一起走。

本来只有我独自行脚，这几天又有一名从雪域高原来的藏传佛教的师父，还有一名从南斯拉夫来的南传佛教的年轻师父，我算是从汉传佛教出家，三大教派的三名师父一起行脚去峨眉山，很殊胜，之前从来没有想象过。

◆受戒是给自己看的，不是给别人看的

行走期间我是在受戒，沙弥戒要受十戒。不吃肉不喝酒不抽烟不妄语，所以我今天说的话都是真的，我要么不说，要说肯定说的都是真的。

过了山西，过了风陵渡，穿过黄河到陕西，进入陕西潼关的时候，有一个村叫四知村，当地出了一个很廉洁的官员叫杨震。据说有人深夜给杨震送礼，杨震不收，此人说您就收下吧，反正又没人知道。杨震说天知地知你知我知，何谓人不知！

受戒是给自己看的，不是给别人看的。有没有破戒自己最清楚，而且不仅你自己清楚，天知地知。

◆牵而不挂，痛而不苦

离开家这么久，有没有想豆豆？

生死事大，无常迅速。就像《心经》里说的不生不灭，不垢不净，远离颠倒梦想，究竟涅槃。

我关心豆豆，想念她，但不会因为她的好与不好而焦虑，这就叫"牵而不挂，痛而不苦"。

◆烦恼是永远解决不了，解决不完的

有一次我到了太原，有一个互联网企业的高管，他听说我出家的事情后说："把我塞到我妈肚子里重生三次，我也想不通这个事情，为什么要托钵行走？"

然后有一天，我们见面了，我说："我觉得你比我苦多了。对于我来说只是行走，只有身体的辛苦；但是对于你来说有太多的工作要处理，老板脾气不好、员工做得令人不满意、家人的不理解等，每天有太多的

纠结要处理，每天还要加班，我觉得你更苦。"

还有一次我到了四川境内，有个人半夜开车过来找我，也是个大企业的高管，他说他精神都快崩溃了，给我讲了一堆公司方面的事，要跟着我走。我说那你先走几天试试，我也不知道能不能解决你的问题。走了十来天，就在前天晚上，他做分享的时候，说他的问题已经解决了，我非常开心。我一方面替他开心，另一方面又为他担忧。因为这个问题解决了，下个问题马上就会来。**烦恼是永远解决不完的。**

那如何彻底解决这些烦恼呢？烦恼就是苦，修行是一个很好的方法。佛陀在两千五百年前出家，就是为了解决众生的苦。他通过多年苦修，最后夜睹群星而悟，他说：一切众生皆具如来智慧德相，但因妄想执着不能证得。

◆如果有别的事情可以做，建议大家离开互联网

互联网行业变化太快，会让人精神高度紧张，不是一个让人有幸福感的行业。如果有别的事情可以做，我建议大家离开互联网。

很多时候，半年前有用的东西到现在已经没有用了，这也是我为什么不愿意再做培训了，当时觉得很有道理，可能过几个月就没用了，甚至会误导别人。

◆生活中 90% 的压力来源于攀比，而不是生存

行走路上有个叫旺财的朋友陪我走了很长一段路。一天中午，我们俩在路边一家餐馆吃饭，都吃得很饱，总共才花了八块钱。他给我讲了一个故事：

他们经常去户外徒步，翻越秦岭，有的时候在路边会遇到小松鼠，比老鼠稍微大一点点的那种。小松鼠每天睁开眼睛就开始找松子，找到了就往自己的树洞里搬，搬好了继续出去找，把找到的全部转移到自己的树洞里。

有一次他们出去徒步，有人去掏松鼠的窝，从里面掏出两麻袋的松子，一只很小的松鼠居然存了那么多的松子。它这一辈子估计也吃不完。但松鼠不管这些，每天还是继续出去找松子。

我们都觉得这只松鼠太傻了，其实我们和松鼠是一样的。每天我们自己能吃多少用多少呢？父母家人又能用多少呢？我们生活中 90% 的压力来源于攀比，而不是生存。

为什么是短期出家而不是长期？行走期间有没有过恐惧？生理问题怎么解决？怎么会遇到大明星何晟铭跟你一起行走？师父信不信轮回、因果循环……

想了解更多内容，
可扫二维码观看视频实录

当你不知道该怎么办的时候，就把一切交给佛陀

采访 / 甲和灯团队

今天，愿见我面的，听我声的，闻我名的所有众生，都因我而喜悦祥和，心得清净，少欲少恼，种下一颗菩提种子。

愿我所做的一切功德，回向尽虚空遍法界众生，解脱烦恼，共成佛道。

——行空　2016 年 3 月 26 日，于峨眉山

我是从 2016 年 1 月 6 日开始行走的，到现在是整整 80 天，明天是 81 天，明天还要去乐山大佛拜一拜，最后去凌云寺，这一趟行走就算正式结束了。结束后我一个人还会在寺庙再待几天。

◆在家的日子其实挺苦的

甲和灯：师父您马上要脱下这身僧衣了，不知道您还有什么不舍？

行空：刚穿上这身僧衣的时候，我很兴奋。以前只是在电视或者小说里面看到过和尚，从来没有想过自己有一天会当和尚。最初的那一段时间，看见谁我都"阿弥陀佛"。后来才慢慢知道，一个僧人、一个和尚应该有的礼仪规矩是什么样子，也开始接受自己就是一名僧人。直到现在，慢慢内心开始有更深的感受，我估计以后还会再当僧人，我上辈子应该也是个僧人，这种感觉现在越来越明显。

未来，已经到来。

"四爷"过来陪着一起走。

从雪落走到了花开，这是千佛崖的桃花。

周至县书法家协会副主席叶小林写了一幅字给我：诸法无我。三秦／摄

行走路上的随拍。

赤脚行走。

峨眉金顶。

峨眉金顶风景，壮观的云海。

到达峨眉金顶，身如聚沫心如风。

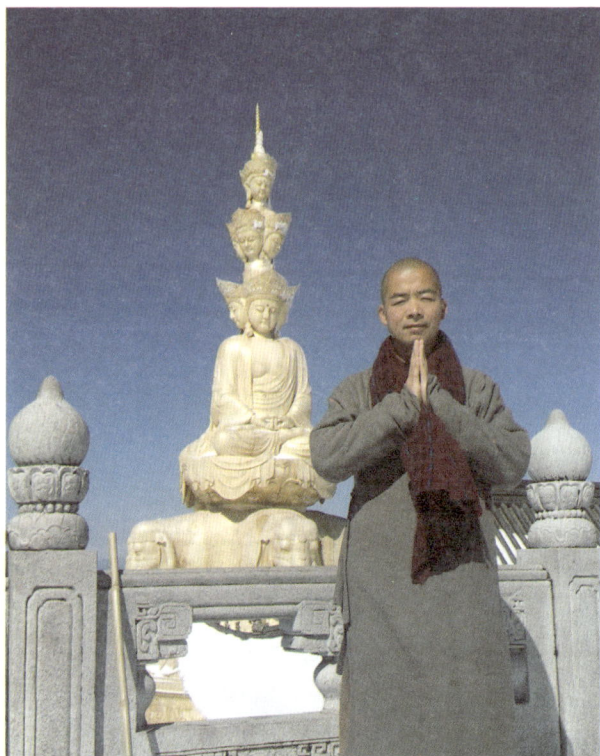

在峨眉金顶，阳光明媚，拜普贤菩萨。

至于说会不会有不舍，我还好。我已经很喜欢、很适应现在的这种生活，同时我也想回去跟家人朋友见见面，已经有好长时间没见过了。

甲和灯：在成都时，师父说过有可能会真正出家，您现在有没有真正长期出家的打算呢？如果有，具体是什么时间呢？

行空：我相信我会的，可能现在时机还不成熟。我内心觉得，能够出家是很有福报的。只有出了家你才真正知道，在家的日子其实挺苦的。

有人说出家人又没钱，又没有娱乐，多苦啊。其实大家可以去想一想，我们现在虽然物质条件很优越，买了房买了车，但是你觉得比之前幸福很多吗？以前人们从五台山到峨眉山走路可能要两个多月的时间，现在坐飞机可能半天就到了，我们的生活节奏越来越快了，不过也没见大家幸福多少。所以真正的幸福并不在于你拥有多少物质财富，而是你精神上有没有那种幸福的感觉，能不能在精神上找到这种追求和方向，并且坚定不移地朝这个方向走。

我相信这条路是我以后要走的，但具体什么时候现在还说不好，等机缘成熟吧。现在确实还有些尘缘未了，在家的生活挺好的，出家的生活也挺好的，现在对我来说两者都很美妙。

甲和灯：这段行脚修行的经历，对您哪些方面有质的改变，对接下来的生活有哪些影响呢？

行空：我之前没想过这次会有这么大动静，如果以前你们看过我的文章应该都知道，我对《道德经》等修行方面的书都是挺感兴趣的，并没有对佛教特别虔诚。走完这段路程后，我对佛学、佛陀更加敬畏，更有信心；我对自己也更有信心，我觉得这条路是一条解脱之道。

其实生活、事业、生死、轮回都蛮有意思的。佛陀的确是一个很有智慧的人。他在两千五百多年前，能够留下那么多有智慧的话，能够找到一条路来指引我们，很难得。至少我会继续在这条路上去尝试，去学习，去精进修行。我现在对佛法的信心比之前更强烈了。

甲和灯：这一路是否感觉到孤单？

行空：这一路最艰难的一段是在山西，由于天气比较冷，晚上经常是零下十几摄氏度，绝大部分是我一个人在行走，过了山西之后时不时有些人一起行走。以前也有人问过我一路上是否孤独，我当时一愣，因为我没想过这个问题。这一路上，我花最多的时间做的一件事情就是"什么都不做"。不知道你们有没有听懂啊？"什么都不做"这件事占了我绝大部分时间。比如我走路的时候，会看自己在想什么，所有的"念头"一直在走，我就一直看着那些"念头"，我什么都没做，我所有的"念头"就自己在那里走。我没事就在"观念头"，并不觉得孤单。

我有时还会去看看周围人的表情，觉得也很有意思。有人面带笑容，有人会过来打招呼，有人忙忙碌碌装作没看见。我看着他们，就像在看电影。

有的时候我也会诵经。为了念起来方便，在路上我已经把《金刚经》背完了，后来又开始背《楞严咒》。《楞严咒》很难背的，现在还没背完。晚上只要有时间，我就会诵经。我发现诵着诵着就会感觉特别好，特别是我进入四川快到成都的时候，我每天诵《普贤行愿品》。有一天我忽然发现原来这么好听啊，以前没有觉得，后来经常被感动。有几次诵经我都泪流满面："虚空界尽，众生界尽，众生业尽，众生烦恼尽，我忏乃尽。"去真正体会这种大愿，就会发现内心的那种感动，能感觉到普贤菩萨当时那种愿力，蛮震撼的。

◆ 每个人内心都有佛，你自己本身就是佛

甲和灯：有没有哪一段觉得有佛祖、菩萨陪您一路同行呢?

行空：一开始的时候，自己玩了个游戏，就是在我不知道该怎么做的时候，就把事情交给佛陀。交给佛陀不是说求佛陀保佑，**佛陀说每个人内心都有佛，你自己本身就是佛**，只不过你还没有办法用他的能力。就相当于一块美玉，上面布满了灰尘，它还没有发出光芒。当你真正把这个事情交给他（佛陀）的时候，从某种意义上说，你就能够接受一切的安排，你会发现这个结果真的挺好的，会出乎你的意料。

我出发的第一天，到下午一点多，还没吃东西。那天很有意思，从观音洞里出来做完仪式后，师父说：走! 不要回头! 我心想：我还有很多吃的没有拿呢⋯⋯我今天就不要回头了，那我就走吧⋯⋯我第一天就没有吃的，开始还好，后来我觉得找个地方吃饭应该挺简单的，只要我拉下面子去要就可以。但是后来爬到山顶上没人啊，零下十几摄氏度，谁没事还在外面瞎跑。找了一家没人，又找了一家没人，然后找到金阁寺，那么大个寺庙也找不到一个人，一条狗跟着我跑，我心想，我也没吃的你跟着我干吗，我又不找你要吃的。

我当时就心想，佛陀这得交给你了，我解决不了了⋯⋯就继续往前走，然后有一辆车，居然真的停下来了，要给我钱，要搭我一程。我说我要走路，我不要钱，他说那你拿点钱去买东西吃，我心想这个地方也没商店啊。然后我问他，你们车上有没有吃的，他就给了我一大堆，我吃了整整三天，每天中午都是吃那些面包什么的，其实蛮好的。**当你不知道该怎么办的时候，就把一切交给佛陀。**

还有一段，就是翻越秦岭的时候，我知道翻越秦岭很困难。有一天我在寺庙住，那个当家的就跟我说："你要从五台山到峨眉山，要翻越秦岭啊，一路可不容易呢，八百里秦岭是没有人烟的。"我想，那我估计化缘也化不到了，没有人啊，就算我带吃的，八百里呢，还得住呢，那么冷，秦岭上还有野兽，怎么办？我一上午就在琢磨这个事。后来到中午的时候我心想：一天到晚纠结这个事情，这跟以前在家里工作不是一样吗！那还修行什么呢！真正的修行人其实是不用去管这些事情的，比如你有恐惧，你就可以去修行，去看一看这个恐惧是怎样产生的就好了。就像我们好多人担心明天，担心工作，担心自己欠别人钱，担心老板交代的任务……**这种担心是解决不了问题的，你真正到了这一步再说，其实某种意义上就是交给佛陀了。**

《玄奘之路》里面有一段玄奘穿过沙漠的故事。玄奘到了沙漠里面，水袋破了，牵着一匹枣红马。他骑的不是白马。他一开始骑的是白马，人家跟他说你这个白马不行，过不了沙漠，你得换枣红马，玄奘也就信了。然后到了沙漠，水袋很快就破了，玄奘就犹豫了，我要回去取水吗，要是继续往前走就渴死了，就走不出去了。他是想回去的，但是马上停住了，因为他当初出发前发过誓：宁愿向西一步死，决不向东一步生。他宁愿死在朝西的路上，也不要回头。当他这么想的时候，就真的牵着马朝沙漠的深处走，明明知道没有活路还是要往前走，这是为什么呢？因为信念。他一方面是有这个信念，另一方面就是把这个事情交给佛陀了。结果他五天四夜没有喝过一滴水，已经晕过去了，还出现了很多幻觉。这就是《西游记》里面有那么多妖魔鬼怪的原因，可能是他当时的幻觉。后来是枣红马驮着他找到了水源把他救了。所以很多时候不知道怎么办的时候，把它交给佛陀挺好。

甲和灯：这一路上遇到的哪些事让您感动，您是变成了一个更加多愁善感的人，还是更坚强的人？

行空：感动的事情蛮多的，任何一个人给我吃的我都很感动。他们不知道我是谁，只知道我是个和尚。还有一些人在我吃饭的时候过来关心一下，我也挺感动。有一次，我拿了化缘来的两个馒头，在饭馆里面要了一钵开水，馒头就着白开水，就当午餐了。有个给饭馆看门的老大爷过来问：你就吃这个？我说是。他说那我给你拿点吃的。我说不用，我这个可以吃。他转身去了厨房，过了一会儿给我拿来了一瓣洋葱。我吃着吃着眼泪都出来了。

昨天最后登峨眉金顶，好多施主过来陪同护持。他们以前没有走过那么远的路，也没徒步爬过那么高的山。四个小伙子，今天深夜一点才登到金顶，51 公里的山路，还下着大雪，真不容易。我自己最远的一次也就走了 51 公里，都是平坦的大路。他们让我很感动。他们不是闲着没事干，也不是为了锻炼身体；他们是因为行空师父在行脚，才过来护持。还有些朋友大老远坐飞机过来，就是为了陪我走一两天。我觉得，这辈子要是不得道，都对不住他们。

也有人说，行空师父你太厉害了，能吸引这么多人来护持你。我一开始也以为我自己真的很厉害，后来突然想，不是的，如果是鬼脚七自己去徒步，有人来陪你走吗？肯定没有。是因为你是个和尚，是因为佛法的力量才聚集了这么多人。刚好，鬼脚七出家，托钵行脚，这些人觉得应该过来护持，所以才来的。

甲和灯：您是如何把修行中领悟到的事情运用到接下来的工作当中的？

行空：我暂时还没有工作（笑）。那天我在看《金刚经》的时候，六祖对《金刚经》的注解让我很震撼。他说，其实每个人心里都有一本《金刚经》。这本《金刚经》不是佛陀说的，你的内心里面是有这部经的，只不过你现在迷得太深。如果说悟出什么道理，我觉得我需要减少一些欲望，继续去做减法，就像老子说的"为学日益，为道日损，损之又损，以至于无为"。至于其他的，暂时还不知道，只能以后再说吧……

甲和灯：我看您刚才好像是流泪了，您是又想到了什么吗？

行空：大家都知道唐代高僧玄奘法师远赴西天（印度）取经的故事。唐三藏，不畏艰险，跋涉数万里，到达西天佛国，为唐王朝取得了佛学真经。如果我们现在工作有这种精神的话，没有什么事情是干不成的。如果以后有机会，我也要去走他走过的路，去感受一下他当时的心境，体会一下他当时那种勇往直前的精神，以及不取得"真经"誓不还的勇气和决心。

◆真正修行的人看不到世间的过

甲和灯：很多人都说您的样貌发生了改变，您自己觉得是否有很大的改变？还有就是修行会不会让一个人改变，您建议像我这样的年轻人去像您这样修行吗？

行空：我的相貌是发生了很大的改变，因为剃光头了，呵呵，还换了僧衣，另外估计瘦了一二十斤。

关于建议，很多事情我们尽量不要去抱怨，试着去感激。任何一件事情，它的发生不是偶然的，一定是有好多原因在，这样想的时候你的怨气、嗔恨心就会少很多，自然而然你脸上流露出来的怒气也会消很多。

圣僧济公说过，"酒肉穿肠过，佛祖心中留"，但我们很多人不知道后面还有两句："世人若学我，如同进魔道。"很多人说我吃肉喝酒没事，只要心里有佛就好了。我觉得这么说的人99%都不是真的想修行，这都是在为自己找理由、找借口，真正实修的人不会这么说。

《六祖坛经》里面说，"心地无非自性戒"。在自己的心中，从来没有觉得别人有错的观念，这就是自性中本有的最好的防止犯错的守戒行为。不思善不思恶，只做该做的事。有一首偈诗：

> 心平何劳持戒，行直何用修禅。
> 恩则孝养父母，义则上下相怜。
> 让则尊卑和睦，忍则众恶无喧。
> 若能钻木取火，淤泥定生红莲。
> 苦口的是良药，逆耳必是忠言。
> 改过必生智慧，护短心内非贤。
> 日用常行饶益，成道非由施钱。
> 菩提只向心觅，何劳向外求玄。
> 听说依此修行，西方只在目前。

这首偈是用白话文写的，非常好懂，大家可以把它记下来，平时对照自己的行为去看。我印象深刻的有几点：

首先他说，"恩则孝养父母"。中国人特别在意孝道，而且很多大师，比如虚云老和尚，他修行的时候，三步一拜一直到五台山，为了超度他的母亲；还有一些人为了守孝，结茅棚居住好多年。中国的孝道强调要报答父母恩，我现在在这方面做得也不够，希望以后也要去做更多尽孝道的事情。

"改过必生智慧"，改过就是改掉自己的过错，改过肯定就会生智慧。"护短心内非贤"，护短是什么呢？不是说给你的学生或者儿子护短，你自己的短你也在护，你护短你心内就会非贤。

还有一首偈写得也挺好的，叫《大法船》：

> 若真修道人，不见世间过。
>
> 若见他人非，自非却是左。
>
> 他非我不非，我非自有过。

真正修行的人是看不到世间的过的，你能够看见别人的过错，你自己肯定有一个过错就是爱挑别人的毛病。有人说："哎呀，社会上假和尚太多了。"这也是在看世间的过，我们不用管假和尚多不多，只看自己做得怎么样了，做好现在而不是去抱怨这个社会。

换个角度讲，你之所以看到别人的过，你去挑人家的毛病，那肯定是你的慈悲心不够，你不够爱他。想想你以前谈恋爱的时候，你特别爱你的女朋友，哪儿挑得出什么毛病啊！姑娘不爱说话，你说看我女朋友多文静；姑娘爱说话，你说看我女朋友多活泼；姑娘长得胖，你说看我女朋友多丰满；姑娘长得瘦，你说看我女朋友多苗条……都是优点，没有缺点。

你发自内心地爱，所以"若见他人非，自非却是左"。如果我们真的是想修智慧，想让自己能够逐渐地越来越有智慧并走上修行之道的话，我们要把注意点放到我们自己身上而不是别人身上，不要总是挑别人的毛病。这是给大家的建议，也是对我自己的要求。

甲和灯：师父您觉得此次修行圆满吗？假如您觉得不圆满您感觉还欠缺的是什么？

行空：我自己觉得挺好。今天我发完朋友圈后，有一位修行很好的师父说："这不是结束，这其实是一个新的开始！"我觉得说得太好了，真的是一个开始。如果还要做些什么事情让它更好的话，那就是应该了解这条路上更多的历史背景。

有太多的地方，我经常都是到了以后才知道这个地方这么有名的。比如广元，我以前不知道广元这个地方，到了广元才发现这个地方真好，这里有千佛崖，有皇泽寺，武则天也在这里出生。广元市有个中国交通博物馆，在嘉陵江河道很窄的一个地方，集栈道、驿道、纤夫道、水道、公路、铁路为一体，让人叹为观止。以前我不知道，等我到了现场，真是大开眼界。

过了广元就到了汉中，汉中以前是三国蜀的地盘，有马超墓、武侯祠，还有定军山，这一路都是文化。若是把三国历史看一遍后，再来走这条路，会更有意思。

翻越秦岭，走蜀道。蜀道两边的古树又高又粗，估计长了有上千年，那些一两百年的树估计都不好意思长在边上。想起三国时期诸葛亮出兵北伐曹魏，魏蜀实力悬殊，诸葛亮六出祁山，几十万大军浩浩荡荡地从这里过去，最后回来时不知道还剩多少。而这棵树就一直在边上这样看着，看着这么多人去，去了一万人可能就回来那么几十、几百人，又过去几十万人最后只有几百人回来……改朝换代，一代又一代！**我们一天到晚纠结的那些事情如果让这些树看见，它们估计笑都笑死了，你们有什么好纠结的啊！**人特别有意思，经常会对树说"这棵树是我的"，树可能在心里面笑骂："我活了几百年了，你再过几十年就挂了，我怎么可能是你的呢？"

我们有时候就是这么幼稚。树活了几千年，石头可能活了几亿年，但人生不过百年。那天，我在峨眉山上看见一棵大树，我就问它："大树，你见过我上辈子吗？"我相信大树肯定见过我，要不我也不可能来走这一趟。

以前有人说："七哥啊，你的文章写得真好，我看后心就静下来了。"我的文章能够解决他的一些烦恼，对他有帮助，他能接受我讲的内容，我以前听到这些会很高兴。但我现在问自己这又有什么意义呢？他只是暂时心静下来了，可能过一会儿，别人只是给他打一个电话，他马上又烦躁了……看的时间久了，他可能对此免疫，他会说："鬼脚七一天到晚净说这些东西，早就看腻了，能不能换点新鲜的啊？"我哪里有那么多新鲜的给他看呢？我写的这些东西不能从根本上解决他的问题，只能临时性地解决，作用有限。

要想真正解决问题，还是要自己修行。如果大家能认真地修行，应该能减少很多的烦恼。

◆踏出第一步是非常关键的

甲和灯：师父马上就要回家了，之前的受戒，比如"过午不食"这些，您回家以后还会继续这样保持吗？

行空：我应该会继续守戒。"过午不食"我不知道，有时觉得没什么问题，有时又觉得挺饿的。"过午不食"的真正出发点，并非要少吃粮食。假如我哪天"过午不食"，一定是因为吃饭太浪费时间了。我们现在一到了晚上吃个饭下来就是几个小时，这几个小时就吃一顿饭吗？你自己啃个面包好不好，还能干点别的。

甲和灯：这一路上有那么多人陪您走，来护持您，您想对一直关注您的人说些什么？

行空：每个人能过来都是一种缘分。一方面我挺感激的，另一方面我也希望他们能在这期间有所收获。我们在行走途中偶尔会分享，分享时我常说："你们不要关注我说了什么。"我说话的时间不是很多，走路时基本不说话。很多人想要过来跟我学习，他们说我敢于放下、有毅力。我说若真要学习，应该学习我最初的时候。我在什么都不知道的情况下就踏出了第一步，我不知道能不能找到地方住，不知道有没有吃的，不知道在路上会遇到什么，不知道天气有多冷，背个包就出发了。

当你把一切交给未知，你敢踏出第一步，就已经成功一大半了。海浪当时非得把钱包塞我包里，我把钱包还给了他。包里是真的一分钱都没有，这时能踏出第一步非常关键。所以你如果想向我学习，就一定要敢于走出第一步。我们有太多的时候就是想得太多，你应该像我的第一本书《没事别随便思考人生》封面上写的——做一个果敢的行动派。你想千万次也赶不上你去做一次，做了自然就知道了，再说最坏的结果就是损失点钱啊，大不了再吃点苦，现在这个世界又饿不死人，最坏也就是让别人说你傻，那又能怎样呢？

甲和灯：师父马上就要结束这段行程了，那么师父回家后最想做的事情是什么呢？

行空：抱抱小孩，多带他们出去玩一下，多陪陪父母，这是我最想做的。

《金刚经》说："应无所住，而生其心。"当知一切如幻似梦时，才能用最坦然的心态去面对一切未知发生，接受一切安排。

行走路上遇到的那些僧人（上）

我听过一些假和尚的故事：

有些人白天在寺庙当和尚，晚上回家搂着老婆睡觉；有些和尚白天在庙里结缘，晚上开豪车出去喝酒吃肉。你在大街上偶遇"大师"，说跟你有缘，送你一个护身符，然后找你要功德钱；你在豪华酒店吃早餐，遇到"大师"，跟你介绍他的寺庙，然后建议你做功德……

相信很多人都听说过，甚至遇到过。或许正是这些故事，让社会上很多人对出家人印象不太好。

真正的出家人是什么样子？

我结束短期出家行走，已经三个月了，头脑中总会浮现出当时遇到的那些出家人，他们跟我之前听到的故事很不一样。我觉得有必要记录下来。一来防止以后忘记，二来可以让其他朋友了解出家人的真实生活。

为了不打搅到出家师父们的修行，在文章中我都用字母代替他们的名字。

A　她像我妈

A 法师，是一位尼师，六十多岁。她的寺庙离公路大约一公里，我去她的寺庙是为了讨杯水喝。

当 A 法师知道我是从五台山来的时候，她向我磕头顶礼。我不懂为什么，连忙磕头回礼。

A 法师说她之前在五台山住了十来年，寺庙里法事很多，自己的时间很少。五台山住宿条件好，单费（单费相当于寺庙发给出家人的工资）高，自己积蓄半年，够一次去朝台修行。后来觉得这样不行，过于计较单费和积蓄，还没有自由，于是就下山了，到了这个村庙（村庙是指由村里集资建起来的庙）里。

这个村很穷，村庙也穷，但贵在有自由。由于做供养的人太少，A 法师和两位年轻的尼师自己种地，一年有两三千元的收入，其余的事情化缘来做，村里的村民会过来帮忙，也勉强可以维持。自己种地难免会杀生，她说她每个星期都会诵《地藏经》。

临走的时候，她往我包里塞了好多苹果、香蕉，说一个人在外行脚不容易，多注意身体。我现在想来都很感动，她像我妈。

我准备有机会再去看看她老人家。

B　疑心重的人很累

B 法师是个中年人，四十多岁，个子不高，肚子不小，有点弥勒菩萨的意思。他的寺庙建在垃圾场上，也是个村庙。我到他庙里的时候，他在睡觉，整个寺庙里就他一个人。我在外等了好久他才醒来，我给他顶礼，他很高兴地让我住下来。

B 法师出家有二十来年，之前在内蒙古，后来在太原。他给我讲他在那些寺庙专门管钱，很能赚钱，给寺庙赚了不少钱；但当家的有些怀疑，于是他就离开了，到了这个小庙，自己当家。他还有两个师弟，不过都不怎么勤快。

B法师在这里还办过佛教杂志，选文章印刷发行，还搞得不错，后来怀疑负责的那个居士手脚不干净，收了其他人的供养没拿出来，就停办了。

B法师说现在很多村民不信佛，反而信那些装神弄鬼的神汉。隔壁村的一个神汉，以前骗钱被抓了，在监狱里待了几年后出来，也搞了个庙。现在很多村民居然去他那里。但神汉不会做法事，经常过来请他去做法事。

B法师最兴奋的是给我讲他的修行故事。他说他小时候练过少林气功，练到灵魂出窍，每天晚上都到外面神游很久才回来。后来害怕了，不敢练了。再后来结婚，做生意不顺，后来就出家了。现在还在打坐修禅定练气功，不过没有小时候那么精进了。

B法师听说我从五台山出发，不带分文行脚，表示很佩服。他说你够诚心，也有足够资粮，否则你走不到这里。他说以前他一个师兄下山托钵化缘，一口水都没化到，当晚就回山了。

B法师一直在筹钱建庙，但又不信任别人，只好自己一点一点做。他留我多住几天，说有个法会需要帮忙，问我会不会打法器、领诵什么的，我说我都不会。他苦笑了一下，开玩笑说那你会什么？我说我会搞网络。我临走教会了他在网上买东西。他很开心，说这下解决了他的大问题了。因为他总不放心把钱给身边的人去买东西，自己又没有时间去买。当晚他在网上买了一顶帽子，买了两本书，一本是《指月录》，另一本还是《指月录》。

C　爱讲故事的法师

我赶到C法师的寺庙时，他正在给自己理发，光头剃得很亮。

C 法师五十来岁，出家有二十六年了。

寺庙里有三个出家人：一位是八十多岁的老尼师；一位是三十来岁的尼师，天津的；还有一位就是 C 法师，是寺院的住持。

很多寺庙是四众寺庙：比丘、比丘尼、优婆塞、优婆夷都有。也就是在同一个寺庙里，有和尚，有尼姑，有男居士，也有女居士。现在这样在社会上很普遍。当然大家是分开住的，有前院和后院。

C 法师说他前两年在另外一个大寺庙做当家的，做了十年，特累，身体搞垮了。现在回到自己的这个寺庙，养养身体。他听说我刚出家不久，就说我太冲动，劝我不要出家，说出家并不是我想象中的那样神圣，道路很艰辛。我问他现在还有什么目标吗？他说没有了，过好剩余的日子就好。我问他不想开悟不想成佛吗？他说哪有那么容易。

他给我讲了很多出家人的难处，也讲了许多出家人的规矩。当他看见我把手机放在经书上的时候，提醒我说：经书上不要压任何东西，经典所在之处，即为有佛。

C 法师说，最近几年有好多有关少林寺方丈释永信的负面新闻，喜欢钱喜欢女人什么的，但我很佩服释永信。你认为那些谣言都是真的吗？如果都是真的，调查了那么多次，释永信还能完好无损？同时，你看见释永信辩解过一次吗？少林寺养了那么多孤儿，做了那么多慈善也没有宣传过吧。

C 法师很喜欢聊天。他说他的戒师讲过，修行路上男女情欲是很大的障碍，只有到了五十来岁才会安定下来。一方面那时候身体的欲望会少很多；另一方面就算想还俗，在社会上也无法生存了，只能留在寺庙。

D　严守戒律，不要犯酒戒

给我讲规矩讲得最多的还是 D 法师。

D 法师以前在云居山真如寺，比我小十岁，出家六年了，但像个老和尚一样"古板"，很讲规矩。

他问："你膝盖是不是有问题？"我说："没有问题啊。"

"那为什么你跪下来磕头的时候，不是两个膝盖同时下跪？"

路上我要去上厕所，他说我帮你背包吧。我说谢谢不用啊，我方便的。他说不是你方便不方便的问题，而是你包里有经书，不能带到厕所去！

晚上打坐时，我屁股下垫了个枕头，他看了我一眼问："你们家枕头是用来垫屁股的吗？我要是老和尚，早就拿戒尺打了。"

"挂单的时候，先走两步半，再给知客师顶礼，告知知客师你要讨单，应该这么说……不要给尼师顶礼，遇到尼众寺庙，也不要进去……"

虽然 D 法师对我很严厉，但我很敬佩他。他陪我走了一天，参拜了几个祖庭，给我讲了不少佛教知识。到晚上，他脚上起了两个血泡，我说用碘酒给他消毒，他坚决不同意，一本正经地跟我说：不要犯酒戒！

第二天，D 法师说不能陪我行脚了，让我自己走。我给他顶礼，离开了。中午时分，我发现他在我的包里放了两千块钱。我一声长叹，把钱放到了香积寺的功德箱中。

E　如何修行

E 是个年轻尼师，三十岁左右，长得很好看，哦，应该说法相庄严。我本来是准备找个寺庙挂单的，发现是尼众寺庙，于是只坐了一个小时左右就离开了。不过这一个小时，收获很大。

E 法师做这里的当家师有两年了，佛学院毕业的，很擅长讲佛法。

当时还有一个从西安过来的居士，我们聊起了《六祖坛经》中的几首偈诗。E 法师看我随手口袋中装着一本经书，表示很赞赏，说一看就是想认真修行的人。

E 法师问我，看了那么多经书，如何修行？我说不知道。她说咱们相见也是缘分，给你分享一段我师父的开示：

所有的修行都要印证到生活中，所谓"佛法在世间，不离世间觉"。

生活中，如果有人很愤怒地骂我们，我们该怎么处理？

首先，对他要起怜悯心。对方愤怒，是在伤害他自己，怒伤肝啊！他这么愤怒，还伤害自己，自己处在苦海还不自知，多苦啊！

其次，对他要起感激心。我们每个人都有累世的业障，被骂，业障就会消除一些。他通过伤害自己身体的方式，在帮助我们修行，我们不应该感激他吗？

最后，还要起惭愧心。我们人身难得，他之所以骂我们，说明我们肯定有做得不够的地方，他过来帮我们修行，我们修行还这么不精进，难道不觉得惭愧吗？

怜悯之心，感激之心，惭愧之心，鼓励自己精进修行。

听完 E 法师的开示，我觉得很受用。

行走路上遇到的那些僧人（下）

F　要把庙拆了吗

终南山是有名的修道圣地，听说隐居在终南山的修行之人数以千计。F 法师就是其中之一。遇到 F 法师的那天，终南山大雪纷飞，山谷中非常宁静，宁静到可以听到雪落的声音。

我和法师一起做了一顿午饭，其余的时间我们坐在炕上聊天。

F 法师很随和，他说能遇到就是缘分。知道我是短期出家，他并没有表现出来不耐烦，有问必答，帮我解答了不少疑惑。他提醒我：一切事情的发生，都是因缘和合，现在对佛法有信心很难得，要防止以后信心退转。

法师给我介绍他的出家因缘：

我现在身体不好，就是年轻的时候弄坏的。那时候做生意赚了点钱，声色犬马什么都掺和，特别是男女之事，很坏身体。后来生意出了点问题，我开始接触哲学，后来又接触国学，对国学很有兴趣。研究了两年国学，才接触到了佛学，感叹佛陀的伟大，佛经里都是大智慧！那时我开始萌生了出家的念头。

后来我偷偷去六祖寺剃度出家了，过了半年多就去受了比丘戒，之后离开寺庙开始云游。最初接触净土宗，看了净空法师的很多视频，但我对念佛没有感觉，直到某天我偶然看见了《虚云老和尚年谱》，顿生仰慕之情：老和尚是经历了四朝五帝的大德啊！我后来到了云居山禅堂，感觉特别好，估计是宿世的因缘吧，从此走上了禅宗之路。

现在回头看以前在家的那些经历，自己对名利、女人的执着，很有感慨。世间之事就是这样，你想控制的，都会控制你；你想得到的，都在伤害你。

法师老家是湖南的，出家三年多，但坐香的功夫很好，也很精进，每天只吃一顿饭。他说禅宗有个说法：不破初关不入山，不破重关不闭关。法师现在住山了，看来是破了初关。

我问法师："你家人支持你出家？"

"他们当然不支持，到现在家人也不知道我在哪里。"

"为什么不告诉他们？"

"你也是湖南人，你懂的。如果他们知道我在哪儿，会过来把庙拆了。"

那天，法师有点小感冒。感觉到他鼻子有些不舒服，我递过去一大截卷纸，他撕了很小的一截，擦完鼻涕后仔细折叠好，小心地放在身旁。

G 能活一百三十七岁的老法师

遇到 G 法师纯属偶然，我们在一起相处只有十来分钟，大部分是之后通过网络和朋友了解的。

我在某寺庙礼佛时，有个僧人很客气地跟我说："法师从外地来，今天刚好 G 法师在寺庙，很难得的机缘，建议你去看看他。你不知道 G 法师啊？那你一定要知道，他今年九十六岁了，我们都很敬佩他！"

我在工地上看见了 G 法师，他坐在凳子上跟两个人谈工地的事情。

老法师头戴一顶雷锋帽，穿着有不少补丁、洗得发白但很整洁的僧衣，精神很好，看不出是快一百岁的人。我给他磕头顶礼，他示意我起来，我就站在他身边听他们讨论问题。

G法师在讲他接下来的规划，说现在很多寺庙的设计都不如法等，接下来他还要去印度实地考察……

听了十来分钟，我觉得不应该打搅他们，于是就躬身离开了。

后来我在网上找了不少G法师的资料，对G法师佩服不已。法师今年九十六岁，出家三十多年了。他自己说他能活到一百三十七岁，并不奢望开悟证得阿罗汉果什么的，他的使命是要为那些修行的出家人建道场，建如法的道场，供养出家人修行。

看到网络上的报道，想起他在工地上的状态，我内心很佩服！

后来几位陪我行走的居士去拜访了老法师，他们机缘比我的好，老法师很热情地接待了他们，还送了他们一套《佛法随笔录》。

H 是非名利浑如梦，知名医生断红尘

时间很巧，我在寺庙挂单的第二天早上，赶上H法师剃度。按道理说，刚剃度还不能称为法师，不过没关系，这里还是称法师，表示尊敬。当时有四位居士一起剃度，三个小伙子和H法师。剃度仪式完成后，H法师给我一个红包，说："师兄，以后多照顾。"我有些诧异，原来寺庙里也流行这个，不过我不敢收，赶紧合掌推辞道："随喜随喜，我不是常住，过来挂单的，红包我不收。"

H法师年纪跟我差不多，下午我特地找他喝茶聊天，我们俩很聊得来。

H法师比我大三岁，之前是省会城市某知名医院的知名专家教授，

主刀医生，每天让他做手术的人都要排队。他一年前就决定出家，来到这个寺庙住下。其实现在当和尚不是那么容易的事，一般要考察很久住持才会同意。像H法师这种有背景、有决心的人要出家，也要考察大半年，在这期间H法师偶尔还要回去做手术。

我问他正当壮年功成名就，为什么要出家？

他笑了笑说：

"以前没有名没有钱的时候，对这些很痴迷，经历了才知道真的没有太大意义。医院待久了，看了太多生死，真正明白了什么是生命无常。人身这么难得，难道我们要用来追求名利吗？

"人身难得，生命无常，因果不虚，轮回过患。人生真的很苦，有了名利也很苦，明白了这个，才知道人生只有修行是唯一值得去做的事。"

H法师了解到我是短期出家，有些替我惋惜，劝我一定要精进，期待我长期出家。我说好！

后来H法师送了我一本书——《普贤上师言教》，也就是《大圆满前行》。他说这本书对他影响很大。我在寺庙花了两个半天看完了，感触颇多，后来推荐给了很多人。

┃ 遇到要收我为徒的老前辈

我在文殊院挂单的时候，隔壁住了一位老法师，大约八十岁，也是过来挂单的。老法师是东北人，出家有三十六年了。

老法师和我聊天，问了我的一些背景。当他知道我读过大学还念过硕士时，上下打量了我几眼，说：看来我们俩缘分不浅。我问这话怎么讲？老法师说他一直在等有缘人出现，接他的法脉。我当时有点震惊，心想这是小说里的桥段吧。由于当晚我有其他事，我们约好第二天再细聊。

第二天早上八点，老法师到我房间，给我介绍他的修行心得和成果。他从包里拿出来几张 0 号图纸，上面密密麻麻地写了很多字，还画了不少图。他说这是他三十年的研究成果，说只要三天时间全部传给我。我说能给我先介绍一下不？我想知道自己有没有能力接下来。

在接下来的两个小时里，我大概了解了老法师法脉的框架，从佛经到《易经》，从八卦到河图洛书，从相对论到黑洞，从质子、中子、夸克到元素周期表，从社会科学到心理学，每一项都跟佛经联系起来解释，涉猎非常广。

我沉默了一分钟说：您这个法脉我接不了。

他问为什么？

我说一方面内容太多，另一方面我觉得佛法不是这样的。

老法师看了我一眼，缓缓地说："一切法皆是佛法，你法执太重。"

后来我还是执意不肯接他的传承，他有些失望，也有些落寞。他默默地把那些资料收起来，小心翼翼地折叠好，生怕弄破了。他自言自语："看来机缘还没到，我也要回东北去了。"

J　学佛是一件快乐的事

J 法师是我还俗后遇到的。

那天我一个人走路去灵隐寺，叩拜完了大殿后往下走，正准备找个地方坐一会儿，刚好石凳边上坐着一位尼师，我过去供养了两百块钱。这位尼师就是 J 法师。

J 法师四十多岁，从云南过来行脚的，前一天晚上刚到杭州，计划去拜济癫禅师、弘一法师，所以来到灵隐寺。我刚好要去拜弘一法师，于是我们一起去了杭州虎跑公园。

J 法师一路跟我聊了很多，她知道我之前的短期出家行走，说羡慕我是男儿身，男人比女人修行少很多障碍，要我多珍惜。她说学佛会越学越快乐，如果觉得学佛很苦，那一定是哪些地方错了。

法师以前结过婚，和老公两个人都信佛，他们约好了一起出家。由于当时小孩还没成年，所以老公先出家，几年后她才出家，现在儿子也有二十多岁。她说出家后才知道出家的生活是多么幸福，以前的日子太苦了。我表示赞同，还引用了顺治皇帝的几句诗：

天下丛林饭似山，钵盂到处任君餐。

黄金白玉非为贵，唯有袈裟披肩难。

J 法师现在常住在大理的一个精舍，每天诵经、打坐、抄经。一开始的时候有很多"非人"干扰。我问什么是"非人"？她说类似孤魂野鬼，那里以前是他们的地盘，现在被自己占据了，他们肯定不乐意。法师一开始也很害怕，后来想着玄奘大师那么难的事情都过去了，自己这点困难算什么。于是有天晚上她对那些"非人"摊牌了：

"如果往世我欠你们的命，你们就拿去好了；如果不欠你们的，你们也别过来吓我，我不会走的！最好大家能和平相处！"

从那以后，精舍真的就安静下来了。

法师说她和迦叶菩萨关系很好，有几次遇到无法抉择的事情，迦叶菩萨在梦中给过她指引。她现在每天晚上都诵经拜佛，祈求佛菩萨加持，让自己的儿子早日出家。

后来，我和 J 法师一直保持联系。她说她那里的闭关房建好了，风景很美，邀请我带朋友去那里住一段时间。我说一定会去的。

写到这里，六千多字也只是记录了十位僧人。还有几位师父，对我有很大的影响，没有记录在这里，以后有机会再单独写。有人可能觉得奇怪，为什么你遇到的出家人都是认真修行的，你没有遇到过假和尚？答案很简单：和尚都不是假的，假的就不是和尚。

一直很平凡，从来没有离开过

1

短期出家结束后，我忽然发现自己都不知道该怎么生活了。

去网上买了一大堆佛经和佛学相关的书来看；一个人跑了杭州附近的几个寺庙，每次出门见到僧人就给钱供养，直到把钱包里的钱都给完为止；一些朋友的约会推掉了，偶尔见面必定劝人信佛；每天穿着中式衣服，甚至还背个僧包，手里拿个念珠，没事就念咒，说要把《百字明》念十万遍；看着书房里一大堆文学类的书，我在想要不要送人算了……

我猜我的家人、周围的朋友估计也有点尴尬，不知道该怎么跟我交往了。不只是他们不知道该怎么跟我交往，我也不知道该怎么跟他们交往了。

忽然有一天，我诵《金刚经》，念到"无法相，亦无非法相"时，我忽然豁然开朗了。原来这就是法执。

从那以后，朋友和家人慢慢发现我开始变得正常了。

2

最近居然迷上了坐火车。注意，不是动车，不是高铁，是火车。

从杭州去北京，我买了张卧铺票，14个小时。从杭州去西安，我买了张卧铺票，16 个小时。

有人或许会说，时间太长了。

没错，正因为时间长，所以我选择了坐火车。

我觉得平时的节奏太快了，每天忙那么多事情，也没见事情少一点。坐火车，可以让生活慢下来。生活慢下来，好像日子过得也没多坏，反而内心更安宁了。

在火车上，这十几个小时，没有人能打扰到我。我可以看书，可以睡觉，可以和陌生人聊天。实在无聊了，就看着窗外的风景发个呆。

时间用来赚钱才算不浪费吗？一秒一分一小时一天一月一年，这些时间组成了我们的生命。你不觉得把时间用来赚钱，才是浪费生命吗？然后我发现一个可怕的结论：

如果你想浪费生命，就抓紧时间赚钱；如果你想珍惜生命，就安住每一刻。

3

最近写了几篇介绍佛经的文章。有不少人说：都是名利双收的人才说追求名利没有意义，所以我还是要追求名利，等得到以后再放下。

后来我又写了一篇《一群直立行走的猪》，我觉得特好玩，这应该是我最近写的最满意的文章了，既好玩，又讽刺，还有寓意。当然，引来了一半赞扬一半骂。

有人说七哥你的修行还不行，有人说你根本不懂佛法，有人说你太能装了！有人说有本事你把钱都捐出去啊！有人说你要是放下了名利你别开文章打赏啊！

我在想，他们对我的要求太高了。人们就是这样，一旦某个人有了点名气，人们会不由自主地要求他在道德上成为圣人。

我只想说：去他的，我只是我！

4

以前某段时间，我总觉得自己是个人物。我对自己说：你看啊，你工作履历很厉害啊，在阿里做了那么多年；你文章写得不错啊，出了几本书；你还很洒脱啊，你不看重那些名利……

在大公司工作几年和在小公司工作几年，没有多大区别，都是在打工赚点钱而已；擅长写文章和擅长打扫街道其实是一样的，每个人都有自己擅长的地方；追求洒脱和追求名利本质上难道不是一样的吗？都是一种执着……

我后来才明白：**我一直很平凡，从来没有离开过。**

离开也好，回来也罢，没有什么后悔和庆幸的。因为，**人生所有经过的路，都是必经之路。**

第六章

让心宁静的智慧

一切有为法，

如梦幻泡影，

如露亦如电，

应作如是观。

《金刚经》——让心宁静的智慧（上）

1

自从我做自媒体以后，很多读者会问我各种问题，五花八门。虽然不想当人生导师，但我还是认真回答。这里列一些比较常见的问题：

"七哥，我觉得自己很浮躁，心静不下来。现在年轻人普遍如此，您说怎么办？"

"我一年前失恋了，但我忘不了她。我每天都跟自己说忘记她，但现在还是忘不了。我怎么才能忘记呢？"

"七哥，我有时候状态好，看什么都很顺眼；有时候状态不好，什么都能惹我生气。如何才能让我保持好的状态呢？！"

我相信类似的问题，大部分人在生活中都遇到过。我之前给出的答案类似这种：你多看看书啊，找个新女朋友啊等。但我发现这些回答不实用，不能解决根本问题。

终于有一天，我找到了问题的本质：是我们无法主宰自己的心。想让心静下来，心静不下来；想让心忘记，但忘记不了；想让心状态好，但保持不住。归纳总结一下，只有两个问题：

如何降服自己的心？

降服后，如何保持住这个状态？

但找到问题的本质，更让我沮丧了。因为这个问题太大了，我根本回答不了啊！别说年轻人有这些苦恼，我也有同样的苦恼：在这个浮躁的社会里，如何降服我这颗浮躁的玻璃心？

后来我听人说，佛陀是这个世界上最有智慧的人，有诗为证：

> 天上天下无如佛，十方世界亦无比。
>
> 世间所有我尽见，一切无有如佛者。

好吧，我疯狂地去看佛经，看看佛陀是怎么说的。功夫不负有心人，我终于在一部佛经里看见了一段话。

有一天，佛陀的十大弟子之一须菩提问佛陀：世尊，善男子善女人，发阿耨多罗三藐三菩提心，云何应住？云何降服其心？

意思就是：世尊啊，我们这些善男信女，发了菩提心，决定好好修行了，但内心还是很浮躁啊，怎么才能降服这颗心呢？怎么才能保持住这个状态呢？

看见了吧，不只是我们凡夫俗子会遇到这样的问题，修行人也一样会遇到这样的问题。

佛陀会怎么回答呢？佛陀肯定不会说：你多看看书、多看看佛经就好了。佛陀很重视这个问题，用了比喻、排比、举例、反问、偈诗等各种方式来回答，从过去到未来，从天上到地下，苦口婆心，引经据典。这一回答不得了，讲了五千多字，成了一部经书。

须菩提问：世尊啊，这部经叫什么名字好呢？

佛陀说：就叫《金刚般若波罗蜜经》吧，简称为《金刚经》。

嗯，今天我就是想给你介绍《金刚经》。

2

无论你信不信佛，我觉得你都应该看看《金刚经》。

第一，《金刚经》是佛教里最伟大的经典之一。佛教作为三大宗教之一，就算你不信仰佛教，你总要了解一下吧。那好，去读读佛教最伟大、最重要的经典。那首选就是读《金刚经》，它只有五千多字，是六百卷《大般若经》的精华。

第二，据说读《金刚经》可以直接开悟。六祖惠能当时就是听人读了《金刚经》，当下即悟，后来他的师父五祖给他传法的时候，也是讲《金刚经》。五祖说："但持《金刚经》，即自见性，直了成佛。"万一你慧根很好，说不定读几遍《金刚经》就成佛了。权当测试一下自己的慧根，就算不成佛，也没坏处。

第三，就算是增长国学知识，你也应该多读《金刚经》。你现在听到的一些很有禅意、很高大上的句子，都来自这部经典，例如：

一切有为法，如梦幻泡影，

如露亦如电，应作如是观。

你想想，某天你和妹子一起外出旅游，看着山山水水，来这么一句，妹子肯定对你崇拜得"不要不要"的。

第四，读《金刚经》是增长智慧的。为什么呢？因为所有佛陀菩萨以及他们修的法，都是从这部经典出来的："一切诸佛，及诸佛阿耨多罗三藐三菩提法，皆从此经出。"

第五，读《金刚经》时，哪怕你只读里面的四句话，你也可以不怕妖魔鬼怪了，敢走夜路了，天上地下的那些"非人类"，都会像供养佛一样供养你。为什么这么讲？经中说："随说是经，乃至四句偈等，当知此处，一切世间天人阿修罗，皆应供养，如佛塔庙。"

第六，如果你家境出身不好，自己身份低微，总是受人欺负，佛陀说那是因为你前世业障太多，你应该读《金刚经》，宿世的业障立马消除，还能发菩提心："若善男子善女人，受持读诵此经。若为人轻贱，是人先世罪业，应堕恶道，以今世人轻贱故。先世罪业即为消灭，当得阿耨多罗三藐三菩提。"

最后，多读《金刚经》，会福德无量。就是说会很有福气，时来运转、身体健康、家庭和睦、心想事成……夸张吧？！不是我说的，是佛陀说的，虽然原话不是这样，但大概是这个意思，文章后面会详细讲。

有人开始怀疑了：真的有这么多好处？佛陀也知道你心存疑虑，他说读《金刚经》的功德这么大，一定很多人不信，不过没关系，你只需要知道这部经典的内容很好，诵经的果报也很好，不可思议地好："于后末世，有受持读诵此经，所得功德，我若具说者，或有人闻，心则狂乱，狐疑不信。须菩提，当知是经义不可思议，果报亦不可思议。"

佛陀真是个妙人，苦口婆心地说，我是个说真话、说实话、不说大话、不说谎话的人啊，你们一定要相信我："须菩提，如来是真语者，实语者，如语者，不诳语者，不异语者。"

看了这么多，你是不是觉得应该读一读《金刚经》了？宁可信其有，不可信其无嘛！万一是真的呢？

有人说：不是不想读，是我读不懂啊！

那好，读不读的问题交给你，能不能读懂的问题交给我。我来告诉你《金刚经》讲了些什么。

3

《金刚经》大体讲了这么一个故事。

话说有一天，佛陀和他的弟子们聚会，到了吃饭的时候，佛陀带着弟子们去城里化缘。要饭完了回来吃饭，吃饭后刷了碗，顺便洗了个脚，准备打坐。这时，他有个弟子须菩提起来问了两个问题：如何降服我们那颗浮躁的心？降服后怎么保持好的状态呢？佛陀说：哈哈，好问题！来来来，我给你好好讲讲，你认真听啊！于是佛陀摆事实，讲道理，又是提问，又是举例，反反复复搞了一下午……

故事是这么个故事，你知道了大概框架，就不会觉得难读了。我来简单解释第一品：

如是我闻。一时，佛在舍卫国祇树给孤独园，与大比丘众千二百五十人俱。尔时世尊食时，着衣持钵，入舍卫大城乞食。于其城中，次第乞已，还至本处。饭食讫，收衣钵，洗足已，敷座而坐。

如是我闻。我是这么听佛陀说的。佛陀有个弟子叫阿难，记忆力超好，听了就不忘。他是佛陀的助理，每天听佛陀讲法。后来佛陀去世后，阿难就把听的法都背出来记录下来。为了让大家明白这不是阿难自己说的，佛经开头都会加上一句：如是我闻。

一时，佛在舍卫国祇树给孤独园。时间、地点、人物，都交代清楚了。舍卫国祇树给孤独园是个地名，佛陀讲法的地方。

与大比丘众千二百五十人俱。和佛陀一起的弟子有 1250 人。比丘是指受了比丘戒的出家人；大比丘，这里应该指修行很好的出家人。

尔时世尊食时。世尊就是佛陀，另外一个称呼而已，还有个称呼叫如来。这句话是说到了吃饭的时候了。

着衣持钵，入舍卫大城乞食。佛陀穿好僧衣，拿着钵盂，到城里去化缘。出去化缘，还是要穿得正式一点，别让人真的当成乞丐了。

于其城中，次第乞已，还至本处。由于人很多——你想一千多号人去要饭，这个规模不得了，他们排队到城里，一家一家地要饭，然后回到开始的地方。

饭食讫，收衣钵，洗足已，敷座而坐。佛陀吃完饭，把僧衣收好，把钵盂洗干净，把脚也洗干净，开始打坐了。当时的僧人都是赤脚走路的，印度天气很热，不穿鞋也不冷。

这是第一品，叫法会因由分。就是说这个法会的来由是怎么回事。并不难懂吧？不过，读佛经也不是这么读的，搞懂字面意思也没什么用。

4

如果把古文翻译成白话文，佛经的字面意思，所有人都能明白。但明白又怎么样？只是多掌握了一点知识而已，不会增长智慧，跟我们学了一篇《木兰诗》没有什么区别："唧唧复唧唧，木兰当户织。不闻机杼声，唯闻女叹息……"

那应该怎么读佛经？我说一下我的理解。

读佛经应该分成两种：一种是诵经；一种是看经。

诵经，就是只要认识字就好，不要管什么意思，每天按照字面去读。寺庙里面每天早晚都有课诵，就是诵经。一部经可以诵很多遍，诵经有诵经的功德。之前说的很多功德福德，都只需要诵经。

很多人说看不懂佛经，所以从来不读佛经。其实，没关系，不理解意思，每天诵经就好了。就像我从 2008 年开始诵《心经》，到现在也不能完全理解《心经》的意思。但这并不妨碍我每天背诵。

我在行走期间，开始两个月几乎每天早晚都诵《金刚经》，后来背下来了。背下来不是目的，背下来也只是为了方便自己，方便每天诵经而已。

读经的另外一种方式是看经，看经也叫阅经。有的僧人称"阅藏"，就是把大藏经都阅读一遍。看经可以看得很慢，一句一句地明白其背后的意思，可以看一些高僧大德的解释。**看经不只是要理解字面意思，还要明白背后的含义，即佛陀到底要传达什么。**很多人看不懂佛经，愿意听高僧大德讲经，因为别人能把字面背后的意思讲出来。

但相比之下，诵经比看经重要。因为诵经诵多了，你或多或少就会明白经典的意思，不是有句话说"书读百遍，其义自见"吗，经书也是如此。

只是现在社会上的人，大多比较浮躁，都没有耐心诵经……如何治？看，又是如何降服其心吧！诵《金刚经》就可以降服其心。但是太浮躁没有耐心诵经，怎么办……貌似进入一个死循环了。

当然，看经也很重要。看经看懂了，能让我们更容易明白经典中的一些智慧，之后再诵经，效果会更好。

　　明白经典中的智慧，用它来指导我们的生活，这就是修行，也是我们学习经典的目的。

　　《金刚经》中有哪些智慧？不着急，下篇接着讲！

《金刚经》——让心宁静的智慧（下）

六祖说：佛法在世间，不离世间觉。佛法本来就是帮众生解脱世间烦恼的。

马云在俄罗斯的经济论坛上说：

> 创立阿里巴巴是我人生最大的错误，我本来只是想成立一家小公司，然而它却变成了这么大的企业。每天忙得像总统一样。如果有来生，希望去世界上任意一个国家，在那里平静度日。不谈商业，不想工作。

我是这么理解这段话的：每个人年轻的时候都喜欢追求名和利，但经历以后，会发现名和利好像没有什么意义。马云也不例外，阿里巴巴越搞越大之后又觉得这是最大的错误。

马云现在被公司、被社会责任束缚住了，很难放下。几年前就说要退休，到现在也没退下来。他被人羡慕的，也是他最苦恼的。

生活的本质是大道至简。繁华的背后是宁静。马云在用他的经历告诉我们，应该如何对待生活。

马云年轻的时候一定没有读懂《金刚经》，如果读懂了，他最大的错误一定不是做阿里巴巴。《金刚经》中有一段话：凡所有相，皆是虚妄。若见诸相非相，即见如来。

这几句话是《金刚经》的核心，文字也很美，是什么意思？我不知道。经典只要一翻译，就变味了。我把这几句话用在此时此刻，只是想说：我们生活中追求的所有东西，都是虚幻的。当我们明白这个道理时，生活就回归宁静了。

一切的追求，都来自我们的欲望，当目标实现的一刹那，新的欲望马上出现。为了这些虚幻的目标，我们一步一步走向深渊。

贪名之人，为名所累；贪权之人，为权所困；贪色之人，因色伤身；贪财之人，因财丧命。

名、权、财、色，等你经历过了以后，才会发现它们根本不是你想要的那些东西，因为它们都是虚幻的。

这个道理很好懂，就像鸡汤很好喝一样。但只喝鸡汤，不锻炼身体，最终身体还是不健康。要想身体健康，还要身体力行。学佛也是一样，只是懂点佛理知识没用，还是要在生活中身体力行。

唉！一说到"身体力行"，大部分人都会一声叹息！说起来容易，做起来难啊！

教你一个简单的身体力行的方法：每周对自己提问，反思自己做事的出发点。记住，不是反思自己的过错，而是出发点。

就拿我做自媒体来说，我每过些天就会提醒自己：是在追求名吗？是在追求利吗？如果回答是肯定的，那么我就会采取一些措施，让自己放下这个欲望。这种自我调节的过程，也是降服心的过程，就是修行。

还是接着介绍《金刚经》中的智慧，看看《金刚经》第一品：

如是我闻。一时，佛在舍卫国祇树给孤独园，与大比丘众千二百五十人俱。尔时世尊食时，着衣持钵，入舍卫大城乞食。于其城中，次第乞已，还至本处。饭食讫，收衣钵，洗足已，敷座而坐。

大概意思是：一天，佛陀给弟子们讲法，到了要吃饭的时候，佛陀自己穿好衣服去城里要饭，然后回来慢慢吃，吃完了刷碗，顺便洗了脚，然后打坐。

佛陀讲法的时候，已经成佛了，弟子那时数以万计，搞个小聚会都是上千人。佛陀是他们的老大。

但这个老大没有一点老大的样子。现在社会上的老大，哪个不是前呼后拥的？别说老大了，就是许多公司的小经理，也是让下属端茶倒水，被伺候得舒舒服服的。但佛陀有这么多弟子，居然还自己跑到城里去要饭！为什么不让弟子们要好饭给他端过来呢？为什么不让别人帮他刷碗，让别人帮他洗脚顺便做个按摩呢？

佛陀要真这么做，就不是佛陀了！

看了这段经文，我理解啊，我猜啊，当然我只能是猜，有可能是这样的：

首先，佛陀在教导弟子：**安住当下，从穿衣吃饭开始。**

还记得上面讲的马云的错误吧，马云向往平静的生活。什么是平静的生活？就是能安住当下，从穿衣吃饭开始。

其次，佛陀在教导弟子：**众生平等，佛亦如此。**佛是过来人，人是未来佛。

真正的大师都是谦逊的，发自内心地谦逊。如果某天你遇到一个自吹自擂、傲慢自大的大师，你可以直接无视他了。因为这人一定不是真正的大师，而且他还很无知，因为所有的傲慢都来自无知。

再次，佛陀在教导弟子：**自己的事情自己做**。这么说好像太肤浅了，应该说：每个人的修行之路只能自己走，别人不可替代。

又次，佛陀去城里要饭，看上去好像有点没面子。但你有没有想过，我们每天去上班，难道不是去要饭？你再仔细想想：**工作、做生意真的和要饭一样**。

每个人都是在要饭，只是人们忘了这件事情，忘了自己吃不了多少，要了很多很多还去要饭。每天还在想为什么我要的比别人的少呢？还给自己定了目标：我要成为世界上要饭最多的人！你说傻不傻？

最后，佛陀告诉弟子：要完饭了，要"还至本处"。不忘初心，别忘了自己要饭只是为了吃饱而已。别一辈子执着于要饭本身！

这一段，佛陀一句话都没有说，但传递了好多信息啊！这就是看经的时候，我们需要看见的东西。

老子说：圣人处无为之事，行不言之教。

《金刚经》第一品，就很好地诠释了这个观点。佛陀就是在处无为之事，行不言之教。

再给大家讲一个真实的故事。

行走结束后，我去拜访一个出家的师父。他四十多岁，在一次火灾中残疾了：脚烧坏了，只剩下一条腿。我们两个人住在他的精舍里，他问我会不会做饭。我说不会，我在家很少做饭。确实如此，我家里有老人帮助带小孩，有保姆做饭搞卫生，还请了司机接送小孩上学。我每天在家也没什么家务事要做，也不愿意做这些家务，我觉得我的时间可以用来干更有价值的事情。

听了我的回答，师父笑了笑说："我来给你做饭啊。"他怕我不好意思又补了一句，"吃完后你刷碗就好，我不爱刷碗。"

于是他自己转着轮椅，到厨房给我煮面条。我当时就愣在那里了……从那以后，只要有时间，什么家务我都愿意干了。

这也是不言之教吧。

我们的生活是矛盾的，一面向往宁静，一面追求波澜壮阔。是矛盾的吗？或许有一种宁静，是波澜壮阔背后的宁静。试着去理解《金刚经》中的这句话吧：*若见诸相非相，即见如来。*或者是这一句：*离一切诸相，即名诸佛。*

我相信佛陀并不是倡导我们追求平淡，追求碌碌无为；也不是鼓励我们追求成功，追求名利事业。

到底佛陀倡导的是什么？你带着问题再从头读这篇文章，或许会有答案。有了答案，你的心就能静下来。

《六祖坛经》的智慧（1）

我周围有很多朋友喜欢佛学，喜欢禅，但从不读佛经。我问为什么？回答是：看不懂啊！

佛经真的那么难懂吗？我以前也这么认为，后来彻底改变了看法。不是因为我现在水平高能看懂佛经，而是因为发现有好多佛经其实很好懂，只是我之前不知道而已。例如，由外国人写的经书难懂，由中国人写的经书就容易懂；讲道理的佛经难懂，讲故事的佛经容易懂。

玄奘被称为唐三藏法师。三藏指的是经、论、律。"律"主要指戒律；"论"主要指一些菩萨、大德写的论著；"经"指佛说的或者佛印证过的。佛教是从印度传入中国，释迦牟尼佛是印度人，所以绝大部分佛经都是外国人写了再翻译过来的。但有一部经，也只有一部佛经是由中国人写的，那就是《六祖坛经》。这就是我今天要跟你介绍的内容。

1 惠能的故事

咱们先听一个故事：

从前，有个小孩，老爸本来在京城做官，后来被降职到广东一带，不久就死了，留下小孩跟母亲相依为命。母亲还有病，小孩每天上山砍柴，挑到集市上卖些钱，买回些粮食，和母亲一起艰难度日。

一日三、三日九，小孩慢慢长到十多岁，成了小伙子。一日，有个客人买了小伙子的柴，让他送到客店去。小伙子送过去后，在门外听见有人在诵经。小伙子一听经文，心即开悟。

"客官客官，您诵的是什么经啊？"

"《金刚经》。"

"您的《金刚经》是从哪里请的呢？"

"湖北蕲州黄梅东禅寺请的，其方丈是五祖弘忍大师，他门下有一千多人呢。我上次去听法，弘忍大师说经常诵《金刚经》能当下开悟，立马成佛呢！"

"哎呀，真好，我也想去。"

"那你去啊。"

"只是我家有老母需要照顾。"

"咱们一定有缘。我给你十两银子，你安顿好老母亲，然后去求法吧。"

小伙子感激不尽，接下银子，安顿好母亲，就奔湖北黄梅而去。

走了一个来月，小伙子终于到了东禅寺，拜见老和尚弘忍大师。

"弟子拜见师父！"

"你是何方之人，欲求何物？"

"我是岭南新州的百姓，走这么远过来，不想求别的，是想成佛！"

"你来自南方蛮夷之地，獦獠之人，居然也想做佛啊！"

"人虽分南北，但佛性本无南北啊！我獦獠之身与和尚之身不同，但佛性有何差别呢？"

老和尚一听，心想：这个小子不得了，根性很好，值得好好培养！

于是老和尚把小伙子安排到后院打杂去了，具体工作是破柴踏碓，也就是劈柴舂米的工作。这一干就是八个月！

......

故事先讲到这里。小时候我奶奶也经常给我讲类似的故事：有个小孩，他爸爸早死了，和老妈相依为命，砍柴为生。一天，遇到一个白胡子老爷爷……

很相似吧。这个故事从开头看，很符合中国民间故事的风格。这个故事就是《六祖坛经》第一品的部分内容，里面的小伙子叫惠能，也就是后来的禅宗六祖！

有人说：故事是很有意思，但这是你翻译过的，古文我看不懂啊。错了，只要你念过初中，我相信你能看懂下面的文字。部分原文是这样的：

惠能严父，本贯范阳，左降流于岭南，作新州百姓。此身不幸，父又早亡，老母孤遗，移来南海。艰辛贫乏，于市卖柴。

时，有一客买柴，使令送至客店，客收去，惠能得钱。却出门外，见一客诵经。惠能一闻经语，心即开悟，遂问："客诵何经？"客曰："《金刚经》。"复问："从何所来，持此经典？"客云："我从蕲州黄梅县东禅寺来。其寺是五祖忍大师在彼主化，门人一千有余。我到彼中礼拜，听受此经。大师常劝僧俗：'但持《金刚经》，即自见性，直了成佛。'"

惠能闻说，宿昔有缘，乃蒙一客，取银十两与惠能，令充老母衣粮，教便往黄梅参礼五祖。惠能安置母毕，即便辞违，不经三十余日，便至黄梅，礼拜五祖。

我哥只有初中文化，我送了他一本《六祖坛经》，他看得不亦乐乎，说很好懂。

当然，我说的好懂，是指经文语言很接近现在的白话文，容易看懂，而且故事性强，原汁原味，没有翻译过，没有其他经典中提到的类似"须弥山""三藐三菩提"等名词。经文容易看懂，并不意味着经义简单。《六祖坛经》称为经，包含的智慧可不简单。这正是这部经典的珍贵之处：**既能让初学者容易入门，又可为修行人指点迷津。**

2 修行人

有个法师说：中国佛教史就像大片一样，情节大起大落，很有意思！为什么这么讲？

最初佛教传入中国，主要通过佛经。当时的修行人非常重视文字，对佛经求知若渴，翻译了一遍又一遍，就是为了求其真义。唐朝玄奘法师去西天取经也是为此。当时佛经很少，翻译得更是参差不齐。玄奘取经回来以后，开展了大量的翻译工作，把我们熟知的《心经》《金刚经》又重新翻译了一遍。为什么重新翻译？当然是前人翻译得不好。我所知道的《金刚经》的翻译就有六七个版本。由此可见，当时对文字"般若"有多么重视！

这种对文字的重视，已经走入了一个极端，过犹不及。真正的道，是不会走极端的。就在这个时候，出现了一个修行人：惠能。关键是惠能不识字，但人家照样成佛做祖了！

惠能之前的那些修行人，一个个都满腹经纶、能说会道、仪表堂堂！惠能呢？南方人，普通话一定说不好，更关键的是，他还不识字！这样的人都开悟成佛了！可以想象当时带给那些修行人的冲击力有多大！

惠能时期已经到了武则天时代，玄奘刚圆寂不久，正是我国佛法最兴盛的时候。由于惠能的顿悟法门，讲见性成佛，不立文字。惠能传了众多弟子，影响了很多修行人，禅宗大盛。当时形成了一种修行人不重视文字的风气，有"德山棒、临济喝"之说，天天打机锋。有些人乱来，其他人也搞不清楚他是真修行还是故意乱搞。

当时某个和尚把佛像劈了当柴烧，有人指责他不恭敬佛祖，他说："人人皆是佛，我是真佛，木头是假佛，烧假佛供真佛，有何不可？"说得多有道理，对方也只好无语。

看见了吧，这种状况又从一个极端走到了另外一个极端，从重视文字走到了不立文字。

此时又出现了一个了不起的人：圆悟克勤禅师。克勤禅师是当时禅宗丛林的泰斗，其影响力比近代的虚云老和尚有过之而无不及。克勤禅师花了二十年时间，写了一本《碧岩录》，对上百个禅宗公案进行点评解释，被称为禅宗第一书！这下修行圈又炸锅了："禅宗啊，六祖讲不立文字，怎么能有专门的书来讲禅！"无论大家是否理解，由于克勤禅师在当时的影响力，这本书很快流传开了。

这种情形愈演愈烈，那些修禅的人几乎人手一本《碧岩录》了。赞成的人买了这本书研究学习，不赞成的人买了书为了批评。修行人又开始执着于文字。这时出现了另外一个人：大慧宗杲禅师。他是圆悟克勤禅师的得意弟子，其祖庭就在杭州径山禅寺。宗杲禅师是个了不起的人物，后来也成了一代宗师。宗杲禅师发现弟子们过于执着于文字，于是一把火把《碧岩录》烧了。敢把自己恩师呕心沥血的著作一把火烧了，这定不是个平常人。不看文字了，怎么修啊？宗杲禅师创立了新的禅修方法：参话头。别说话，就参话头：念佛是谁？一直参下去！当时还有曹洞宗的默照禅，也是不说话，一直观念头……

看一看佛教的历史，还是蛮好玩的，至少比我之前想象中的好玩。这个情节，让我想起一句话：天下大势，分久必合，合久必分。

3 本来无一物

话说五祖弘忍大师安排惠能去后院打杂，之后也没有特别地传授，连剃度都没有，所以惠能当时不算是真和尚，平时也不跟其他和尚一起上早课晚课。

有一天，老和尚觉得自己年岁已高，就把门人都叫过来说：

"来来来，我要传衣钵了。你们每个人写一首偈诗，谁写得明心见性了，我就把衣钵传给他，我是五祖他就是六祖啦！"

这些和尚议论纷纷："老和尚的大弟子神秀修行那么好，我们平时都是跟他学的，衣钵肯定传给他嘛，我们还写什么啊，再写能好过神秀大师？"于是大家也就没当回事。

神秀当时已经五十多岁了，比五祖弘忍大师也只小了几岁，比惠能要大三十二岁。别人可以不写偈诗，神秀得写啊！神秀写了一首偈诗，又不敢直接呈给五祖，因为写好了怕别人说他谋求祖位，写差了又觉得没面子。于是他半夜把偈诗抄在墙壁上：

> 身是菩提树，心是明镜台。
>
> 时时勤拂拭，勿使惹尘埃。

五祖老和尚早就知道神秀的这点心思，看见这首偈诗知道神秀修行还没完全到位，但老和尚也不想驳他的面子，于是跟大家说：

"这个偈诗写得好，你们好好念，依照这个修行有大利益。"

过了两天惠能出来放风，看见有人在诵这首偈诗，一听就知道写得水平还不到位，问明了是怎么回事后说："要不你帮我也写一首偈诗吧。"

"哈哈，你这个獦獠之人，又不识字，也要写偈诗，真是稀有啊！"

"欲学无上菩提，不得轻于初学。下下人有上上智，上上人有没意智。若轻人，即有无量无边罪。"

"好了好了，我帮你写。你要是得到衣钵，记得先度我啊。"

惠能说偈曰：

> 菩提本无树，明镜亦非台。
>
> 本来无一物，何处惹尘埃。

众人一看：真不能以貌取人啊，这个家伙什么时候成了肉身菩萨啊？

这时候老和尚过来，担心别人嫉妒惠能，脱下鞋子就把这首偈诗擦了，装作一脸不屑地说："吵什么吵，写的什么玩意儿啊！告诉你：没！见！性！你们接着念神秀写的偈诗！"

第二天，老和尚到后院找到惠能，问："米熟了没有？"

"米熟了好久了，只差一个筛子了。"

都是聪明人啊，就像打暗号一样！五祖问惠能准备好了没有，惠能说准备好了，就差一个老师。老和尚用拐杖在碓子上敲了三下，转身背手而去！惠能马上就明白了：有戏！祖师爷是让我三更时分到他那里去呢！

大家还记得《西游记》中，孙猴子拜菩提老祖学艺的场景吧？那就是从这里借鉴过去的。

接下来的故事就更好玩了。五祖半夜给惠能传法，然后连夜把惠能送走了。惠能南下，很多和尚为了衣钵去追杀惠能，惠能找了个地方躲了十五年，才出来弘法。很快惠能名声大振，有不少修行人觉得自己修行很高，就过来踢场子，但一个个都被惠能三下五除二撂倒了，众人对他非常信服！

4 坛经智慧

整个《六祖坛经》大概讲的就是这么个故事，不到两万字，分成了十品，就像一本小说的十章一样。一方面是讲故事，另一方面把佛法道理融入其中。

这里简单把十品的内容做个介绍，方便你对这部佛经有整体的印象。

行由品第一。主要介绍了惠能求法的背景和过程。本文前面讲的故事就是从这一品来的；"不是风动，不是幡动，仁者心动"的故事，也来自这里。

般若品第二。主要介绍"摩诃般若波罗蜜多"的意思。进一步说明：凡夫即佛，烦恼即菩提，前念著境即烦恼，后念离境即菩提。

疑问品第三。回答了居士的问题：什么是功德？为什么梁武帝建寺庙没有功德？指出见性是功，平等是德！还带那些居士去了一趟西方极乐世界，最后指出居士在家应该如何修行。

定慧品第四。主要介绍定慧一体，定是慧体，慧是定用。指出本宗法门：无念为宗，无相为体，无住为本，并对这三句话进行了详细的介绍。

坐禅品第五。告诉大家什么是坐禅，如何坐禅，并指出坐禅的一些误区，通俗易懂，文字优美。何为禅定？外离相即禅，内不乱即定。

忏悔品第六。开示应该如何做无相忏悔：忏其前愆、悔其后过，如何做自心皈依三宝、发四宏愿，解释了什么是法身佛、报身佛、化身佛。

机缘品第七。这一品很好玩，各方的修行者过来拜访惠能，包括法海、法达、智通、智常、志道、怀让、永觉等，通过跟他们的对话，解释疑问，三言两语，直指人心。对南岳怀让禅师的授记也在这一品："汝足下出一马驹，踏杀天下人！"（后来怀让禅师出了一个弟子"马祖道一"，成了一代宗师，天下修行人都过来请教。）

顿渐品第八。这一品讲神秀的弟子过来盗法，被惠能发现了，于是展开了"南能北秀"的隔空斗法。都是禅宗，两种不同的修行方法，对比之下，高下立现。讲戒定慧：心地无非自性戒，心地无痴自性慧，心地不乱自性定。

护法品第九。记叙了两任皇帝邀请惠能到京城讲法，都被惠能以有病为由推托。惠能回答了使者带过来的一些问题，类似于记者采访。指出实性者：处凡愚而不减，在圣贤而不增；住烦恼而不乱，居禅定而不寂。

付嘱品第十。临终前惠能的开示，苦口婆心，讲了三十六对法，告诉弟子如何对答辩经。交代了后事，提出死后会发生一些事情，之后都一一灵验，很神奇。

经文中有很多智慧，不只是对于出家修行人有帮助，对在家人一样有帮助，这些我接着讲。

《六祖坛经》的智慧（2）

前文介绍了《六祖坛经》是一部很有意思的佛经，因为是中国人用古代白话文写成的，深入浅出，通俗易懂。《六祖坛经》中不只有佛法知识，还包含很多生活智慧。

今天我要分享的是，我从《六祖坛经》中学到的一些智慧，可以指导生活的智慧。"或许看完这篇文章，会改变有些人的一生。"这样说，可能说得有点大，但看完你就知道我为什么这么讲了。

1 为什么人和人之间差别那么大

自从托钵乞食两千公里行走回来，我见了很多朋友，每次都会谈到我行走期间的感受和自己的变化，但不同的人反应很不一样。

当我讲完我的经历和对佛法的理解时，有的人很快就眼睛发亮，开始问一些问题，还想了解更多，我也会给他一些建议；另外一些人听完后会很客气地表示赞叹，同时说："七哥你境界太高，我还是个俗人，每天只能想些俗事。"

对于前者，相当于我的经历和他自己的结合起来，有了"化学反应"；对于后者，他只是听了个故事，而且还是个不太有吸引力的故事。

有人收获小，有人收获大。为什么人和人之间差别那么大？

不要着急给出答案，接着看！

我偶尔会看自己之前写的文章，看自己之前出的书。虽然有些文章写得一般，但有几篇我觉得写得真好，过了一两年，现在看还是觉得不错。现在让我写，也不一定能写出来，例如《情绪触发点》《情绪是一条河》。

现在偶尔还有人给我留言，说看了我写的关于情绪的文章，自己去实践，收获很大。以前经常跟老公吵架，跟小孩发脾气，现在很少出现这样的情况。但也有一些人留言对这些文章不屑一顾，甚至说我用一些假大空的东西来滥竽充数。

有人收获小，有人收获大。为什么人和人之间差别那么大？

不要着急给出答案，接着看！

我在 2014 年组织过两期关于微信、移动互联网方面的培训，每次有一百来人参加，每人收费 8800 元，现在看这价格还是不便宜的。过去两年了，有几个学生偶尔还主动跟我联系，说真的很感谢我。有个学生说自己当时收获很大，企业因此转型了，从一个半死不活的淘宝店，到现在通过微信、移动互联网做渠道，一年销售额上亿，自己也很充实。但也有人在群里说，鬼脚七的培训纯粹是大忽悠，和某教授的课相比，鬼脚七的是小学，某教授的是大学。

有人收获小，有人收获大。为什么人和人之间差别那么大？

不要着急给出答案，接着看！

生活中，我主动帮助过一些人，有的人无论结果如何，都会很感激我；有的人得到帮助后，就算效果很好，也不觉我是在帮他，甚至会觉得我多管闲事。

为什么人和人之间差别那么大？

此时，你可以试着回答了。

2 因缘

为什么人和人之间差别那么大？

有人说：每个人经历不同，背景不同，理解不同，收获肯定不一样。

如果只是这样，这篇文章也不用写了。

之前，每当有人要感谢我，说我的文章或课程对他有帮助时，我会说：我给很多人都讲，你的效果好，也有人效果不好，关键在你自己而不在我。当有人说我的文章或者课程很烂的时候，一般我不会太认真看，也很少回复。不是我不重视，是我知道自己定力不够，看见过多批评，难免会起嗔恨心。

都是我的学生和读者，为什么会有这么大的差异呢？

这个答案和"因缘"二字相关。

如果对方的心朝我敞开，我讲的内容他就能接收到。接收的不只是我的语言和文字，还有语言文字背后的思想和智慧。他接收到了，不一定完全认同照搬，但会慢慢理解、转化，生长出自己的东西。

如果对方的心对我是关闭的，我讲的内容，他只能听到声音、看到文字，其他信息都会被他反弹回来，这时候他的反应可能是拒绝，甚至是鄙视。

为什么有的人对我关闭，有的人对我敞开呢？

如果他内心不是真正渴望学习和了解，如果他对鬼脚七有过多的防备和怀疑心理，他的心对我自然是关闭的。无论他表现得多么热情，无论他多么想听我讲，但他的目的可能只是想找到某个话题或者某个漏洞来反驳我。就像夫妻、朋友吵架一样，双方时刻都在找理由反驳对方，证明对方的不是。这时就算把佛陀讲的道理都讲一遍，也没有任何用处！

反之，若他内心是渴望成长的，是信任的，他的心自然是敞开的。

内心存在的东西，就是"因"；外界给予的东西，就是"缘"。

种子有了土壤、阳光、水分就会发芽。种子是"因"，阳光、土壤、水分是"缘"。有的人内心渴望学习并信任鬼脚七，这就是"因"；看了鬼脚七的文章和上了鬼脚七的课，这就是"缘"。

3　五祖讲"因缘"

聊了这么多，我们该聊聊《六祖坛经》了，五祖弘忍给惠能传法的时候说：

> 三更受法，人尽不知，便传顿教及衣钵。云："汝为第六代祖，善自护念，广度有情，流布将来，无令断绝！听吾偈曰：
> 有情来下种，因地果还生。
> 无情亦无种，无性亦无生。"

> ——《六祖坛经》行由品第一

大概意思是：

五祖半夜三更的时候，神不知鬼不觉地给惠能传法了，并把象征祖师之位的衣钵传给了惠能，说道：从今往后，你就是东土禅宗第六代祖师了！厉害吧！要知道肩上责任重大啊，别骄傲自满，要时刻呵护度化众生的念头，要时刻念及众生、普度众生，以后将禅宗发扬光大，别断了俺们的传承。最后给你说首偈诗吧：

应当为有情众生播下善的种子，在因缘具足的良田里，必定会生成佛果的。反之，那些不具备情识的木材、石头等，不具备佛性，就不必花工夫了，他们不可能生出佛果的。

最后一首偈诗的翻译，有很多种理解，没关系，这不是关键。关键在于五祖提醒惠能：你想要度众生，还要注重因缘，他们有内因（菩提因），你就能成为外缘（增上缘），这样就可以结出佛果；如果没有内因，你就别忙活了。

后来五祖再次跟惠能说："你这次去，要努力向南，不要马上出来讲法，因为因缘不到，佛法难起。"惠能很听话，在广东隐居了十五年后才出山讲法。

如果没有"因"，缘分再多也会错过。如果没有"缘"，有因也是枉然。有很多人悟性很好，也很聪明，很上进，很善良；但因为他出生在边远地区，没有受到教育，没有听闻佛法，也就是"缘"不够。

同样的道理，什么时候教育小孩比较好？当小孩内心有这个"因"的时候，你讲的话才起作用。也就是小孩子对这个感兴趣的时候，你再教育，效果会很好；否则，他容易起逆反心理。你想帮助别人，也需要当时对方具有这个"因"；否则，可能会"狗咬吕洞宾，不识好人心"。

"因缘"具足，就是指内部、外部条件都具备。有了"因"，去结"缘"就变得很重要了；接上缘，就变成了有缘之人。我写文章也是如此。无缘之人，无论我的文章写得多好，听见了等于没听见，看见了等于没看见；而有缘之人，我的存在就会惊醒他的所有感觉。

我以前看见某寺庙大殿上写了一副对联：

天雨虽宽不润无根之草，

佛法虽广不度无缘之人。

如果草没有根，下再多的雨，也无法滋润它。如果一个人没有内因，佛法再强大也跟他无缘，无法度化他啊。

现在我总算有点理解，什么叫"佛度有缘人"了。

4、因上努力，果上随缘

现在回到咱们的生活中，同样是参加几天的培训，同样是半夜看"鸡汤"段子，同样是读鬼脚七的文章，为什么你总是收获那么小？回顾过去，为什么也没见自己有多少成长？

我相信你现在有答案了：所有的培训、"鸡汤"、文章，都只是外缘，不是内因；自己的内因是否具备，这非常关键。现在社会有了很多高科技工具，有了移动互联网，有了微信、视频、直播间等，外缘很容易就具备了，但内因要具备就不那么容易了。

我们如何才能让自己具备内因？

如果你是真心想知道答案，我试着回答一下这个问题。

在回答之前，我希望你能先安静一下，闭上眼睛30秒钟，保持平静的呼吸，每呼吸一次数一次，数15次就可以睁开眼睛了。

现在开始！

……

好了。

你真的做了吗？

如果你真的做了，我想你已经得到答案了。你从头开始再看一遍文章，保证你这次收获就不一样了。

如果你没有做，你可能觉得这样很傻，你可能会认为我在耍你。无论你怎么想，结果还是一样：你每次收获还是那么少，这次也不例外。

简单总结一下：如果你真的希望成长，你能做的就是努力准备好自己的内因，等待外缘的出现。一旦因缘具足，自然会有结果出现。如果有人能在生活中坚持这么做，一定会有很多改变！

当然，以上所有都只是我的理解，而且无论用文字怎么表达，都无法表达完整的意思。但这并不重要，重要的是有的人已经接收到了这些文字背后的信息。最后看看这八个字：

因上努力，果上随缘。

我相信你的理解已经很不一样了。

《六祖坛经》的智慧（3）

很多人存有这样的疑问：自己想修行，但不知道该从哪里入手，不知道每天该如何用功。

如果让自己每天诵经、守戒、打坐，又觉得有点无聊，不知道何时是个尽头！更何况每天杂事那么多，一方面没有时间；另一方面如果真这么做，又会显得跟周围的人格格不入。

在家人应该如何修行？如何在生活中修行？

现代人有这样的疑问，古代人也一样有。今天的文章就是来解答这个问题的。当然不是我来解答，是六祖惠能解答的。

1　偈诗

在《六祖坛经》般若品第二中，六祖回答了一些问题，最后说：

善知识，吾有一"无相颂"，各须诵取，在家出家，但依此修。**若不自修，唯记吾言，亦无有益。**

听吾颂曰：

说通及心通，如日处虚空。

唯传见性法，出世破邪宗。

法即无顿渐，迷悟有迟疾。

只此见性门，愚人不可悉。

说即虽万般，合理还归一。

烦恼暗宅中，常须生慧日。

邪来烦恼至，正来烦恼除。

邪正俱不用，清净至无余。

菩提本自性，起心即是妄。

净心在妄中，但正无三障。

世人若修道，一切尽不妨。

常自见己过，与道即相当。

色类自有道，各不相妨恼。

离道别觅道，终身不见道。

波波度一生，到头还自懊。

欲得见真道，行正即是道。

自若无道心，暗行不见道。

若真修道人，不见世间过。

若见他人非，自非却是左。

他非我不非，我非自有过。

但自却非心，打除烦恼破。

憎爱不关心，长伸两脚卧。

欲拟化他人，自须有方便。

勿令彼有疑，即是自性现。

佛法在世间，不离世间觉。

离世觅菩提，恰如求兔角。

正见名出世，邪见名世间。

> 邪正尽打却，菩提性宛然。
>
> 此颂是顿教，亦名大法船。
>
> 迷闻经累劫，悟则刹那间。

这首偈诗我在行走期间就背下来了，后来遇到一些法师，发现大家对这首偈诗都很重视。其中"善知识"是指修行好的人，这里就是六祖惠能对信众的尊称，他每次开示讲法时都称大家是善知识。这也说明在六祖惠能眼里，众生都是善知识，众生是佛。

下面我开始介绍自己在这一段开示中的收获，仅供参考。

2　口说心行

六祖惠能一开始说：若不自修，唯记吾言，亦无有益。

意思是说，你若只是把我的无相诵背下来，不在生活中实际修行，毫无用处。

惠能在《六祖坛经》中多次强调，不要只是嘴上说：

> 口莫终日说空，心中不修此行。恰似凡人自称国王，终不可得。
>
> 世人终日口念般若，不识自性般若，犹如说食不饱。

每次看到这里，我都觉得很汗颜。因为我觉得自己就是六祖说的那种终日口说心不行之人。

悲哀的是，类似我的人很多。你可以看看你周围的人，是不是经常听到这样的观点：

"你修行不能太执着，行住坐卧都是禅。"

"大隐隐于市，在闹市里修行才是真修行。"

"本来无一物，何处惹尘埃啊。"

"酒肉穿肠过，佛祖心中留。"

"事情本来就没有对错嘛，只要问心无愧就好。"

对于修行，每个人都有一套很洒脱的观点，甚至引经据典，直指人心。

但这真的是修行吗？你会发现他们在生活中一旦遇到一点问题，就开始烦恼、痛苦、吵架。**顺风顺水的时候，每个人都是修行大师；遇到挫折和困难，瞬间就都变回了普通人，我们像智者一样劝诫别人，像傻子一样折磨自己。**

所以六祖惠能说，如果不实际修行，记住这些偈诗，跟记住几句广告词一样，没有任何用处。

不只是没有用处，还有坏处。因为你觉得自己懂了，当真有善知识给你讲这个道理的时候，你说这个我懂啊，我早就懂了。就像现在看这篇文章时，也一定有人会想：真啰唆，这个道理我早就明白了！

最后的结果是，你每天都学了很多大道理，但必定还是过不好这一生！

好了，接下来我们探讨如何过好这一生。

3　发现自己的过错

六祖惠能说：常自见己过，与道即相当。

意思是：能不断地看见自己的过错，离真道就不远了。

这个简单吧！只要看见自己的过错，改正自己的过错，就是在修行了！古代有"舜帝闻善则拜，子路闻过则喜"之说，之所以"拜"，之所以"喜"，是因为以后不会再犯这个过错了，当然要喜了！

生活中经常听人讲，多做善事会积累功德，例如布施、建庙啊什么的。问题在于我们总是惦记自己积累了多少功德，而没有在意自己造了多少"恶业"。"恶业"就像窟窿一样，你积累再多的功德，如果窟窿太多，都会漏得一干二净。

经常发现自己的过错，并改正这些过错，本身就是在完善自己，就是在修行。

举几个简单的例子吧：

自己跟父母说话的时候语气不尊敬，意识到了，就应该立马改正。

在上班的时候偷懒了，玩游戏、刷朋友圈什么的，自己意识到了，应该改正。

平时在公共场合随地吐痰、不讲卫生，自己意识到了，应该改正。

跟老婆吵架，无论自己对不对，都要先承认自己不对。

……

不只要看见自己的过错，还要看不见别人的过错。

4　不见他人非

六祖惠能说：

> 若真修道人，不见世间过。
>
> 若见他人非，自非却是左。

意思是说：想要做脚踏实地的修行人，不要起分别相，应看不见世间的过错。如果你真的看见别人的过错，那么你一定自己有过错。

"静坐常思己过，闲谈莫论人非。"这是我国的古语。不只是不论"人非"，而且内心也没有"人非"！你一旦看见别人的过错，就会有埋怨责怪，起嗔恨心，烦恼种子自然就种了下去。哪天再次发现此人的过错，因缘成熟，你估计就该爆发了。

为什么说"看见别人的过错，那么一定是自己有过错"呢？

我的理解是：一个修行人，应该懂得所有事情的发生，都是因缘和合的结果，都是各种原因组合才会发生，所以不会是某个人的过错。如果你认为是他的过错，首先你就没理解因缘和合的道理。另外，你还盯着人家的不足看……所以你自己一定是有问题的。

我们来看个真实的故事：

有个朋友跟我讲，他家附近的一个寺庙里有个年轻的和尚经常开着一辆豪华轿车出入寺庙。

我第一次听到这个事情，就觉得这个和尚太过分了！出家人应该俭朴，不应该奢华，更不应该把居士供养的钱这样花在自己身上！

朋友接着讲：后来才知道这个年轻的和尚，本来是个富二代，立志要出家，父母也没办法，让他二十岁就出家了。家里捐给庙里几辆车，让他必须开……

听到这里，我瞬间就理解了，反而对这个和尚佩服得很！那么多富二代在炫富、飙车等，这个富二代居然出家了……

一切事情的发生，背后都有因缘的。了解了背景，我们可能就不会觉得别人有过错了。

说实在的，要做到"不见他人非"，真的很难。

我们都有习性，有时候习惯抱怨别人。抱怨过去谁谁谁对我们不好，抱怨习惯了，就只看见他们对我们的不好了，完全忘记了他们对我们的好，也忘记了自己对他们的不好。

不见世间过，做到这一点，不容易，有时候我们自己都意识不到。反过来，如果你总是看见别人的过错，说明你修行还不够！不见他人非，不见世间过，虽然做到这一点很难，但每多做一点，就是修行，就是进步！

真的啊？改过，不见他人过，就是修行啊！这真的是修行吗？你接着往下看，六祖惠能怕你不信，特地给你解释了。

5　佛法在世间

六祖惠能说：

> 佛法在世间，不离世间觉。
>
> 离世觅菩提，恰如求兔角。

大概意思是：真正的佛法是存在于世间的，存在于我们的行住坐卧中，我们应该在生活中修行。如果离开了生活，希望证得菩提，就像在兔子的头上找角一样，兔子的头上怎么会长角呢？

这个好懂，就是说无论你修得多好，都要拿到世间来检验。有凡夫众生，才有了佛法，否则佛法就没有必要存在。

真正的佛法，一定是用来解决生命中的烦恼的，生老病死都是烦恼。当时乔达摩·悉达多之所以舍弃王子的身份，出家寻求大道，就是为了找到摆脱苦海的办法。他后来找到了，才开始给众生讲法。所以佛法是用来解脱烦恼的。我们的烦恼在世间，佛法也在世间。如果离开世间去寻求菩提大道，是不可能找到的。

当然，这里的世间包括在家和出家。我理解之所以要出家修行，是因为我们一开始的修为和定力不够，需要远离一些负面的干扰，出家当然比在家要少一些干扰，这样更容易精进修行。

6　两点

到了总结的时候了。回到最初的问题：

在家人如何显得不另类，如何在生活中修行？

我觉得做好两点就好了：**一是经常发现并改正自己的过错！二是不要去看别人的过错！**

时刻提醒自己这两点，注意，是时刻，有人没人都要如此。不是做给别人看，不是嘴上这么说，而是自己内心这么想！

这种真的是修行？

不是我说的，是六祖惠能说的，反正我信了！

第七章

行走日记

今朝暂别普贤去，

明日必踏莲花来。

若不担起如来业，

妄在沙门走一回。

没有什么可以阻挡，你对自由的向往。

——题记

—— 第1天，1月6日，五台山到伏胜村，33.02 km ——

天空中下着小雪，冻得人手都不愿意伸出来。不过这并不重要，重要的是终于出发了，带着一点兴奋、一点期待、一点担心出发了。

悲胜师父说朝金阁寺方向走，我不知道方向，只好问路。爬山有点累，虽然天冷，但走路很容易就出汗了。

中午包里没吃的，也没遇到可以化缘的地方，真饿了。

等到下午两点的时候，路边停下一辆车，要带我一程，我化缘了一袋零食。第一次乞食，很有感触，或者说感觉很丢人。

菩萨们是一家人，他们说自己是从沧州来的，要去清凉寺。

晚上遇到了一个小伙子，他说是我的粉丝，姓殷，是个小学校长，问我能否去他家住？

真有这么巧吗？不是在这里等我？后来问清楚了，确实是很巧。看来是文殊菩萨加持！

—— 第2天，1月7日，伏胜村到五台县，38.66 km ——

早上从殷老师的希望小学出来，路上风景很好，不过心情有点沉重，那个小学实在太破了。

斗篷、僧袍、书、拐杖都留在了殷老师家里，包轻了一点。

路过天宁庵，去讨口水喝，一个老比丘尼送了我两个苹果、一个橙子。

晚上准备夜宿五台县，到了县城，问了二十来个路人、十家宾馆都不同意我借宿。八点多的时候，遇到一个寺庙，我去敲门，看门的也不开门，说没房了，我只好离开。

也有人让我感动，有餐馆给我一碗素面，也有人给我送了一个热饼。

后来发了朋友圈，有不少人联系，有个陌生人给我订了个宾馆。

总算是解决问题了，有地方睡觉了。

——第3天，1月8日，五台县到大建安村，19.63 km ——

腿实在太疼了，今天计划早点找个地方休息。

一路上污染很严重，其实农村的污染比城市的更糟糕。

到了大建安村，里面有个村庙，虽然条件不怎么样，但我还是决定留下来。昨天找不到地方住，让我有心理阴影。

遇到当家师，他不懂网络，我教他用淘宝。他讲他的修行经历，从练气功开始，练得灵魂出窍，后来遇到黑暗天，不敢练了。

他给我讲了一些内幕，说很多僧人都很喜欢钱。我说僧人要钱干吗？他说：交朋友，认干闺女，送礼，带家人旅游什么的。

说实在的，我有些不明白，要是喜欢干这些事，出家干吗呢？

——第4天，1月9日，大建安村到定襄县附近，22.60 km ——

这两天腿太疼了，酸疼酸疼的，有时候坐下了就不想起来。脚也疼，不过没有起水泡。

中午吃了馒头，早上从寺庙里带出来的馒头。

下午，我在思考今天住哪里的时候，一位四十多岁的大姐过来了，她说她家有一间废弃的小房子，没暖气、没电、没被子，可以住不？我说可以的。但内心还是有点恐惧，毕竟晚上气温可能是零下十几摄氏度。

他儿子很特殊，才上高一，被学校劝回来了，听说有自闭症，还有伤人的倾向。或许跟我有些缘分吧，我跟他聊了好久。晚上大姐邀请我在她家吃晚饭，她家很简陋，但很暖和。

下午的时候学会了生炉子。村里还有一些人过来看热闹，老头老太太，还有两个小媳妇。

半夜被冻醒，发现炉子灭了，赶紧起来生炉子。

忽然有个念头：一不小心，说不定真的会被冻死。

—— 第5天，1月10日，定襄县附近到忻州，27.34 km ——

一个和尚在路上走是什么感觉？当有人注视我的时候，我合掌行礼。

直到今天，第一天化缘来的饼干和面包终于吃完了。

穿过县城到田野，没什么风景，比较难熬，走路热，坐下来冷。

有一辆公交车停下来，让我上车，我笑了笑拒绝了。

到忻州的时候，有个交警过来接待我，给我安排了个商务宾馆，有暖气，可以洗热水澡，很满足！

—— 第6天，1月11日，忻州到大孟镇开花古寺，38.73 km ——

今天累翻了。晚上五点多才赶到开花古寺，挂单一晚。

寺庙里有三个僧人：一个当家师，是个和尚；一个八十多岁的尼姑；还有一个是三十来岁的尼姑。以前我不知道还可以这么住，寺庙里有和尚也有尼姑，不怕别人说闲话吗？这就是末法时代吧！

我开始反省自己：我有这个疑问，说明我内心对男女之事看得太重。

当家师父出家二十多年，我向他请教了不少问题，他也给我提了很多建议。那个年轻尼姑也劝我早点熟悉功课，去受三坛大戒。

我没有告诉他们我是短期出家的，惭愧。

—— 第7天，1月12日，大孟镇开花古寺到棋子山村，30.35 km ——

没想到今天迷路了，第一次迷路。

从大孟镇朝太原方向走，可以直接走国道，但走国道很枯燥，路上都是大车。于是我跟着导航，走了小路，从地图上看着没有远多少。但导航把我指引到山上就没路了。我朝着我以为的方向走，翻过了两座山，遇到了一位大爷。大爷背个袋子，穿得很破，身边还有一条土狗。大爷说我走错了，我差点哭了。

大爷让我跟他走。我跟在他的身后，一直走到了棋子山村。

朋友从太原过来接我的时候，我已经累得不行了，又累又饿。

晚上住太原，明天再过来从这里开始走吧。

—— 第8天，1月13日，休息 ——

太累了，在酒店休息一天。有几个七星会的会员从外地过来看我。

晚上一起吃饭，我觉得很不适应。大家喝酒喝得很凶，桌上的饭菜浪费好多。

"是兄弟就一口干了！"如果是兄弟，应该为他好，但逼人家喝酒就算是兄弟？怎么感觉像仇人。

鞋子坏了，范炜带我去买了一双鞋子，还买了一身保暖内衣，感恩。

—— 第9天，1月14日，棋子山村到太原，34.29 km ——

休息了一天，身体感觉好了一些。

今天有三个朋友计划陪我走一天，我们一起回到前天我离开的地方。一开始大家都很"嗨"，不觉得累。中午过后，有两个朋友就有点受不了了。走一公里歇一歇，本来下午四点左右就能到目的地，直到晚上六点多才到。

回到酒店，其他三个人的脚都受伤了，我还好。

太原这个城市还不错，在汾河边上有 10 公里长的公园，里面居然还有不少水鸟。

我让朋友晚上准备了几张白纸，写了三首打油诗：

一

五台来去峨眉山，一路化缘不带钱。

何人供养佛法僧，借宿一晚结善缘。

二

若不信佛不要紧，吾能教你新技能。

念经电商做网络，诸般只抵借宿银。

三

客栈宾馆皆可睡，柴房客房亦可眠。

诸法皆是因缘起，不问功德不问钱。

准备这个干什么？

嘿嘿，到时候就知道了。

—— 第 10 天，1 月 15 日，太原到清徐县，35.30 km ——

今天穿过太原市区，一路继续向南，晚上的时候才到达了清徐县。那是个专业产山西陈醋的地方，那里的陈醋比水还便宜。

一路无话，除了腿疼，就是脚疼！

—— 第 11 天，1 月 16 日，清徐县到平遥，51.01 km ——

今天是最累的一天，也是走得最远的一天，从早上八点多，走到晚上七点，一天走了一百里路。一路沿着汾河岸边走。

汾河里水不多，大部分结了冰，有不少水鸟沿着河岸飞来飞去。路上几乎没有行人，也很少看到车辆过去。

真的有一个和尚在行走吗？这是我一路思考的问题。我发了个朋友圈，有个人给我回了一首偈诗：

> 空手把锄头，步行骑水牛。
>
> 人在桥上走，桥流水不流。[①]

晚上有朋友请我吃了一碗面，很满足。

睡觉时把鞋脱了，才发现脚上起了三个泡。是的，走了十一天脚底才开始起泡。应该是我换了新鞋的缘故，当然也可能是走路太远的缘故。

晚上七星会的朋友老俞给我寄来了背包和睡袋，很专业的户外旅行包，我把之前的僧包换了。背带宽了，舒服很多。

当我躺在床上的时候，忽然有个想法：此刻时间停下来多好，让我一直睡下去。

—— 第 12 天，1 月 17 日，平遥到介休，35 km ——

今天有大风，感觉更冷了。

---

① 出自南朝梁代佛学家傅大士的《偈》

我的围脖被风吹走了，那个围脖很舒服，让我遗憾了好一阵子。

路上讨热水喝的时候，遇到了一对夫妇，他们刚好在等一位从太原来的师父，误以为是我，对我特别热情，还把我请到家里歇息。我跟他们解释说我不是，就赶紧离开了。后来想想，这也是菩萨的加持吧！

路上有很多大货车，路边散落了很多煤块，路都是黑色的，路边的泥土也是黑的。

介休有很悠久的历史，听说清明节的习俗就出自介休绵山。

晚上有个高中同班同学开车过来看我，给我买了鞋、压缩饼干、咸菜什么的。我说鞋子真用不了。为了不让他失望，我拿了点压缩饼干，万一遇到没吃的的时候，可以充饥。

我晚上读《金刚经》，念《心经》，睡觉。

—— 第13天，1月18日，介休到灵石，32 km ——

从介休到灵石，一路走了32公里。我中午休息了一次，大约20分钟，去一个饭馆要了半钵开水。一个上初一的小伙子和他妹妹在，小伙子给我打水，问了我一些问题。

他妈出来了，他问他妈："峨眉山在哪儿，远不？"他妈说："你说呢，在四川！"

他妈抓住机会教育儿子，说考不上大学连和尚都当不了。

她看了我一眼，说她也信佛。

来到灵石县，在水头桥上，我把之前写的偈诗摆了出来，等了半个小时，也没有人提供住宿，有人供养了一个苹果。后来在集市附近摆摊，两个大妈要给钱，我没要。

太阳落山了，我准备收摊。一个乞丐过来，盯着我的苹果。我把苹果给他了。他拿着走了，我也走了。

我有点失望。我以为我那几张白纸可以帮我化缘到住宿的，毕竟宾馆并不贵啊，几十块钱就可以了。后来终于有个陌生人在网上给我订了个宾馆，我住下了。

我吃了点压缩饼干，找服务员弄了个洗脚盆泡脚。脚下的泡越来越多，同时有四五个，不过我并不担心。把每个水泡挑破，然后抹点药，第二天早上就好了。

晚上才知道百度贴吧灵石吧的吧主在大街上找了我好久也没找到。后来联系上，吧主带朋友一起过来看我。

—— 第 14 天，1 月 19 日，灵石到南关镇，30 km ——

我今天彻底迷路了，翻过了几座大山后，就迷失在山谷里。

在山谷里，朝不同的方向走了一两公里，还是找不到方向，我有点害怕了。我想，等我结束行走后，一定要多学习一些野外生存的技能。

最后，我决定交给佛陀吧，于是随便选一个方向走。

很幸运，走了大约 3 公里，手机有了信号，方向是对的。一直走到山顶，有个村庄，不知道名字，不少人住在窑洞里。我很好奇，他们的饮水从哪里来？等我走到半山腰，看见冰姐和丁哥在那里等我。我有种想哭的冲动，感恩加持！

—— 第 15 天，1 月 20 日，南关镇到霍州，35.60 km ——

吸取了昨天的教训，我不敢再走小路了，还是老老实实沿着大路走。

七星会的计哥过来看我，陪我走了半天，脚上起泡了。

一路无话。

—— 第 16 天，1 月 21 日，霍州到王曲村，40.17 km ——

路上遇到一个流浪汉，他说自己流浪五年了，跟他聊了一会儿，我莫名其妙地哭了起来。

雾霾很严重，我忽然有点怀疑自己这次行走的意义。这个念头一闪就过去了。

路过了洪洞县，就是"苏三起解"的洪洞县，戏曲里面说洪洞县里没好人。我路过，也没有遇到坏人。

我一路无聊的时候，就念《心经》，有时候一步一个字，有时就不管了。还试了一行禅师教的行走方法，对此，我没有什么特殊的感觉。我试了很多方法走路，反正我有的是时间。

愿我步步踏净土，

步步助我踏净土。

每次念到这两句，我全身都像过电一样。

晚上住亚朵酒店，服务非常好，太贴心了，让我感觉到家的温暖。感觉亚朵就是酒店界的"海底捞"啊。

—— 第 17 天，1 月 22 日，王曲村到临汾，15.55 km ——

上午有个十五岁的小伙子陪我一起走，是祥善的儿子。小伙子主动过来要陪我走的，一路上一声不吭，也不休息。

中午快结束的时候，有个人叫我的名字，一个光头的中年人。

他叫白水先生，他说前几天刚看见我行走的消息，还在想会不会遇到我。居然在马路中间遇到了，早一分钟晚一分钟都会错过，实在是缘分，他请我晚上去他家喝茶聊天。

白水先生是铁路工人，他夫人是医院的护士，两个人现在停薪留职，请假旅游。白水先生把家里改造成了一个茶室，和古玩店一样。他现在对喝茶很痴迷。他说自己以前对钓鱼很痴迷，有一天顿悟了。他忽然发现不是他在钓鱼，而是鱼在钓他，于是彻底放下了钓鱼。

跟白水先生聊得很尽兴，喝茶也很尽兴。他老婆在一旁泡茶，很少说话，经常面带微笑地看着她老公。我能感觉到她很爱他。

临走，白水先生夫妇送了我一瓶碘酒、一包棉签。

—— 第 18 天，1 月 23 日，临汾到襄汾县，29.52 km ——

一路风很大，有风沙，也有落叶。大马路上没有行人，太冷了。

忽然有点孤独的感觉，嗯，一个人的孤独吧。

在路上找了一家面馆，问能否在这里吃午餐。老板娘说你找地方坐吧。我内心有点忐忑，找了个角落的位置坐下。

是的，虽然已经行走了十几天，但在化缘的时候，我还是会有些不好意思。"自我"是多么坚固！

我从包里拿出午餐：几块葱油饼、几截冷玉米。周围的人看着我，我也用余光看着他们。其实很想问老板要一碗热面汤，但不好意思要。我看人不断进来，担心位置坐满了，耽误老板的生意，于是快速地吃了几口，匆匆离开。

—— 第 19 天，1 月 24 日，襄汾县到南柴村，15.60 km ——

美妞、梅子和梅子的老公说要陪我一起走。美妞以前当过兵，是航空武警，现在做农村电商；梅子是大学生，在镇子里当了几年村官；梅子的老公叫旺海。他们第一天走，我担心他们脚受伤，只走了15公里。我也想休息半天。

中午吕总请我在马路边的一家餐馆里吃了一碗臊子面，非常好吃，印象深刻。

下午去了绛县龙兴寺，寺庙里面没有和尚，和尚进去也要收门票。我问收门票的人："为什么不让寺庙外面的和尚住进来？"

他说如果让和尚住进来，就没有收入了。我在想，这些人会有什么恶报呢？但愿他们能早日醒悟吧！南无阿弥陀佛！

—— 第 20 天，1 月 25 日，南柴村到侯马，29.06 km ——

侯马是山西省行政区域面积最小的县级市，听说不到30万人，是由几个村组成的一个市，比边上的曲沃县还要小。

路上遇到了两个村淘店，很亲切，跟老板聊了几句，他说生意一般。

参观了吕总的钢厂和农场，很壮观。

晚上跟吕总聊天，了解了他的创业史，真让人佩服！一方面是他做企业的能力，另一方面是他对社会的责任感！计划写一篇关于吕总的文章。

吕总给我买了一双阿迪的鞋。我的脚已经胀大了很多，以前穿43码，现在要穿46码。有意思的是标签上居然有个"悟"字。他还买了一根十米长的塑料带，剪成两截后，做成了绑腿绷带。吕总说脚胀是因为走路太多，把小腿绑起来会好很多，就像八路军的绑腿一样。

—— 第 21 天，1 月 26 日，侯马到闻喜县，34.38 km ——

路过著名的宰相村：裴柏村。听说这个村总共出过 59 位宰相，59 位将军。

中午化缘。

第一次遇到一个白头发的奶奶，把我赶出来了，说没有馒头，她孙子三四岁，在边上看着。第二次来到一个小饭馆，遇到的也是一位奶奶，在数钱，让我等会儿。我坐了两分钟，大爷从厨房拿了两个白馍给我。门口一位女顾客很热情，看我落寞地走出去，说："我这里还有半盘红烧肉，给你吧？"她男人说："瞎胡闹，人家和尚不吃肉的。"第三次、第四次都是去的餐馆，进去后都只有一个女老板，我马上就出来了。第五次，饭馆里有三个男人，老板给我一个热水瓶，后来又给我端来一碗豆腐干，说："别干吃馒头，就点凉菜。"我说"谢谢"，心里有点感动。

吃完饭，我送他们一块巧克力，然后背上包，继续走。

晚上梅子和她老公旺海接待我，给我带来了煮饼，我觉得很好吃。

已经过了 20 天，很幸运的是，除了脚痛，我没有生病。

我已经开始习惯这种生活，每天不知道第二天会发生什么。

我对自己说：管好今天就好。我不知道这算不算堕落。

忽然觉得，做一天和尚撞一天钟，并不是坏事。得过且过，也不是贬义词。

—— 第 22 天，1 月 27 日，闻喜县到石碑庄，27.64 km ——

早上离开的时候，梅子的妈妈给了我一个大馍。

中午，我找了一个饭馆：南桥饭馆，里面有几个年轻的服务员，让我坐下了。我喝白开水就馒头，算是午餐。饭馆里有电视，我一边吃一边看电视。看门的老大爷看我开水就馒头，转身去了厨房，一会儿给我带来一瓣洋葱，说：您就这个吃点吧。我一边吃，一边流眼泪。

下午吕总开车路过，把我送到运城亚朵酒店。我和吕总晚上聊到十二点。他说，你应该放下自尊。他可以放下，我相信。

吕总给我讲了一段经历。有位教授问他：吕总，为什么你做企业能成功，我们不行呢？吕总说：你要是能在天桥底下，伸手要来今天一天的饭钱，你做企业就能成功。

我听懂了。

其实，内心真正强大的人，才能不在乎所谓的面子。

心里没有自己，才能做自己！

—— 第23天，1月28日，石碑庄到运城，18.73 km ——

今天路程不远，我走得也不快。

一个大爷推个单车，挂个帆布包，上面写着"安全生产"。他向我打招呼，我回礼。然后我们就坐下来聊天。

他说有些和尚要钱才能聊。

他说不二法门，不能兼修多种法门。

他说弥勒佛已经开始传法。

他说末法时代，如来的法不灵了。

他说到峨眉金顶上，会有高人指点。

他说不要回来了，好好修行。

后来他请我吃了碗面，然后我们分开了。

今天小贾、大麦、老史要过来陪我走，我说好。不知道他们能坚持多久。

—— 第 24 天，1 月 29 日，运城到东胡村，32.55 km ——

今天三个小伙伴陪我走，每个人起了一个花名：

觉心，老史，在北京工作。

觉慧，大麦，从广州过来。

觉远，旺海，运城本地的，就是梅子的老公。

第一次知道运城有死海，而且面积相当大。上午走路，路过关公出生地，拜了关公。

下午觉心说："师父休息一下吧。"

"好，找个理发的地方，我理个发，你们休息。"

我剃完光头，他们三个也都要求剃光头。理发师是个女的，剃完头，我看到她眼睛里有泪水。我问怎么了？她说自己也不知道为什么。

下午五点多，到了东胡村，三个七八十岁的老大爷接待了我们，大家都不会做饭，于是过来一个大嫂，给我们做菜蒸馍。

每人吃了两个大馍，泡了脚，四个人睡在大炕上，很暖和。

—— 第 25 天，1 月 30 日，东胡村到永济，33.73 km ——

觉慧腿拉伤了，走路一瘸一拐的。觉心体力不行，一直在坚持。

在路上遇到一对父子，从浙江遂昌过来的。儿子叫宽，九岁，他听说了我的故事，想过来陪我走一段，于是他爸就带他过来找我。宽爸根据我的微博和朋友圈的线索，分析路线，找了我两天，终于在路上遇到我了。宽陪我走了 9 公里，中午吃完饭，他们就离开了。

路上还遇到一位朋友，微信名叫"悟空"，从山东德州开车过来看我。悟空对佛经和《道德经》理解很深。他说他学习经典十年了，过来就是希望能跟我分享一下。他说我能量大，可以影响更多的人，让我感动。

晚上，杭州的一些朋友也过来看我，山大、无忌、冬冬等，大家一起聊天，很温馨。

—— 第26天，1月31日，永济到韩阳镇，25.24 km ——

今天下雪了，漫天飞舞的雪花，很有感觉。

路上遇到一位城管，说羡慕出家人。

"能带我出家吗？"

"为什么出家？"

"婚姻不幸福。"

"多做善事，在家信佛也一样。"

"做善事是放生吗？"

"不只是放生，是帮助别人，不求回报地帮助。"

中午找不到地方吃饭，遇到一个收费站，在他们的食堂，我们要了些热水，吃着自带的干粮。后来他们给我们每个人煮了两个鸡蛋。有个工作人员知道我们的故事，说如果不是要上班，要跟我们一起走。

晚上分享了一些我的体会。

烦恼即菩提，当你觉得不舒服的时候，就是修行的时候。到峨眉山不是目的，修行才是目的。不要因为结果忘了过程。

明天觉慧、山大、无忌、冬冬要离开了，有些伤感。

一位高中同学发来一首诗：

风雪漫天裹经纶，一袭袈裟落浮尘。

此番修行无憾事，回转终不忘初心。

——送友人

—— 第27天，2月1日，韩阳镇到风陵渡，25.11 km ——

终于到了风陵渡，这是山西和陕西交界的地方。

风陵渡是杨过和郭襄相遇的地方，有一首诗：

风陵渡口初相遇，一见杨过误终身。

只恨我生君已老，断肠崖前忆故人。

看着黄河，看着风陵渡，我感慨万千。

晚上吕总特地从侯马开车过来，请我吃饭。晚上我们聊到十一点多，有几点体会很深：

当没有自己，才能真正地做自己。

当你不像老板，你就成了老板。

当你把事情都当成自己的事，你就可以做事。

晚上我建议觉远、觉心、觉贤都回去，让弥勒留下来继续走几天。

—— 第28天，2月2日，风陵渡到华阴华山，25.14 km ——

我一个人在黄河边走了很久，我问："黄河，你好吗？"

黄河一刻不停地往前流去。

在路边吃午餐，吃了早上带的三个饼。

偶遇一个老大爷，他以为我是修鞋的，跟我聊天，问我老家在哪里啊，去哪里啊，为什么不坐车啊，等等。他问我导航怎么设置？我说我以前是做网络的。我说上次有人留我住宿，我就教他用网络；但有好多人都不让我住，他们担心我是骗子。

不知道为什么，说到这里，我有些哽咽了，鼻子一酸，眼泪快流下来了。我赶紧离开了。

晚上去泡澡了，泡起来真舒服。大澡堂，一群大男人一起泡澡，这是山西、陕西这边的特色。泡完以后搓澡，人生第一次搓澡，就是脱光了躺在一个像手术台的床上，一个大爷前搓后搓，翻过来再搓，跟洗衣服一样。如果身体轻一点，说不定还会对折一下用手拧干。

天啊，身体不就是衣服吗？

—— 第29天，2月3日，华阴华山到华县，38.60 km ——

中午，我在集市上化缘了两个素包子，白菜粉条的。可吃了还是饿，我把能吃的零食都吃光了。

下午路过永庆寺，想去讨杯水喝，进去才知道是一个尼众寺庙，当家的是一个年轻的尼姑，佛学院毕业不久，我忘了她的法名了。她说这是法门寺的下院。

当时还有个从西安来的中年人，我们三个喝了一个小时的茶。尼师问我如何除去烦恼，我说心起心灭。她给我提了好多建议。

她说，如何把烦恼迅速化为菩提？如果有人骂我们，应该生怜悯心、感激心、惭愧心：

因为对方生气，损害的是自己的身体，轮回之中。生怜悯心。

回想自己也有如是问题，对方通过伤害自己的方式帮我们修行。生感激心。

自己的问题居然还有这么多，居然还在伤害有情众生。生惭愧心。

我觉得很受用。

晚上住在一个很小的旅店，很暖和。洗澡时居然被关在浴室半个小时，出不来，衣服脱光了，喊人都不好喊，窘啊！后来幸亏用其他工具把浴室门撬开了。

—— **第 30 天，2 月 4 日，华县到渭南，25.79 km** ——

来到渭南，一路无话。

—— **第 31 天，2 月 5 日，渭南到临潼，35.23 km** ——

中午吃白水泡麻花。

路上有人供养了两个巧克力，下面是我们的对话：

"去哪儿？"

"峨眉山。"

"干吗？"

"出家。"

"家在哪儿？"

"出家了。"

"道士？"

"和尚。"

"不坐车？"

"走路。"

晚上和觉远、觉明聊天。

觉远说：有两个小年轻，慢慢悠悠骑车跟着他。一直跟着，村里村外都跟着。他捡了一块砖头放包里，心想：要是抢劫，就直接砸他们。

我说不行，下次遇到这种情况，你把钱都给他们，大过年的抢一个走路的，一定是遇到困难了。

—— 第32天，2月6日，临潼到西安，36.23 km ——

生活，就是生下来，活下去。

过年的前一天，发生的故事：

1.一对老人，在垃圾堆里翻找食物，直接往嘴里塞。我把袋子里能吃的东西全部留给他们了，朝他们鞠躬离开。

2.一个流浪汉躺在地上，我以为他出事了，过去用手探呼吸，听见他的鼾声。

3.两只小狗在使劲吃奶。

4.没忍心拍。天冷，一对母子坐在地上，儿子抱着妈妈，相互搂着，乞讨。我路过，又回来，把手套和围脖送给了他们。说：我也没有钱，这个你们收下吧。这时对面走过来一对母女，穿得非常漂亮……

晚上和三秦、他老婆一起吃饭，美妞也过来了。我理解的一句话：宁愿招待不周，也不要浪费粮食。

—— 第33天，2月7日，西安 ——

今天是大年二十九，也是大年三十，要过年了。

旺海回去过年了，他很开心，因为得知他老婆怀孕了，他要当爸爸了。他们结婚几年，老婆之前一直没有怀孕。

山西的美妞和招财女过来陪我过年，道哥也从上海过来，大家约好晚上去三秦家过年。

友情是什么？真的应该去珍惜吗？

亲情是什么？真的应该去珍惜吗？

没有什么是确定的，一切都是无常的。

是的，无论有多少人在我周围，我都是一个人活着。

——第34天，2月8日，西安——

早上去大雁塔礼佛，遇到一位师父，我说服他明天跟我一起行脚。

白天我在酒店写文章、看书。

孔繁任老师的学生过来看我，妻子带着豆豆和笑笑过来看我。

不知道为什么，我还是觉得一个人舒服，喜欢一个人待着。

这两天每个人都在说翻越秦岭很困难，担心人身安全。

我不想让觉明陪着走了，让他提前出发，跟着美妞他们坐车去峨眉山，帮我看看翻越秦岭到底有多困难。

——第35天，2月9日，西安到长安，32.88 km ——

早上和那位年轻的师父一起出发，他是1986年4月出生的，出家六年，在云居寺出家。

我们去了几个祖庭：牛头禅寺、华严寺、兴教寺。兴教寺里有玄奘大师的舍利塔，还有窥基大师的舍利塔。

我们晚上住兴教寺，条件非常差，没有暖气，没有热水瓶。

我可以适应，那个师父好像觉得不合适，他说了几遍：要是之前听你的，到华严寺挂单就好了。他脚上起了两个大水泡，不同意用碘酒擦拭，说不要犯酒戒。他问了我一些问题，知道我是短期出家，然后我被他鄙视了。

晚上盖了两床被子，和衣而睡，实在太冷了。

—— 第 36 天，2 月 10 日，兴教寺到香积寺，17.85 km ——

年轻的师父早上说不能跟我一起走了，我说好吧，给他顶礼后我们分开了。他把吃的留给我，把之前道哥给他的钱也留给了我，我下午捐给寺庙了。

路上遇到一个老太太，她拿出三块钱要给我供养，我没要，她就给我顶礼了一次，我受了。

现在越走越慢了，一上午只走了 15 公里。下午走了 10 公里左右。咕咚 App 坏了，少记录了大约 10 公里。

晚上挂单在香积寺。香积寺是净土宗祖庭，善导大师的舍利塔在这里。

—— 第 37 天，2 月 11 日，香积寺到户县，33.50 km ——

早上在香积寺五观堂吃早餐，仪轨很多，先念经，后吃，吃完再念经。念什么我真不知道。

路上遇到文德，跟我同名同姓同年同月生，也是湖南人。他从广东过来，说要陪我过秦岭。后来觉心、海浪、厦门的小周、香港的小林都过来了，要陪我过秦岭。

本来想一个人走，但这些人都来了怎么办？不能让他们刚坐飞机来就离开吧。于是我答应了，心想他们最好走几天后，知难而退，因为路上这种苦不是一般人能承受的。晚上大家在一起聊天，每个人聊了聊为啥要来。

有人只是想过来陪我走，有人是想过来静心，有人心中有些疑惑需要解答……

小林其实不小，应该比我大好几岁。她说第一次听到这件事情，觉得这一定是一位大成就者，于是决定过来护持一段。

让我很汗颜！

—— 第 38 天，2 月 12 日，户县 ——

今天下雨，没法走路了。于是大家约好一起去法门寺。

到了法门寺，开始下大雪。

古寺，大雪，出家人，一幅唯美的画面。

瞻仰了佛祖的舍利。晚上和三秦、代哥去终南山里，拜访了两位隐修的出家人，给他们送了点粮食。

当晚就住在终南山黄池村。

—— 第 39 天，2 月 13 日，终南山 ——

今天下大雪，终南山里的雪更大，纷纷落下，天很冷，也不化。

白天拜访了两位在终南山隐修的出家人，中午跟他们一起做饭吃饭，收获很大，对佛法的信心更加坚定了。

年轻的师父是 2013 年出家，湖南人，修禅宗。

他说，不破本参不住山，不破重关不闭关，不破牢关不住寺。现在他住山了，看来他是破本参了。

他讲了很多典故，懒人禅师、虚云和尚的故事。他讲生死事大，要脱离生死。我受益匪浅。

下午请教经书，他说要看佛经，尽量不要看当代人写的，要看佛陀写的；可以看解读，但要看民国以前的。

我问他看不看灵修的书，例如奥修的。他说看得少，我问为什么？他说你觉得他说得好还是佛陀说得好？我明白了。

下午在山涧里走了十多里地，风景很美。

晚上我和三秦一起住，讲了佛经的故事。《心经》《金刚经》《六祖坛经》，他说他终于知道佛法不是迷信了。

—— 第40天，2月14日，户县到白龙沟村，19 km ——

上午去拜了老子墓，然后去三秦扶贫的村主任家吃早餐。村主任说他从初中开始写日记，一直坚持到现在。我翻开一看，很有意思，居然还抄了莫言的演讲文字实录，几千字。他说后来搬家丢了一些，现在还剩十几本。

他的日记每个人都可以看。儿子考上大学时，他念了之前的五篇日记给儿子听，儿子听得泪流满面，他自己也泪流满面。他很自豪地说儿子、女儿都考上了大学，小儿子读了专科，在三亚做酒店管理。

村主任很爱学习，还爱石头，自己家里是做脊兽的，也种猕猴桃。他用佛法劝导大家和睦，自己戒烟了，也成功地劝几个人不抽烟了，很开心。

中午开始走路，下午走到了白龙沟村。吃油饼和小米稀饭，第二天早饭也是如此。老板娘很好，儿子、女儿都很听话，听说都上大学了。

慧宝也过来了。他是小林的朋友，1978年出生的，青岛人，父亲是艺术家，雕刻佛像的，慧宝自己做企业、做收藏，很有想法。他听小林说了我的故事，也决定过来陪我走。

情人节，我忘了。

—— 第41天，2月15日，白龙沟村到马召镇，30.97 km ——

从白龙沟村到马召有30公里左右，小林、文德、小罗坚持下来了，另外慧宝、觉心坐车回来。中午到了楼观台，听说这是老子讲道的地方。晚上住马召，叫终南山宾馆。

下午我把念珠送给了小罗，不知道为什么，就是起了这个念头。晚上小罗剃了光头，真像和尚。

晚上我给大家分享了如何读经，主要介绍了三部经：《心经》《金刚经》《六祖坛经》。我现在没法讲经，等我阅藏完成以后再讲经吧。于是我定了个目标，花四年的时间阅藏，把绝大部分佛经看一遍。这个任务不小啊！

明天要开始翻越秦岭了，不知道会发生什么。无论会发生什么，现在要睡了！

—— 第 42 天，2 月 16 日，马召镇到陈河乡，23.04 km ——

终于要开始过秦岭了。

早上路过涌泉寺，这是个尼众寺庙，上次那个年轻的师父说，不要进尼众寺庙，哪怕一眨眼的工夫都不行。

我还是进去了。师父给我顶礼后，就直接拜佛了。我也去拜了。礼佛，很多规矩还是不懂。离开的时候，小林供养了 100 元做个牌位。尼师要送我好多水果，我离开的时候接受了一点橘子和桂圆。

一路都还挺顺利的，遇到一个徒步的人，四十七岁，要从马召走到汉中。他说要一个人翻越秦岭，是个大车司机。后来知道他叫旺财，很喜欢说话，讲了好多佛教的事情，我就听着。

觉心和慧宝坐车过来，要把我的行李放车上，我没同意。包里有衣服有水有吃的，我都要用，而且我觉得这点苦不算什么。慧宝安排好之后就返回西安了，他说他会再来的。

下午小林给我讲了她的苦恼：她哥哥以前很厉害，后来破产了，把钱都给了老婆。现在生意一直起不来，还经常抱怨。她很痛苦，还有她妈不肯念佛。

我说家家有本难念的经，给她分享了我家里的事情。他们都是来帮我们修行的吧。

今天终于明白我人生的意义是什么了，就是：修行，了生死!

—— 第43天，2月17日，陈河乡到板房子，44.31 km ——

早上，小林腰疼脚疼，打算回去了。她很慈悲，放生了一条鲤鱼。她一路上都很正能量，也很虔诚。记得第一次跟她吃饭，文德说面吃不完，她就把他碗里剩下的面吃完了，让我很汗颜。

我提前出发，路上一个人走，无牵无挂，很是惬意。看见一个山洞，特想去住一晚，可惜没带帐篷。

晚上住在板房子镇，在一个大爷家吃的馒头、板栗稀饭，炒了几个菜。

大爷很有意思，看见我们放生了一条鱼，看了看自己的水缸，说里面有一条鱼。我们用斧头砸破冰，发现鱼还活着，于是一起放生了。我们把这事讲给这边的一个老板听，他说，对面的大爷看见你们放生了，回头就会把鱼抓回来的。

我说应该不会。不知道是我错了，还是他误会了，我们都在用自己的眼光看世界。

路上遇到一个流浪汉，骑一辆自行车，还带后视镜，脚踏板自己改装过了。车把前装了个盒子，盒子前面画了一个道家符号，上面写了一个"佛"字。后面放了好多废品，有塑料瓶也有废铁什么的，中间放着煮饭的锅。

流浪汉头发竖起来了，脸上黑黑的，胡子没剃，穿一件棉袄，衣服有些脏，戴着一副破手套。

他问我是不是和尚，我说是。

他说以前他背着自制的帆布袋子，装了三床被子还有衣服、锅什么的，从浙江走到福建，又走到广东、广西、云南，再到四川，走了一年多。刚开始的时候脚和鞋子都连在一起了分不开，后来适应了就轻松一点。他说现在骑车周游全国，车上的东西都是垃圾堆里捡来的，衣服也是，还有一双手套，他拿给我看。他说捡的东西洗洗就好了，一路就靠捡垃圾换点钱。

我给他东西吃，他死活不肯要。他说让我留着，还有好远的路呢。他骑车走了，不肯合影。

我在想，这个人就是个菩萨。

今天一天的山路，走了四十多公里，真的累得不行了。

秦岭的路就是这样，每天有固定的行程落脚点，像古代的驿站，相隔三十多公里。不到驿站，就算有村落也没有旅店和餐馆。这应该是一两千年来形成的。

—— 第44天，2月18日，板房子到长角坝乡，32.54 km ——

早上在一个老大爷家吃了早点，八点出发。上午16公里都是上坡，一直到翻越了秦岭主峰，海拔1670米左右，应该是叫观音山。过了南天门隧道、秦岭隧道，就是下坡了，一路下坡，走了大约16公里，到了住的地方。路上没水喝了，灌了点泉水，特凉。

路上有两三次，遇到了很凶的狗。我以为自己不怕，但还是有些紧张。当我平静地看着它时，它不再那么凶；我一回头，它就追上来做咬人状……什么时候我能淡定得如平静的湖水一样呢？

有个居士特地从西安开车过来，说沿途找了我两圈才找到我。

他是个理发店老板，半年前开始关注我，看了网络上我的照片，发现我的头发该理了。他说自己也帮不了别的什么忙，但可以给我理发，于是就从西安出发来找我，过来给我理发。

我们在马路边找了一块宽敞的地方，他开始给我理发。他带的东西很全，还有热水，最后还帮我把胡子剃干净了。他要把茶叶送给我，我拿了一点放在壶里，深深鞠躬。

然后他回西安，我继续走路。他把几包饼干送给我，我收下了。

晚上旺财说：这是在敬重佛法。

我只知道旺财是个大车司机，其他的不知道，明天问问他的故事。他今天在山上喝完饮料的饮料瓶和吃完东西留下的垃圾都包好带下来了。其实沿途有好多垃圾堆，但他还是自己带下来了。我心里有点惭愧，这就是不言之教吧。

今天是房东第一次开张，被子都是新的。房东五十多岁，个子不高，戴个帽子，黑黑的脸。他有一儿一女，都成家了；还有个老母亲，八十七岁。房东之前在山西煤矿挖煤，每个月能赚五六千元。做了五六年，现在不做了。房东回来后，有好几年咳嗽得厉害，现在基本好了。

房东家人均八分地，还有一百亩的山。山上不许砍树，不能卖木材。他说种药材、景观树什么的也没赚到钱，一波跟一波的，赚钱太难了。

房子一开始只有一层，后来儿子要结婚，盖了第二层；后来政府提倡搞农家乐，又盖了第三层，总共花了三十多万吧。

这就是生活，什么地方都一样。

—— 第45天，2月19日，长角坝乡到佛坪，19.30 km ——

早上出发，一路到佛坪，没什么特别的事情。

佛坪，多好听的名字啊，佛休息的地方。

晚上发现一篇有意思的文章：一个沙弥，学佛十多年，从终南山到峨眉山行脚的故事。沙弥法名释圆承，很有才的和尚，每天白天行脚，晚上记录。反思自己，总找理由不记录。看来要好好坚持了，就当写日记吧。

从网络上看到一段杨绛一百岁的感言，无论是不是杨绛说的，说得真好：

我们曾如此渴望命运的波澜，到最后才发现：人生最曼妙的风景竟是内心的淡定与从容。

我们曾如此渴望外界的认可，到最后才发现：世界是自己的，与他人毫无关系。

—— 第46天，2月20日，佛坪到秧田乡，31.01 km ——

今天有两次为了走捷径，偏离了主道，路程虽然近了一点，却辛苦了很多。大路虽远一点，但好走很多，最后发现时间都差不多。

以前看身心灵的书上说，真相无时无刻不在给我们启示，看来真是如此。

从佛坪出发，路上已经有些热了，很快就脱了两件衣服。

遇到一个 1987 年出生的小伙子，骑车去成都，路上腿痛休息。他说他在蓟县工作，工资太低，一周工作 6 天，每天 12 小时，工资 3500 元；如果扣掉保险就更少了，于是辞了工作要去成都找工作。

走了两次捷径，穿过山谷流水路，照了一张很年轻的照片。

和文德聊天，他准备回去了。我觉得也是，内心感谢他们。

他在的这几天，每次别人叫文德，我都在想是不是叫我。到底谁是我？从灵石化缘到秦岭理发，再到路上叫文德，这一路难道不都是暗示吗？

到底谁是文德？脱了这身衣服，丢掉这些身份，我又在哪里？虚妄啊虚妄！

—— 第 47 天，2 月 21 日，秧田乡到金水镇，25.24 km ——

早上出发，天开始下小雨。我打着伞拍照，让大家猜一个歇后语。哈哈！

上午走了大约 5 公里，遇到一个老汉和老伴儿拉车。上坡了，我帮忙推了一段，车很重，拉的是树根。上坡后到老汉家躲雨，过了一会儿，小罗来了。老汉拿了一袋旺旺雪饼、两个苹果。我吃了一个雪饼，其余的都还给老汉。老汉说房子要重修了，现在修房子政府能补两三万，建房要花二十多万。其实房子还是好的，住人应该还挺舒服的。老汉说人家都是楼房了，不换楼房显得很穷。

下午到了金水镇，路上风景很好，绿水中映着青山，青山上点缀着红叶。

走了大约 25 公里，很轻松，到酒店的时候衣服都湿了，烤火。

文德和小罗要回去了。是的，元宵节，他们要回家团聚了。

晚上吃完饭读了一会儿《金刚经》，打开睡袋开始睡觉。从六点多睡到第二天早上六点多，这一觉居然睡了12个小时。

—— 第 48 天，2 月 22 日，金水镇到洋县，38.37 km ——

今天是元宵节，正月十五。

下午路过蔡伦墓，叩拜了。蔡伦很伟大，改进了造纸术啊！所有人都应该感谢他。

晚上路过一个白云庵，只有一间正殿、一个偏房。正殿里面摆的是观音？看不清楚，太暗了。旺财给一位比丘尼师父 100 元，师父马上要给我。她有八十多岁了吧？旺财说：人家修行真好，这个地方供养 100 元的人应该不多，但她马上转手给师父，不容易。

我发现，如果不收钱，世人会很尊敬佛教徒。

晚上吃了一碗元宵，回来看经书，《大涅槃经》卷五：

爱有两种，一者饿鬼爱，二者法爱。真解脱者离饿鬼爱，怜愍众生故有法爱，如是法爱即真解脱，真解脱者即是如来。

—— 第 49 天，2 月 23 日，洋县到城固县，28.04 km ——

早上出发，一路觉得肩膀特别疼，因为衣服背在后面，还有肩膀处单薄了。后来腰上系了绳子，稍微好一点。

上午休息的时候，遇到两个老太太，给我磕头，供养我 30 元钱，我没要。她们更加崇敬我们了，给旺财行礼，说护法也很了不起。旺财忙着解释了好久。

饭后路过智果寺，门都关着，缘分未到进不去，只好返回。

下午三点多到了城固县。城固县是张骞的故乡。张骞曾经出使西域，应该是最资深的驴友了。还有，他走过的路对后来玄奘之行有很大帮助。说起玄奘，真是由衷赞叹。无论外面有多少爱钱乱来的假和尚，但想想玄奘这种人在佛门中，还有什么可担心的？

现在每天晚上都要泡脚，虽然脚不起水泡了，但每天脚还是酸疼得很，泡脚之后会舒服一些。

晚上城固县有个小伙子过来看我，二十六岁。他说他是我的粉丝，今年要结婚了。他毕业后在飞机制造厂干了两年的工人，每天都要加班。现在回来了，在一个加气站工作，工资每月只有 2000 来块。但他很满意，他说工作很轻松，每个月只工作 17 天，有大量的闲暇时间可以看书。他喜欢看书，各种书都看。

我听了很开心。

—— 第 50 天，2 月 24 日，城固县到汉中，32.54 km ——

从城固出发时，我整理了一下背包，自制了两根底部的松紧带。背上后，肩膀轻松了很多。

早上我和旺财吃早餐，两碗稀饭、两碗热面皮，总共八块钱。中午也是，也只要八块钱。八块钱啊，解决了两个大男人的一顿饭！

中午路过柳林镇，看见茶馆，旺财发了个朋友圈，是这么写的：

有一种文化叫"茶文化"，有一种休闲叫"吃茶"，有一种吹牛叫"摆龙门阵"，有一种没落叫"这里最年轻的五十岁"。少年，快出来走走吧！

要不了几年，这些你就看不到了。

路过东关正街。那是一个老街，应该有百年历史了。我找了个小理发店剃头。老板1964年开始理发，1995年开了这家理发店，开了二十年店了，但现在要被拆了。我觉得有点惋惜，一个老街就要消失了。

跟老人聊天，就像在经历历史。

晚上住亚朵酒店，店长问我活着的意义是什么？我引用了稻盛和夫的话：活着是为了用更崇高的灵魂迎接死亡。

晚上汉中的一个居士过来，讲了自己皈依的经历，讲了自己差点出家的经历。每个人都有自己的故事，每个人都有自己的难处！

—— 第51天，2月25日，汉中 ——

今天休息。

一知道要休息，身体好像就彻底松了下来，脚疼得厉害，走路也没力气。

上午小马带我去了一座寺庙：杨侯禅院。一个老法师花了二十年的时间修建的。我们赶到那里时已经十二点多了。师父们刚用过斋，看见我们来了，又给我们准备斋饭。我礼完佛，去吃了碗面，很大一碗面。

有个女施主，五十多岁，一听说我要去峨眉山，说如果坐车去，她就跟我一起走。她老公过世一百多天了，她很思念他。她请法师给老公超度过三次，老公托梦给她姐，说自己在峨眉山上管账，让孩子他妈放心。于是她想去看看。

我说你不要去了，你已经超度他了，就让他清净地修行好了。她马上就哭了，给我看她老公的照片。她要给我 50 元钱，让我去峨眉山的时候帮她问候她老公，我说不要钱，我会帮你问候。她说她老公姓高，我说记住了。

下午特别困，去万佛塔的路上，我在车里睡了一觉。路上很热。

到了万佛塔，塔修得很壮观，还在修建。我朝拜了如来佛祖，登塔后，回酒店睡觉。

—— 第 52 天，2 月 26 日，汉中到观音寺，35.98 km ——

到了南方，春天了，天气明显暖和了。早上把保暖内衣、毛衣让酒店帮忙寄回去了，包小了一些。

出发走了十几分钟遇到一个僧人，打招呼问做什么去。他说给妈妈看病去，知道我要行脚，问我有没有吃饭，要请我吃饭。我说吃过了。

我们告别离开后，我忽然觉得我应该问问他要不要帮忙。出家人，照顾不了母亲，唉！

上午遇到一个骑摩托车的和尚——本达师父，拿出 100 元要供养给我。我推辞了。他给了我两罐银鹭八宝粥，我收下了。他说以前他在观音寺住了两年，后来去了云雾寺，那里的开发商撵出家人，撵了几次，出家人就离开了。后来，开发商的妻子出事了，再后来开发商自己也出事了。现在云雾寺不知道有没有人，他准备去看看。

中午我到一个加油站上完厕所后，想在那里坐一会儿，吃点东西，一个中年的工作人员严肃地说这里是营业场所，不能坐。我只好离开。

可能我以前也这样对待过他吧，有果必有因。后来，我找了一个放预制板的工地，吃了两罐八宝粥，开始诵《楞严咒》。

下午微信上有个叫陶宁的人问我到哪里了，我发了地址给他，他说要过来看我。我不置可否，没有回答。大约过了半个小时，陶宁带着三个人过来了。

陶宁是做户外骑行俱乐部的，经常组织活动。徒步的活动也每年组织一次100公里的，人数最多时有2000人。他皈依十多年了，全家都皈依了。我们一起走了半个多小时后，找了个地方坐下来，他们有一些问题问我：

1.你为什么走？为什么走这条路？我说，没有为什么，发生了。

2.我们凡夫可以走吗？当然可以，不要问理由，我也是凡夫。

3.户外运动久了，经常觉得没意义。仔细思考一下，生活也没有意义。如果不修行，都没意义。我告诉他如何用心生活，用脑工作。

路过观音寺，在那里挂单了。观音寺有五单常住师父，是两个比丘和三个比丘尼，年纪都不小。知客师父担心我饿，还给我提前准备了米饭。我吃了一大碗，饱饱的。他给我安排了一个单间，我洗脸、泡脚、写笔记、看经书。

离开的时候，里面的师父说：从峨眉山回来的时候，到观音寺常住吧。

这是要留我在这里当和尚的节奏。

—— 第53天，2月27日，观音寺到新铺镇，27.93 km ——

从观音寺出发，路过勉县，参观了武侯祠。

现在走路越来越困难，一到下午脚就开始疼。我看了一下地图，找到下一个寺庙，有点远，我决定晚上睡帐篷。

天气不是很冷，我在河边找了一块平地搭好帐篷，还捡了一大堆枯枝。要是晚上太冷，点个篝火也不错。

晚上睡得早，七点多就睡了。感觉帐篷没搭好，总是漏风，我起来重新搞了一次，把外套和里面的底衬挨在一起就好了。其次，搭在坡上，方向不对，应该侧着，否则睡觉的时候就容易滚下来，懒得弄了，只好将就。更严重的是，潮气太重，半夜被冻醒了。

起来点起了篝火，越烧越旺。幸好白天捡了一大堆枯枝。

天上有月亮、星星，枕边有河流。我发了个朋友圈，文德看见后回复道：

> 月明秦岭上，汉水枕边流。
>
> 夜半燃篝火，愿暖行空裘。

大约烧了两个小时，柴火都烧完了。

还有人看到朋友圈，问我：在想什么？想家了吗？最大的感受是什么？

我晕，最大的感受当然是冷啊！睡觉！

—— 第54天，2月28日，新铺镇到莲台寺，38.57 km ——

早上八点才起，发现起了好大的雾。我把剩余的冷馒头吃了，算是早餐。收拾东西花了将近一个小时。

上午走了大约10公里，遇到一辆面包车，四川来的，两个做电商的小伙子，在路上遇到，认出我了，还给我买了三袋吃的。我已经有几次在路上被认出来了，名气大到这个程度了吗？

中午在一户居民那里吃方便面，本达师父电话告诉我，大安和宽川都有寺庙可以住。我选择了宽川的莲台寺，只是有点远。

一路真是有点走不动了，脚痛，应该是软组织受伤了。不走没办法，坚持吧。

最后几公里需要爬山，这真有点雪上加霜！晚上才到莲台寺，有两个居士老奶奶，一个姓谢，一个耳朵有点背了，都八十多岁了。

刚到大约半个小时，有个刘施主带着儿子开车从成都过来看我。天啊！感恩！

晚上烤了两个大馒头、两个小馒头，喝了三大碗稀饭！

泡脚、睡觉！人生最惬意的事情莫过于此。

—— 第55天，2月29日，莲台寺到宁强县，28.37 km ——

早上出发，没在莲台寺吃早餐，担心她们年纪大，不方便做。临走时，谢居士非要给我钱和水果，我拿了一个橘子、一个苹果。刘施主带我去吃了面皮，小朋友跟我说再见。

上午脚特别疼，爬山的缘故吧。这座山好像叫五丁山，很高很高，我走到一半，真想停下来不走了。

下午下山了，有个人开车来给我送吃的，说是莲台寺某居士送的，因为没遇见我，托他给我送来了。我收了他一袋麻花，其他的都让他带走了，我包里东西实在太多了。

路上又被本地一个骑摩托车的小伙子认出来了。咦，怎么用了个"又"字？小伙子给我买了几罐红牛，我们路上就喝了。

赶到明珠酒店的时候，问前台有没有泡脚盆。本来只是一问，不抱希望的，后来他们直接端上来一盆热水给我泡脚，里面还有花瓣。

真是感动!

晚上诵完《金刚经》后睡觉!

—— 第56天,3月1日,宁强县到转斗乡,32.13 km ——

早上,田施主和他的高中同学六点多就在酒店等着我,要跟我一起走。

田施主比较胖,有240斤左右,山东济宁人。他之前抢注"鬼脚七"的商标,冒充鬼脚七招生骗会员。这次要过来陪我走,我也不知道为什么。不过这不重要,走就走吧。我对他也没有记恨,只要他不骗人就好。

下午遇到了熊施主,他说这几天开车在这条路上转了几次,就是为了遇到我。总算遇到了。

他以前是做电商的,从2009年开始做珠宝类,现在不做了。去年9月开始做装修生意,投入了四十来万,生意应该还行。他下车陪我走,帮我背包。我们一路走到了转斗乡,遇到一个老汉,我说阿弥陀佛,他也向我问好。我们问他,这里有没有住的地方。他说有,就带我们去了一家餐馆兼营旅舍。

这里的人很朴实,也很热情。我去理发了,一个老师傅,剃了三十年了,给我剃得非常干净,只收十块钱。

晚上熊施主公司的三个小伙伴也过来了,我们边吃饭边聊惜福的事情。结束后,我们聊如何看经书的事情,我讲了一个多小时《心经》《六祖坛经》《金刚经》。

偶尔路上遇到陪我走的,我总觉得应该让他们有所收获,内心才过得去。

—— 第 57 天，3 月 2 日，转斗乡到广元朝天区，27.32 km ——

还有 500 公里到峨眉山，我知道再也无法单独行走了。

一方面，我的身体好像差了很多，每天下午脚都会疼得厉害；另一方面，一个接一个不认识的人从天南海北过来，在路上遇到，要陪我走。既然无法拒绝，就接受吧，尽自己最大的可能去影响过来的人，把佛法的力量传播出去。

早上辞别随行之人，我又独自一人上路，心中忽然想起那个患自闭症的少年。我给他妈妈发了个微信，问少年怎么样了，让他给我回个电话。他妈妈说他正闹着要退学呢。过了一会儿，我接到了少年的电话，他还是拉不下面子去上学。

我说，要不然过来陪师父走几天吧。他妈妈也同意了。估计明天能到。

刚打完电话，有个年轻人过来找我，是昨天从南京赶到宁强，半夜三点到的，早上六点从宁强过来找我，在路上终于找到了。他说他叫阿晶。

上午我和阿晶走，中午吃了点干粮，下午脚开始疼，疼得厉害。大约走了 25 公里，广元的酋长（酋长是微博上一个叫"酋长"的朋友）过来了，也是开车过来找我的。路上找行空，似乎已经成了一个游戏。

风景不错，但没有心思欣赏了，因为脚疼得厉害，每踏一步，都会有一阵刺痛传来。过了不久，在路边遇到了等了我两三个小时的晓彬。晓彬是昨天到广元的，说要陪我走到峨眉山。

明月峡隧道，是我走过的最难走的隧道，灰尘很多。我一路诵《金刚经》，走了过去，大约有一公里吧。灰尘极大，念完第九品结束。

来到广元，去酋长那里喝茶、吃饭。酋长送了我根拐杖，说是十年前某个和尚送他的。

晚上刘施主托人从成都送来膏药和喷剂，专治软组织损伤的。我被感动了，脚正疼得厉害，就有人送来伤药，这是菩萨加持吗？南无阿弥陀佛。

—— 第58天，3月3日，广元朝天区到广元市区，31.15 km ——

早上，又有三个人加入行走团队，总共六个人了。

从明月峡隧道出发，后来走河对岸。风景不错，还在铁路上走了一段。

今天脚依然很疼，中午吃干粮时脚就疼得有点受不了了，我决定明天休息一天。

下午参观了千佛崖，很多佛龛都被损坏了，一部分是因为修铁路，一部分是因为历史原因。我又在抱怨了，这也是口业吧，以后要注意了，不要再说了。一切都是因缘和合啊。

晚上茶人张冲请吃饭，有个佛教协会的秘书长过来，是个居士，从小受菩萨戒。然后去喝茶，我发现自己对很多佛教中的规矩都不懂。

那个患自闭症的小伙子和他妈妈来了。下火车后，两个人都理发了。

我发现自己说话有些不耐烦，"我慢"还很严重，这个需要时刻提醒自己！好好反省自己。

—— 第59天，3月4日，广元 ——

上午去看了皇泽寺，被搞成旅游景点了。武则天的一生，真是传奇的一生。

重视、爱惜人才，是武则天执政的一大特色。

看了个报道：光宅元年（684），徐敬业据扬州起兵反抗武则天，到处散发骆宾王撰写的《为徐敬业讨武曌檄》，檄文用极其恶毒的语言诬蔑、攻击武则天，武则天看后感叹其文采飞扬，赞扬骆宾王："人有如此才，而使之流落不偶乎！"她认为这是"宰相之过"。清朝诗人丘逢甲在《题骆宾王集》诗中，赞叹武则天的表现："凤阁鸾台宰相忙，此才竟令落蛮荒。若将文字论知己，唯有当时武媚娘。"

中午给大家讲了什么是三皈依，下午大姐过来，问我能否多开示一点，说她希望多听听，因明天就要走了。我说好的。

—— 第60天，3月5日，广元到昭化镇，34.62 km ——

上午出发，酋长本来打算送我们到昭化古城，但穿的皮鞋走路不方便，走了9公里脚就很痛，于是回去了。

路过观音庙，小的观音庙，礼佛。

路上遇到了黄施主。他昨天从剑阁县开始往这边走，今天中午才遇到。他一路问那些路边建设公路的工人，知道我们走了这条路。小黄家在云南，穷，大学学费也没交齐，没有毕业证。毕业后参加工作，每个工作都做不长，换了好几个：电商、汽车、服务员……

一路走到宝轮镇，有个出家师父拖着车，一个居士赶上来要供养我，我让她供养拖车的师父了。师父大约六十岁，说自己业障太深，心不静，要去游历一段时间。他穿着很简朴，内衣上还有破洞，拖车上是几个编织袋，很简陋，修行人就当如此吧。

离昭化古城大约还有6公里时,遇到一个观音庙,有一个守庙的居士。庙里有两间大殿,供着观音。有几个小伙子过来拜佛,拿着香,拿着纸,还拿着鞭炮。我说你们拜菩萨不要放鞭炮,于是他们就没放。

来到昭化古城门口,一个女生大声喊"七哥"。她叫王瑞,昭化古城人。她说通过酋长知道了我的行程,等我一个多小时了。她在广元上班,周末坐车回来,看见我到了广元,很开心,遗憾没有遇到,后来跟酋长联系才知道我们到了昭化,就一直在这里等着我们。接下来的晚饭和住宿都是她安排的,感恩!

听说明天风景不错,我很期待!

—— 第61天,3月6日,昭化镇到大朝驿,19.70 km ——

脚还是疼得厉害,走得慢……

一路风景确实很好,只是要翻山越岭。路上遇到一位老大爷,一同走了一段,给我讲了不少三国的故事。听说牛头山顶上有一口姜维井,久旱不干,久雨不溢,井内水色随嘉陵江变化而变化,任凭多少人饮用,始终保持原有水位,甚是神奇。遗憾的是当时走错路了,没有到牛头山顶去。

中午随便吃了点,三点左右到了大朝驿站,实在不想走了,准备休息。

晚上吃饭很香。

—— 第62天,3月7日,大朝驿到汉阳镇,33.98 km ——

早上出发,很静很静,宁静得让人觉得奢侈。

走到高家村休息时,有个旅游局的人说:"你就是微博上的那个鬼脚七吧，我知道你！"

我晕。

古驿道"睡美人"，没看见美人，看见了不少古树，听说大多都有千年树龄。

中午走到志公寺，志公禅师就是点化过梁武帝的那位，曾在这里结庵修行。寺院的师父们已经吃过了，见我们没吃，又特地给我们每人下了一碗面，饭后我和他们一起聊了聊一路的行脚见闻。遇到照见师父，志公寺的住持，他问我五台山是否受戒，我不知道，准备回头问完悲胜师父再告诉他……

剑门关很雄伟，本来想参观一下，后来因时间太赶，又要交费，就放弃了。

路过文家豆腐坊，点了几份剑门关的豆腐，味道很特别。店老板叫文海波，大厨也是他，看介绍他获得过比赛金奖。我说我也姓文，他说遇到本家不收钱，但我们还是强行给他钱，他象征性地收了20元。

下午开始出太阳，天气热起来了，穿一件秋衣，外面加一件僧袍就很合适了。

忽然意识到，我从冬天走到了春天，从雪落走到了花开。

—— 第63天，3月8日，汉阳镇到柳沟镇，43.25 km ——

早上打开窗户，风景很好，发了个调侃的朋友圈：早，终于明白为什么人们大多爱去大城市了，住农村的坏处太多：大早上被鸟吵醒，睁开眼时被油菜花晃眼，空气清新得鼻子都不适应……

上午走108国道，路上让小李背《金刚经》，他说背不到第十，但背到第三就背不了了。加上早上水壶没水，·他偏说有，我生气说他不该说谎。生气真的是因为他说谎吗？应该不是，是"自我"的权威受到了挑战。我慢！我慢！我慢！六祖说：常自见己过，与道即相当。

中午在普安镇吃饭，下午本来打算走到凉山住宿，发现那里没有旅店，不得不继续走到柳沟镇，共走了43公里，是这些天来走得最远的一次。

旺财在路上追上我们了，带了个包，还有拐杖。

我的脚还是疼，让晓彬帮忙背包了。

晚上我们吃面，一人一大碗。

—— 第64天，3月9日，柳沟镇到演武乡，30 km ——

早上吃了一碗稀饭、一碗面。出发，一路天冷。

龚伟接到个电话，去西安了，说有业务。这个人还挺实在的。

途中经过了垂泉乡，听说是张飞捶出来的。中午到五连镇吃饭，跟小李聊天，觉得自己开始有些不耐烦了。相比之下，我那个时候应该还不如他。原来这就叫：若见他人非，自非却是左。他说他遇到我很幸运，我遇到他很不幸。我晕。

下午走了10公里，到了演武乡。

晚上九点半，一位从西安来的施主开车过来，说要明天一起走。我让他去梓潼先住下，明天早上过来。

晚上看《金刚经》口诀，六祖写得真好。看第二遍了。

何为不住色布施？不求身相庄严，五欲快乐。只求内破悭心，外利益一切众生。

看六祖讲《金刚经》，明自性众生：若卵生，若胎生，若湿生，若化生……

卵生者，迷性也。胎生者，习性也。湿生者，随邪性也。化生者，见趣性也。迷故造诸业，习故常流转，随邪心不定，见趣多偏坠……

—— 第 65 天，3 月 10 日，演武乡到梓潼，29.08 km ——

早上，演员何晟铭在微博上私信说他 13 号想过来。我说刚好 13 号会在绵阳休息一天，等他。

上午看了古柏王，2300 年的树龄了。这一路的风景都非常好，走的是以前的蜀道，两侧都是参天古柏树，从三国到现在应该有 1800 年历史了。

上午小李发脾气，自己故意摔了手机。什么原因我不知道，估计是因为说了他两句，路上我又批评了他。四五天了，他居然没有把《金刚经》前三品背完，还说了一堆理由。

我生气了，这次生气是我装出来的，只是想让他意识到问题的严重性。后来想想，这样做还是不太好，若能宽容一点或许结果会更好。

路上遇到一个小伙子，也要去峨眉山，好像姓孙，1991 年出生的，初中没毕业。他刚出来工作时，五十块钱一个月。后来自己织毛衣，赚了十几万，姥爷答应让他去上学，但他高考没考上大学，又回去织毛衣，发现不赚钱了。后来转行学 SEO，现在做网络营销，一年收入十多万。他觉得现在不出来走，担心以后没机会走了。

昨晚来的西安的小伙子，在一家企业里做高管，管理几百人，工作卖力，能力强，晋升快。最近遇到了晋升不通过的问题，还有人投诉他。他心里不爽，压力大，想不通，于是请假出来陪我走。我听他的故事，都流眼泪了：真苦。他的经历跟我之前在阿里的很像。我没说什么，让他走几天再说。

下午给大家分享苦、苦苦、坏苦、行苦的定义，讲《心经》中的五蕴皆空，讲庄子的空船理论。

晚上去理发，又刮了光头。

—— 第 66 天，3 月 11 日，梓潼到魏城镇，27.45 km ——

早上吃早餐的时候，把早餐店的鸽子买走了，走到路上遇到一个有鸽子的地方，放生了。

路上遇到一个寺庙，是个尼众寺庙，礼完佛坐了片刻就出来了。

一路背《心经》。

脚疼已经有规律了，一到下午就很疼。

夹江的小陈过来了，晚上问了些电商问题，我给了他一些建议。他说我们到夹江可以联系他，他要接待我们。

—— 第 67 天，3 月 12 日，魏城镇到绵阳，29.65 km ——

早上在路上遇到一个年轻人：景阳。他说他在等我，从成都骑自行车过来的。

最近几天，每天在路上都会遇到某个陌生人，过来叫师父，说是过来找我的。景阳是河南郑州人，在成都上学，后来在成都做导游，汶川地震后回了郑州，做实体店生意，后来做电商。最近遇到一些瓶颈，虽然家里事情很多，但老婆让他过来陪我走几天，找自己。我跟他说：你老婆真伟大。

遇到 2077 路碑，大家合影。

大约十一点，又遇到一个小伙子，1989 年出生的，在马路边等我。他是绵阳人，名字我忘了，小孩刚五个月，叫果果，老婆和小孩也在路边等我。我有些感动，于是找了个地方休息，准备吃午饭。小伙子结账，说做供养了。他说他命里注定无法长期干一件事，所以做了一些工作都不长久，现在没工作，老婆和亲戚都建议他考公务员。

我笑了。他自己工作做不长，还推给命中注定了。后来我说不建议他考公务员。

每个人都有自己的故事。下午，晓彬分享了他的故事：大学退学，骑行，搭车，行走时用了很多方法修行，看了很多身心灵方面的书。

珊珊是绵阳本地的，之前在昭化古城遇到过，给我们订了瑞石酒店，去一家素食餐厅吃自助餐，很不错。

—— 第 68 天，3 月 13 日，绵阳 ——

早上，去过莲台寺的刘居士一家过来，我们一起去了圣水寺、罗汉寺。

罗汉寺住持是果清老法师，1921 年生，今年九十六岁。我们见他的时候，他在工地上，给身边的人讲他的规划，讲他五月要去印度恒河寺，把一些佛陀的典故搬到四川来。他还说一些舍利塔不如法，居然让人参观等。

下午范哥过来了，何晟铭也过来了。我看了一下介绍，何晟铭之前是歌手，唱过《见或不见》；后来演电视剧，在《宫》里面演四爷。惭愧，我没有看过这部电视剧。

晚上我介绍《心经》，有十来个人来听。

我分享了松鼠的故事、果清老法师的故事，以及短期出家是否是炒作的问题，只是想告诉大家：没有真相，但每个人心里都有个真相。

何晟铭是位很正能量的明星。

—— 第 69 天，3 月 14 日，绵阳到罗江，38.97 km ——

早上本来计划七点半吃早餐的，没想到酒店早餐要到八点才有。

一路走了 8 公里，到了观音寺，是个尼众寺庙。进去礼佛，然后休息了一下。

下午继续走。走错了路，晚上到龚伟的朋友家吃饺子。他们家是收废品的，门口很多废品，饺子不多，还有米饭什么的。

何老师陪大家一起走，大家都很"嗨"。路上何老师请大家吃饭，被服务员认出来了，一通拍照。他很有亲和力，也不摆明星架子，跟我们一起走了 38 公里，虽然都辛苦，但大家一路说说笑笑，好不热闹！

—— 第 70 天，3 月 15 日，罗江到德阳，36.02 km ——

路过县城，建议阿晶把旺财的登山杖取回来，本来丢在吃早饭的小店里了。阿晶去取了回来，后来才知道旺财也去取了一次，每个人对自己的东西都非常珍惜。

今天一路都在景区行走，空气超好，风景如画。

到了万佛寺，见了觉行师父。他也是在五台山出家的，在五台山住了二十年，在万佛寺待了十八年，对悲胜、悲鸣师父很熟悉。

下午走 108 国道，剃头了。

晚上路上又来了两个人：小强和小戚，都是从成都来的，说要走到峨眉山。

有人来，有人走。路上是这样，生活也是这样。和所有的人都是缘分，既然是缘分，就有长有短，有分有合。父母和子女、妻子和丈夫也是一样，缘分尽了就该分了。

无论多么留恋，也不会改变。

—— 第71天，3月16日，德阳到成都青白江，35.83 km ——

早上小李过来说，学校让他早点回去上学。我后来问他，是不是他妈妈打电话了，他说嗯。最后发现不是的，是他自己想要这样。又撒谎了，我只好笑了笑，让他走了。缘分到此为止，我觉得。

今天一路走了三个市，德阳、广阳、成都青白江，下午又在路上遇到了两个人，队伍更大了。

晚饭前分享，老范说自己收获大，想清楚怎么做了，计划到了成都以后就回去。老范是七星会成员，很有责任心的男人。他的疑惑，完全是自己走路时解决的。他分享说：做事业按照自己的原则，如果结果不好，也接受。

道理听上去很简单。是的，所有道理听上去都很简单，说起来也很简单，但能用来指导自己的行为就很难了。

—— 第72天，3月17日，青白江到成都，36.19 km ——

早上离开青白江就到成都了。路上捡了高庆。高庆从北京过来，做知识产权的，说要陪我走几天。我之前在南京演讲时，她也去过。

途中去了宝光寺，下午去了文殊院，感觉都很好。在文殊院时，我在五年前拍照的地方拍了照，那里是藏经楼。后来才知道，那个地方存放着玄奘大师的舍利。

今天很多七星会的成员到了成都，加措活佛和丹增活佛也过来了。晚上吃过饭，我没有跟他们联系，自己去见一个出家人。他在微博上跟我私信联系的，也很巧，我不大看微博，也不大回私信，但跟那个出家人联系了。我们在一起喝茶聊到晚上十一点，收获颇丰，这就是缘分吧！

—— 第73天，3月18日，成都 ——

上午搞了个分享会，分享了两个半小时才结束，有五六十人参加。

一开始我有点激动，放了一首许巍的《蓝莲花》，很感动，流下了眼泪。

下午陪加措活佛聊天，问了大圆满法的事情，我觉得自己应该可以修行这个。

晚上心哥搞直播，最高同时在线12000人。

舍得师父和益西师父都来了。舍得师父是南传的，从斯里兰卡来，在那里待了三年，之前在洛阳出家。益西师父是甘孜的，今年才二十多岁。

修行人应该时刻保持敏锐的心、接纳的心。

—— 第74天，3月19日，成都到新安镇，26.53 km ——

早上六点多去文殊院，路上想着玄奘大师的事迹和委屈，念着《心经》，眼泪不由自主地流了下来。到了文殊院，遇到佛观师父，他认出我了，帮我安排八点参观玄奘大师顶骨舍利。我在藏经楼下打坐，泪流不止！我念《心经》，等八点后去叩拜舍利，失声大哭。

后来又去昭觉寺，一代禅宗，我内心说：以后我来做住持弘扬道场吧。遇到智僧师父，带我看了三棵菩提树。叩拜了清定上师的舍利塔，叩拜了圆悟禅师的墓，点了三炷香。看见了碧岩堂，门锁了进不去，我知道我该看什么书：《碧岩录》《五灯会元录》《高僧传》。

下午和《佛教文化》杂志的记者一起走了 25 公里，晚上到了酒店，吃饭泡脚。

有首偈诗：

通过行走，

发现自己。

觉，悟，自在，

在自不在他。

我意识到了，于是晚上回文殊院了，打坐诵经，睡了一觉。佛观法师接待的。

—— 第 75 天，3 月 20 日，新安镇到彭山，41.78 km ——

参偈诗，发现自己错过了。知道自己之前错过了什么的时候，确实有些懊悔。

教训：修行需要一颗敏锐的心。

今天路程很远，和上海过来的小杨聊天。他是正骨专家，他的经历很有意思，死过两次（两次差点死了），接触了道教、佛教。他说他特地过来帮我治病的。

菩萨真的很照顾我，一路给我这么多护法护持我！

这两天最后五六公里都是光脚走的，感觉很好。很多事情，真的去做才发现没那么难。

元晓大师说：

我纵使尽一切神通，也无法阻止一朵花的凋谢，因此在花凋谢时好好欣赏它的凋谢吧。

说得多好啊，接受一切，活在当下。

—— 第76天，3月21日，彭山到松江镇，30.41 km ——

这几天都是走一阵，晚上再坐车去某个寺庙挂单。

我在想，如果再走一次，我一定是这么走：带一点钱，然后一个人走。

现在脚还是疼，只是疼啊疼地就习惯了。

今天跟舍得师父一起托钵乞食，体会很深，开始明白南传佛教的托钵乞食是怎么做的了。这样的托钵，很有尊严。

晚上住在报国寺，在七佛殿伫立良久，被七佛偈吸引了。

> 身从无相中受生，犹如幻出诸形象。
>
> 幻人心识本来无，罪福皆空无所住。
>
> 起诸善法本是幻，造诸恶业亦是幻。
>
> 身如聚沫心如风，幻出无根无实性。
>
> 假借四大以为身，心本无生因境有。
>
> 前境若无心亦无，罪福如幻起亦灭。
>
> 见身无实是佛身，了心如幻是佛幻。
>
> 了得身心本性空，斯人与佛何殊别。
>
> 佛不见身知是佛，若实有知别无佛。
>
> 智者能知罪性空，坦然不怖于生死。

一切众生性清净，从本无生无可灭。

即此身心是幻生，幻化之中无罪福。

法本法无法，无法法亦法。

今付无法时，法法何曾法。

—— 第 77 天，3 月 22 日，松江镇到夹江县，41.60 km ——

早上在报国寺普贤殿诵《普贤行愿品》，流泪了，接下来又去伏虎寺诵经，一样很感动。

今天的路又很长，脚疼好像缓解了一些，下起了小雨。他们在路上捡了一只小狗，腿受伤了，在沟里捡的，取名为沟沟。给它洗了澡，很乖的狗狗。

美妞和旺海在路上遇到一位大爷，大爷说他们是过来送佛的，送到了早点回家。美妞过来讲给我听，我说还是别宣扬的好。

晚上计哥、金淼、雪艳、小罗、小林都过来了，感动。

—— 第 78 天，3 月 23 日，夹江县到报国寺，29 km ——

晚上住在万年寺，很有感觉的寺庙，我很喜欢，在普贤殿诵《普贤行愿品》，一样泪流满面。

晚上和镇地师父喝茶，他房间里挂了一幅玄奘的画，说了一首诗：

西域取经诗

唐义净三藏法师

晋宋齐梁唐代间，高僧求法离长安。

去人成百归无十，后者安知前者难。

路远碧天唯冷结，沙河遮日力疲殚。

后贤如未谙斯旨，往往将经容易看。

我感慨万千，我自己宿世一定跟玄奘有很深的因缘。晚上慧宝也过来了，他说过来送佛。他带来了一幅画，在金属上雕刻的普贤菩萨。

—— 第 79 天，3 月 24 日，报国寺到峨眉金顶 ——

遇到大雨，一直走到中午，还不到半山腰。接到通知说明天金顶的普贤菩萨要被围起来贴金，于是决定尽快坐车上山。天气不好，我担心看不到菩萨，心中发愿：让天气好一点吧，可以瞻仰普贤菩萨！

我抱着沟沟向上爬，在途中遇到一个下山的小伙子，他很喜欢沟沟，送他了。

我们上到金顶时，正赶上大雪纷飞！我抬头看向天空，从来没见过这么大的雪，"片片雪花大如斗"，从空中洒落下来，落在树上，落在僧袍上，落在脸上，落在手上，落在台阶上，落在地面上，不知疲倦地给大地盖上一层又一层棉被。虽然很冷，但我已经忘了冷了。在金顶上遇到一个法王，给他顶礼。他问我为什么学佛？我说：了生死！

终于到金顶了！我给普贤菩萨顶礼了，一直在念：前念若无心亦无。

没有法王，没有鬼脚七，没有两千公里，没有行走，没有轮回，没有普贤，没有雪在落……

只有心在动。

我发了个朋友圈：

让一切都随风，都随风，都随风！

—— 第80天，3月25日，峨眉金顶拜普贤菩萨 ——

今天是大晴天，蓝天、云海都很美。普贤菩萨庄严肃穆，早上我绕着十面普贤诵《普贤行愿品》，泪流满面！

昨天发愿天气好，今天就这么个大太阳。这就是菩萨加持吧！

上午带所有同行的小伙伴一起诵《普贤行愿品》，回向所有功德。

我发了朋友圈：

从北走到南，从白走到黑，经历了九九八十一天，行走2000公里，今天结束！

感恩诸佛菩萨加持！感恩各路护法护持！

愿以此功德，回向诸众生！

所有见闻者，皆得欢喜心，发菩提心！

南无普贤菩萨摩诃萨！

南无普贤菩萨摩诃萨！

南无普贤菩萨摩诃萨！

其实到今天才80天，明天才是81天。

晚上又发了个朋友圈，算是明志了：

今朝暂别普贤去，明日必踏莲花来。

若不担起如来业，妄在沙门走一回。

晚上甲和灯组织在网络上做了一次直播。

—— 第 81 天，3 月 26 日，乐山大佛寺 ——

上午坐车到了乐山大佛上的凌云寺，一路十几位陪走的居士，就要分手了。大家在一起聊起收获，有几位泣不成声。其间阿晶陪我走的时间最长，他说自己收获很大，比过去几十年都大。

我知道，他们收获大，跟我没多少关系，是他们自己福报好、悟性好，是佛菩萨给他们的。随喜他们！

我发了一个朋友圈：

今天，愿见我面的，听我声的，闻我名的所有众生，都因我而喜悦祥和，心得清净，少欲少恼，种下一颗菩提种子。

愿我所做的一切功德，回向尽虚空遍法界众生，解脱烦恼，共成佛道。

是的，今天是第 81 天！在凌云寺住下来了，算闭幕了。

但不是结束，而是开始！

我们一定会再次相遇

中国近代有几位高僧，是半路出家的。弘一法师，1880 年生，1918 年在杭州虎跑寺出家；能海上师，1886 年生，1924 年在涪陵天宝寺出家；清定上师，1903 年生，1941 年在重庆狮子山慈云寺出家。巧合的是，他们出家的时候都是三十八岁。看来三十八岁是个出家的年纪，我这短期出家时，也刚好是三十八岁。

现在我已经舍了沙弥戒，还俗了。最近每次进寺庙，我都有种熟悉感，就像回家一样。每当有人问我：七哥，你以后会不会长期出家？我都会笑笑说我不知道。未来的事情，真不知道。但如果哪天我再次出家了，我一定会觉得自己非常幸运。这种感觉只有出过家的人才能体会。

行走刚结束时，我没决定出这本书，主要考虑这本书一来没有多少文学价值，二来不能弘扬佛法，完全没有必要。后来白马时光的朋友跟我聊过几次，我觉得他们说得有一定道理：用一本书记录这段真实的历程，一定有人会从这段经历中获得属于自己的东西；同时，这本书也是给自己、给所有关注这次行走的朋友一个交代吧。于是我认认真真地整理行走日记，整理校对书稿，一遍又一遍。

过了这么长时间，现在再回头看这次行走，确实不是件容易的事，只是当时并不觉得。在这里，我要感谢我的父母、爱人、女儿和儿子，是你们的理解和支持，让我得以完成这次行走；感谢陪同行走过的朋友们，是你们的慈悲，让我在行走期间少受了很多苦；感谢白马时光的何亚娟老师和编辑洁丽女士，是你们的努力让这本书得以出版；感谢所有支持我行走的人，一定是你们的愿力让我在行走路上无病无灾；也感谢那些讽刺谩骂我的人，是你们在帮我消除业障，还让我有机会观照内心！

最后，还要感谢你，是的，阅读完这本书的你！谢谢你看完这本书，让这段行走也融入你的人生中。相信：你和我之间一定有某种宿世的因缘，而且，我们一定会再次相遇。

后会有期！